EL CORAZÓN DEL HIGHLANDER

Al tiempo del highlander Libro 3

MARIAH STONE

Traducción:
CAROLINA GARCÍA STROSCHEIN

Stone Publishing

«Las despedidas son solo para aquellos que aman con los ojos. Porque para los que aman con el corazón y el alma, no existe la separación».

— Rumi

PRÓLOGO

Bagdad, califato abasí, 1307

—Oye, escocés, despierta.

Ignorando el dolor que sentía en sus viejas heridas, Ian abrió los ojos y levantó la cabeza. La luz de la luna se colaba por unas diminutas ventanas verticales que había en el cielorraso y alumbraba el suelo cubierto de tierra. A pesar de que era de noche, hacía calor. A su alrededor, varios esclavos respiraban con dificultad sobre los bancos alineados contra las paredes. El aire olía a cuerpos sucios, tierra seca y el naranjo que crecía al otro lado de las ventanas. Por más que había pasado once años allí, aún echaba de menos el aire fresco de las Tierras Altas.

Abaeze, un esclavo de África cuyo banco se hallaba al lado del de Ian, alzó la cabeza. Sus globos oculares blancos destellaban en la oscuridad.

—¿Y bien? —susurró Ian—. ¿Qué sucede?

Hablaban en árabe, el idioma del lugar. Para Ian, aprenderlo en cuanto había llegado había sido la diferencia entre mantenerse vivo y morir.

Abaeze miró alrededor, se sentó y se arrastró rápido hacia él sin hacer ni el más mínimo ruido. Era un hombre delgado y más alto que Ian, con la piel tan oscura como la noche y el cabello como una nube negra.

Abaeze se puso de cuclillas al lado del banco de Ian.

—Abaeze oyó algo —susurró con un acento pronunciado. Como había llegado hacía poco, su árabe era limitado, pero se las ingeniaba para comunicarse—. Ten cuidado hoy. Protégete.

Ian tuvo un mal presentimiento que sintió en la boca del estómago.

—¿Cuidado de qué? ¿Sucederá algo durante la pelea?

El hombre asintió.

—Abaeze ver muerte en sueño. Protégete.

Como un puño helado, el miedo lo encerró. Tras ese mensaje, Abaeze se marchó, e Ian se acomodó en su banco. En seguida, comenzó a respirar entrecortadamente.

Ian yacía de espaldas y tenía la mirada clavada en el cielorraso de concreto blanco.

La Muerte.

¿Acaso sería tan malo permitir que se lo llevara por fin? ¿Qué esperanza tenía con una vida como esa? Al fin y al cabo, ya nunca volvería a ver ni las Tierras Altas, ni a su familia.

Siempre se hacía esa pregunta antes de una pelea. Tanto él como su oponente debían matar al otro para poder vivir, para seguir saciando la sed sangrienta de poder de sus amos. El entretenimiento. La adrenalina de una apuesta.

Una y otra vez.

Cada pelea que había ganado desde que había llegado allí había significado una vida con la que había acabado. Ian perdió la cuenta de cuántos hombres había matado. Se había vuelto famoso: era la bestia indestructible de cabello rojizo del califa. Lo llamaban el Asesino Rojo. O, simplemente, el Escocés. El califa lo valoraba como a un hallazgo excepcional: nunca antes habían capturado a un escocés.

Gracias a Dios.

Ian había peleado contra germánicos, hispanos, hindúes,

otomanos, ingleses, africanos y muchísimos árabes. No importaba su color de piel, ni su idioma, ni si tenían una familia en sus tierras, ni esposa, ni hijos. Todos murieron a manos de Ian.

Porque él quería vivir.

No obstante, a lo mejor Abaeze había visto que había llegado la hora de que le diera la bienvenida a la muerte. ¿Estaba listo?

Ian se hizo esa pregunta en reiteradas ocasiones durante la noche en vela y de nuevo por la mañana. El sol brilló en la habitación, y otros esclavos trajeron comida. Luego condujeron a los hombres al patio interno para limpiar y barrer. En el almuerzo, seguía pensando en eso.

Los otros esclavos le temían. Al haber llegado hacía poco, Abaeze era el único amigo que tenía. Todos los amigos que había tenido en el pasado estaban muertos.

Las peleas siempre tenían lugar por la tarde y el anochecer, cuando el sol comenzaba a ponerse, para evitar el calor. Tanto a Ian como a los otros, primero les daban armaduras y luego los conducían a una recámara sin ventanas llena de armas: desde sables curvos, hasta lanzas y escudos. Había dos puertas; una conducía al patio donde el califa organizaba las peleas, y la otra, de regreso a una pequeña ala del palacio para los esclavos.

—Protégete —repitió Abaeze al tiempo que tomaba una espada.

—Tú también —respondió Ian—. Gracias por la advertencia, amigo.

La puerta que daba al patio se abrió, y la luz intensa cegó a Ian en el medio la oscuridad. Aguardaron para ver a quién llamarían primero. Sin embargo, muchos pasos resonaron contra el suelo polvoriento de afuera. Los guardas que estaban de pie contra las paredes empujaron a los primeros hombres cerca de la puerta del patio y les gritaron a todos que salieran.

Abaeze e Ian intercambiaron miradas.

—Al parecer, lucharemos todos contra todos —observó Ian —. Te cuidaré las espaldas.

—Y Abaeze luchará por Escocés.

Se apretaron las manos. De repente, la multitud los empujó hacia adelante, y salieron a la luz del día. Varios gritos y exclamaciones sedientas de sangre resonaron en el aire. Los guerreros se apoyaron las armas contra los escudos. No solía haber demasiados espectadores para esos eventos, solo el califa, sus súbditos adinerados e importantes y sus invitados. Todos se hallaban sentados en los balcones de la segunda planta, lejos de los guerreros, lejos del peligro que representarían los esclavos si se llegaban a rebelar contra sus amos.

En cambio, el patio, que por lo general solía albergar solo a dos guerreros, se llenó de esclavos. Se pararon en dos grupos, se tamborilearon espadas y lanzas contra los escudos y se prepararon para atacarse como en una batalla.

Eso sería rápido, sangriento y mortal.

Cuando se lanzaron al ataque, la audiencia rugió.

Varias espadas arremetieron contra los escudos. Algunas lanzas salieron disparadas y perforaron carne viva. Se derramó sangre y se rompieron huesos. Los cuerpos sin vida comenzaron a desaparecer en medio de turbulentas nubes de polvo.

Un gigante de tez morena se abalanzó sobre Ian con un martillo. Ian alzó el escudo y detuvo el arma del hombre, que bajó con la fuerza necesaria para hacerle añicos los huesos. Acto seguido, el atacante lo intentó apuñalar con una espada, e Ian dio un salto hacia atrás. Como resultado, su oponente desgarró el aire vacío al lado del abdomen de Ian. Ian elevó el arma debajo del escudo, se la clavó debajo del mentón y le hundió la hoja hasta la cabeza.

El siguiente ataque vino de atrás, y la espada de alguien atravesó la armadura de Ian. Se volvió y vio a un árabe delgado y veloz. Luchó contra él, pero más y más atacantes se fueron sumando de todos los frentes. Dedujo que debieron haber decidido acabar con él. Alguien le desgarró el hombro, y sintió un dolor ardiente. Otro le apuntó al cuello, pero Ian se agachó. Un tercer ataque provino de la izquierda, y apenas se las ingenió para frenarlo con el escudo. Luchó durante un tiempo, pero fue perdiendo la fuerza y pronto se vio obligado a retroceder. En cuanto acababa con un oponente, aparecían dos más.

Abaeze se las ingenió para rescatarlo una vez, pero pronto tuvo que luchar su propia batalla.

La Muerte miraba a Ian a los ojos y lo invitaba a seguirla.

Quizás eso sería lo mejor. Se merecía morir. Dios sabía que ya había acabado con suficientes vidas. A pesar de eso, su cuerpo siguió luchando, aferrándose a la vida.

Y, de pronto, todo cambió.

Se oyeron gritos por doquier, tanto desde el exterior de las murallas del palacio del califa como del interior; por todos lados. Unas piedras gigantes comenzaron a caer sobre las edificaciones al tiempo que unas flechas pasaban volando y se clavaban en el suelo o en los hombres.

Mientras los contrincantes de Ian dejaron de atacarlo, se cubrían con los escudos y corrían para resguardar sus vidas, el califa y sus invitados desaparecieron en el interior del palacio.

—¡Abaeze! ¡Abaeze! —gritó Ian al tiempo que miraba alrededor.

Varios hombres yacían muertos, aplastados bajo las piedras, y la sangre empapaba el suelo de polvo seco. Eran los hombres con los que Ian había vivido. Innumerables cuerpos blancos, negros y marrones con heridas y cortes yacían por todo el patio.

De pronto, algo cubrió el sol, y una sombra se proyectó sobre Ian, quien elevó la mirada y vio una piedra que volaba hacia él.

Ese era el fin. La gran muerte sangrienta.

Por el rabillo del ojo, vio que Abaeze se abalanzaba sobre él. Los dos salieron volando hacia un costado, y la piedra impactó sobre el sitio en el que Ian había estado parado. Los cubrió una lluvia de polvo y gravilla.

—Gracias —murmuró Ian.

Se pusieron de pie. Las edificaciones que los rodeaban se estaban desmoronando, y varias esquinas habían quedado destruidas. La gente gritaba de dolor: algunos se hallaban debajo de las piedras, mientras que otros tenían heridas de lanzas o de sables curvos. Las piedras que continuaban cayendo del cielo, sin duda, provenían de varias catapultas en la distancia. De repente, comenzaron a llover flechas. Tanto amos, como guardias, criados y esclavos se hallaban desparramados por el patio, heridos o muertos.

Una flecha pasó volando al lado de Ian, quien sintió un profundo alivio de que no le hubiera asestado. Entonces, alguien gritó. Ian se volvió y se quedó congelado al sentir la helada ola de horror que lo invadía.

Abaeze yacía sobre el polvo, y una flecha le sobresalía del pecho.

—¡No! —Ian cayó de rodillas al lado de su amigo.

Abaeze escupió sangre y se estiró para buscar la mano de Ian.

—Protégete —murmuró.

Clavó la mirada llena de desesperación en los ojos de Ian.

—No. —Las lágrimas le hacían arder los ojos.

—Por fin soy libre —dijo Abaeze—. Vete, Escocés. Vete.

Sus ojos se quedaron quietos, e Ian supo que su amigo nunca más sería un esclavo. Lo tomó del pecho y lo abrazó.

Luego vio que las puertas seguían abiertas. No había guardias, al menos ninguno con vida. Otra piedra le pasó volando cerca, y se apartó.

—Me protegeré —susurró—. Gracias, amigo.

Se puso de pie y se apresuró hacia las puertas. A lo mejor, los sueños de las Tierras Altas verdes y amarronadas no serían solo sueños después de todo.

Quizás tendría, por fin, la oportunidad de regresar a casa.

De todos modos, aún si lograba sobrevivir a los peligros que lo aguardaban en el camino, ¿sería su clan capaz de aceptarlo cuando se enterara del tipo de hombre en el que se había convertido?

CAPÍTULO 1

Castillo de Inverlochy, Escocia, julio de 2020

Kate Anderson se detuvo ante las ruinas de un castillo antiguo. Nunca antes había estado tan lejos de casa, de Nueva Jersey. Aunque había querido marcharse durante toda su vida, ahora que lo había hecho deseaba que su hermana, Mandy, y su sobrino, Jax, estuvieran con ella.

En cambio, quien se hallaba de pie a su lado era Logan Robertson, el hombre que definiría el futuro de su restaurante y de su familia.

A Kate le latía el corazón desbocado. Se apoyó la palma contra la cadera para quitarse los nervios que se acumulaban en su interior. Debería relajarse y disfrutar la excursión privada a la que la había invitado Logan. Al fin y al cabo, si decía algo fuera de lugar, él no la echaría de su programa de capacitación de cocineros.

Era un día cálido, y todo se veía verde y abundante. El aire olía a césped, flores silvestres y un aroma apenas perceptible a agua de río. En ocasiones, se oían pasar algunos automóviles en la distancia.

—Este es mi sitio favorito. —Logan se pasó una mano por el cabello teñido de rubio. Era curioso. En la televisión, parecía ser un rubio natural—. Si esas paredes hablaran, ¿no?

Luego de tres días de entrenamiento en el set, Kate había llegado a acostumbrarse a hablar con la estrella internacional como si fuera un ser humano común y corriente. Era tan encantador y simpático al interactuar en persona como se lo veía en sus programas, en especial con ese suave y característico acento escocés.

—Oh, sí. —Kate ni siquiera tuvo que elevar demasiado la mirada, pues él solo era unos centímetros más alto que ella. De cerca, su frente se veía demasiado suave como para ser natural, y la piel que le rodeaba los ojos parecía congelada. ¿Usaría Botox? —Quizás las paredes dirían: «Menos mal que esta gente ya no asa jabalíes todos los días».

Logan se rio y le sacudió el dedo índice divertido.

—Eres una muchacha graciosa. Mantén el sentido del humor cuando grabemos. La gente te amará. Harán fila en tu restaurante para conseguir una mesa.

En el transcurso de los últimos días, a Kate le había parecido que él le había dirigido miradas insinuantes. Siempre se reía con sus bromas, que no eran tan buenas y eran más bien el resultado de sus nervios. Pero Kate se recordó que estaba analizándolo demasiado.

—Espero que vengan por mi comida y no por mis bromas —señaló—. Se me da bien lo primero, pero con lo segundo apenas me defiendo.

Logan negó con la cabeza.

—Cuando termine con tu restaurante, no tendrás que conformarte con nada. Serás famosa, muchacha. —Le guiñó un ojo—. ¿Quieres que te muestre los alrededores?

Cruzaron la puerta en ruinas de las murallas antiguas, entraron a un patio verde iluminado por el sol y vieron cuatro torres desmoronadas que se erguían en las esquinas. Aún mientras las miraba, Kate no podía creer que, de verdad, estaba en Escocia.

—Soy tan afortunada de que hayas escogido Deli Luck —sostuvo al tiempo que sentía una vibración de entusiasmo en el estómago—. Cuando mi hermana Mandy me contó que habíamos ganado...

—¿Tu hermana? —Logan la miró con curiosidad—. ¿Llamaron a tu hermana primero?

—Sí. Ella fue la que nos postuló. Yo no tenía ni idea. Si me lo hubiera dicho desde el inicio, la hubiera encerrado en la alacena hasta hacerla cambiar de parecer. Nunca en mi vida me hubiera imaginado que nos ibas a escoger.

Considerando que la depresión contra la que luchaba Mandy a veces le impedía hasta salir de la cama, Kate estaba sorprendida de que hubiera tomado semejante iniciativa.

Logan se cruzó de brazos.

—Sí, Deli Luck no es lo que solemos escoger. Es demasiado estadounidense. Demasiado tradicional. Y creo que ese es el problema. No toman riesgos, ¿no? Solo sirven hamburguesas, costillas de cerdo y patatas fritas.

Kate sintió que se le encendía el cuello al bajar la mirada. Dirigió la punta de la bota a una piedra y la fue pateando mientras andaban. Esos habían sido sus pensamientos exactos desde el comienzo. De hecho, sus clientes la obligaron a abandonar sus platos más creativos: el estofado con salsa de coco tailandesa, las hamburguesas de quinoa y las chuletas al garam masala. Kate había querido fusionar los sabores tradicionales con los exóticos desde el inicio. Como dueña y cocinera, estaba avergonzada de admitirle a Logan que la comunidad la había presionado para que cambiara el menú.

Ahora, Deli Luck corría riesgo de declararse en bancarrota en un mes si las cosas no cambiaban.

—Eso es lo que quiere la gente en Cape Haute, Nueva Jersey, Logan —le informó—. No quieren nada diferente.

—Es cierto. Pero lo que tú ofreces es demasiado común, y es

por eso que apenas llegas a fin de mes. Debes encontrar la línea delgada entre lo viejo y lo nuevo. Y para eso me tienes a mí. No te preocupes, muchacha. Tienes un restaurante familiar, ¿cierto? Cuéntame cómo comenzaron.

Kate se guardó las manos en los bolsillos de los vaqueros, algo que hacía cuando se sentía incómoda. Hablar del pasado le dolía. Nunca había hablado de su infancia, ni siquiera con Mandy, y mucho menos le había revelado algo a un desconocido.

—Nunca conocí a mi papá. Mi mamá murió cuando tenía dieciocho años. Para mantenernos a mí y a mi hermana, comencé a trabajar en restaurantes locales. He cocinado durante toda mi vida, y a la gente le encanta mi comida. Transcurridos unos años, algunos vecinos me prestaron dinero para abrir mi propio restaurante. En cierto modo, es el restaurante de la comunidad. Aún no he terminado de pagarles. Allí es a dónde va la mayor parte de las ganancias. Tu programa nos ayudará con las renovaciones, el nuevo diseño del menú y los letreros... que es justo lo que necesitamos para salvar al restaurante de la bancarrota.

Si se declaraban en bancarrota, perderían el edificio: incluido el apartamento en que vivían Kate, Mandy y Jax. Los tres quedarían en la calle. Mandy no podría acceder a los antidepresivos y la terapia que necesitaba para mantenerse sana. No podrían enviar a Jax a una buena escuela, ni asegurarse de que tuviera asistencia médica en caso de necesitarla.

Ese programa era la última esperanza de Kate.

—Un restaurante fundado por la comunidad. —Logan entrecerró los ojos y la estudió con curiosidad—. Es una excelente historia. Pero ¿no sientes que son tus dueños?

Kate se rio entre dientes, y se le encendieron las mejillas.

—Por supuesto que son mis dueños. Por eso sirvo hamburguesas, costillas de cerdo y patatas fritas.

Logan echó la cabeza hacia atrás y soltó una carcajada.

—Este será un programa fabuloso. Cuando tus clientes se enteren de lo que tengo planificado, habrá una rebelión en Nueva Jersey.

Kate se abrazó. Lo cierto era que quería sobresalir y agradarle a la gente por ser diferente. En lugar de ello, se había pasado toda la vida intentando complacer a todos con desesperación para poder encajar. Y ¿a dónde la había llevado eso?

Se rio.

—Mientras Deli Luck se convierta en un país independiente luego de la rebelión...

Logan volvió a echar la cabeza hacia atrás y se rio. Cuando la miró de nuevo, sus ojos eran intensos y la examinaban como si le estuviera quitando la ropa. Kate se reprendió por imaginarse que una estrella como Logan pudiera estar interesada en «ella».

—Sí que eres una muchacha bonita —murmuró y dio un paso hacia ella.

Kate se puso tensa y se obligó a quedarse en su sitio y a no apartarse de él. Abrió la boca para soltar una broma, pero el teléfono de Logan sonó.

—Tengo que contestar, muchacha. —Se llevó el teléfono al oído y caminó al otro lado del patio, hacia la puerta principal.

Kate soltó el aire, y sintió que se le aflojaba la tensión de los músculos. No estaba acostumbrada a que la trataran con bondad. Y él no tenía motivos para ser amable con ella, excepto grabar un excelente programa.

Kate miró alrededor. Qué sitio más bello y misterioso. Estaba de acuerdo con Logan: si las paredes hablaran, podrían contar muchas historias. ¿Cómo habría sido cocinar en una cocina medieval? ¿Qué platos cocinarían en el pasado? ¿Qué especies y utensilios utilizarían?

El estómago le gruñó de hambre. Por fortuna, a consecuencia de su infancia, siempre llevaba comida a todos lados. Kate era una acumuladora. Bueno, no en el sentido literal, sino que acumulaba comida en el estómago y grasa en los muslos. Nunca sabía si en realidad tenía hambre o sentía pánico y almacenaba comida mientras estaba disponible. Era algo que había hecho desde que era niña.

Kate abrió la mochila y extrajo uno de los sándwiches BLT

que había preparado para ella y para Logan. Lo había hecho con pan *ciabatta* fresco, tocino ahumado que había comprado en el mercado local el día anterior, tomates *cherry* y un poco de mayonesa de trufas que había comprado en una tienda de alimentos artesanales en Edimburgo. En vez de usar lechuga francesa, había escogido lechuga romana.

Se sentó sobre una piedra a tomar sol, cerca de una torre con una barandilla en la entrada. Volvió el rostro hacia el sol, cerró los ojos y se imaginó sentada allí, hacía muchos años, cuando el castillo aún no se encontraba en ruinas, sino que estaba lleno de habitantes. ¿Qué sonidos habría habido? ¿Acaso olería a carne asada? ¿A barro? ¿A caballos?

—Ese pancito que tienes se ve delicioso, muchacha —dijo una voz femenina a su lado.

Kate abrió los ojos. Una joven atractiva se hallaba de pie a su lado y llevaba una larga capa con capucha de color verde oscuro. Su cabello rojizo brillaba a la luz del sol. Tenía la mirada clavada en el sándwich de Kate, al que observaba como si fuera la comida de los mismos dioses.

—Oh —repuso Kate—. ¿Quieres un poco?

Kate se ganaba la vida cocinando, pero no recordaba haber visto a nadie mirando su comida de ese modo.

—Vaya, ¿en serio? —le preguntó la mujer—. ¿No te molesta?

Tenía un acento escocés mucho más pronunciado que Logan; de hecho, era más pronunciado que nadie que hubiera conocido. Su voz sonaba hermosa y melódica, casi como una canción.

Kate le entregó el sándwich.

—Ten. No eres alérgica a las trufas, ¿cierto?

La mujer lo tomó el con las dos manos, y una sonrisa llena de asombro le iluminó el rostro.

—¿Qué son las trufas?

—Son unos hongos deliciosos, bueno, una variedad...

—Oh, estoy segura de que no soy alérgica.

—También tiene mayonesa, que contiene huevos y...

Sin embargo, la mujer ya había lo había mordido y estaba

masticando. Puso los ojos en blanco en señal de éxtasis y emitió sonidos que solo se podían asociar con el mejor sexo.

—¡Oh, por todos los cielos! —murmuró con la boca llena—, lo juro por los *kelpies*, ¡es la mejor comida que he probado!

Kate la observó maravillada. Tenía que admitir que en raras ocasiones veía a la gente disfrutar de su comida de ese modo. De hecho, no podía recordar cuándo había sido la última vez que alguien le había hecho un cumplido como ese. ¿Sería que estaba aburrida de cocinar lo mismo una y otra vez? ¿O sería que, en realidad, era mala cocinando?

La mujer continuó disfrutando su festín. Kate hubiera comido el sándwich de Logan, pero si él regresaba, no tendría ninguno para ofrecerle. Decidió que era mejor pasar hambre que ofenderlo y hacerle cambiar de parecer con respecto al programa de televisión. Deli Luck lo necesitaba.

—¿Eres cocinera? —La mujer se sentó en el césped y continuó masticando.

—Sí. De los Estados Unidos.

—Ah, sí. He conocido a alguien de allí. Son muy agradables. ¿Cómo te llamas, querida? —Y dio otro mordisco.

—Kate. ¿Y tú?

—Sìneag. —Lo pronunció como «Shi-naig».

—Qué bonito nombre. Nunca antes lo había oído.

—Es porque es muy antiguo. Como yo. —Se rio—. ¿Ese hombre es tu marido?

—¿Qué? ¡No! Lo conocí hace tres días. Supongo que es un compañero de trabajo. O, quizás, un jefe.

—¿Un jefe? ¿Como un amo?

Kate se rio.

—Sí, de una manera bastante inocente, supongo que así es.

Sìneag clavó la mirada en Logan, quien seguía hablando por teléfono y les daba la espalda.

—Le gustas, se le nota.

—Estoy segura de que te equivocas. ¡Si es «Logan Robertson»!

—Lo dices como si debiera saber quién es.

—¿No lo conoces?

—No, no lo conozco. Pero te puedo decir una cosa: no es el hombre para ti.

—¡Ja! Eso es obvio. Yo misma te lo podría haber dicho. Él nunca se fijaría en alguien como yo.

—¿Alguien como tú? Él sería muy afortunado de tener a alguien como tú, muchacha. Pero no te preocupes, conozco al hombre para ti.

Kate negó con la cabeza.

—Gracias, pero no busco una relación. Debo salvar mi restaurante, y Logan me va a ayudar. No hay tiempo para hombres en mi vida. Todos los espacios están ocupados por mi hermana y mi sobrino, en Nueva Jersey.

—Oh, pobre muchacha. Entiendo. Sìneag te ayudará. Mira, corría el año 1308 cuando Ian Cambel, un guerrero al que habían dado por muerto, regresó a casa. Lo habían tomado prisionero y esclavizado en Bagdad durante muchos años, y no tenía esperanza de ser libre. Pero la suerte se volvió a su favor y le dio una segunda oportunidad. Tras quedar libre, regresó a las Tierras Altas. Pero estaba desgarrado. La esclavitud le hizo creer que no se merecía ni ser feliz, ni ser amado. De modo que siempre se sintió solo.

Kate asintió pensativa. En algún lugar recóndito de su corazón, la historia le sonaba familiar.

—Sí, hay cosas que nos desgarran y no sanan jamás.

—Sí, bueno, si dos almas desgarradas pueden conectar a través del tiempo, eso podría darles felicidad a los dos, ¿no?

—¿A través del tiempo? —Kate se rio—. Supongo que eso es romántico. E imposible.

Sìneag se metió el último trozo del sándwich en la boca y gimió.

—Lo que es imposible es que no haya probado este pan antes. Y los viajes en el tiempo son muy reales. De hecho, hay una piedra picta sobre la que se construyó este castillo y está saturada de magia muy poderosa que permite viajar en el tiempo.

—Señaló a sus espaldas, hacia la ruina sobre la que se erguía la torre—. Mmm. Muchas gracias por este bocadillo, muchacha. De verdad, me has hecho el día.

La torre se veía muy normal, se trataba de una pared circular desmoronada hecha de viejas piedras y argamasa. ¿Eso se suponía que albergaba una piedra para viajar en el tiempo? Qué historia más extraña.

—¿Y qué hay de esa piedra...? —Kate se volvió hacia Sìneag.

La mujer había desaparecido. Kate se puso de pie y miró alrededor. Las aves piaban, y el viento mecía las hojas del árbol que crecía afuera del perímetro del castillo.

—¿Sìneag? —la llamó.

A excepción de Logan, quien había acabado de hablar por teléfono y se dirigía hacia ella sin quitarle la mirada de encima; el patio estaba vacío. Parecía un lobo rubio que había visto a una gallina y estaba a punto de devorarla. Por lo general, los hombres no mostraban interés por ella, y esa atención hizo que se le cerrara la garganta. Kate se frotó el antebrazo y dio un paso hacia atrás. ¿Qué estaba pensando hacer? ¿Devorarla o besarla?

Su vida consistía en pasar largas horas en Deli Luck y regresar al apartamento en el que vivía, arriba del restaurante, para colapsar en la cama. Mandy y Jax solían estar profundamente dormidos para entonces. A la mañana siguiente, Kate se despertaba temprano y bajaba para asegurarse de que el café estuviera listo antes de comenzar a preparar la mezcla para los panqueques, los huevos y el tocino para los clientes madrugadores. Los primeros solían ser Hank, el oficial de policía, George y Luke, dos mecánicos que trabajaban en la fábrica de neumáticos local y tenían el primer turno.

En su vida, no había lugar para el romance. Solo había salido con tres chicos en los últimos diez años, y había tenido relaciones íntimas en contadas ocasiones. No tenía ni idea de cómo se coqueteaba, o qué debía esperar de un sujeto que se aproximaba hacia ella con ojos lobunos como lo hacía Logan en ese momento.

No. Iba a ponerse en ridículo o, peor aún, ponerlo en ridículo a él. Tenía que hacer algo para distraerlo. Para desalentarlo antes de tener que rechazarlo.

Con las manos temblorosas, retrocedió unos pasos hasta que su espalda rozó algo duro. Al oír un sonido metálico, se volvió. Era la reja de la torre. La torre que supuestamente se había construido sobre una piedra para viajar en el tiempo. Sí, le podía hablar de eso.

Anduvo hasta detrás de la reja y se dirigió a la entrada de la torre.

—¿Quieres hacer un recorrido por el calabozo, bonita? — Logan abrió la puerta de la reja.

Tenía una sonrisa torcida en los labios.

—Eh, no. —Kate le sonrió nerviosa—. Acabo de tener una conversación muy interesante con alguien que asumo que era de por aquí.

Logan se detuvo delante de ella. Estaba demasiado cerca.

Tan cerca que Kate sintió como si se estuviera ciñendo sobre ella, y podía oler su costosa colonia. Kate parpadeó varias veces y se frotó la nuca.

—¿Ah, sí? —preguntó Logan—. ¿Y qué te han dicho, bonita?

Logan elevó una mano y le acarició la mejilla. Kate reprimió las ganas de apartarse y se rio nerviosa al tiempo que avanzaba unos pasos más y se detenía al lado de la entrada a la torre. Sintió el aire frío que llegaba de abajo. Olía a tierra húmeda, barro y piedras. Estaba tan oscuro que lo único que se veía era la escalera en espiral que comenzaba a uno o dos pasos de la entrada. Los escalones de la ruina descendían, y, al ver que estaban desmoronados, Kate no se pudo imaginar cómo alguien intentaría bajarlos. Algunos de los escalones habían casi desaparecido, mientras que otros parecían piedras completamente planas.

—Dijo que en algún sitio hay una piedra que hace que la gente viaje en el tiempo. ¿Has oído alguna leyenda local por el estilo?

Logan se rio con suavidad. Tenía los ojos entrecerrados y

avanzó unos pasos más para detenerse a su lado, con la misma cercanía de antes.

—No —respondió—. No he oído nada por el estilo. Pero suena intrigante. ¿Te gustaría viajar en el tiempo, bonita?

Estiró la mano y le acarició el mentón. Kate tuvo que hacer un gran esfuerzo para quedarse allí de pie y no huir de él.

—No temas, bonita —le pidió—. Eres una mujer bella a pesar de tu peso. Eres como tu restaurante. Solo necesitas una renovación para brillar.

Kate sintió un dolor punzante en el estómago. De modo que él creía que era gorda y fea. Como la mayoría de las personas. Entonces, ¿qué quería de ella?

Logan se inclinó hacia adelante con la intensión clara de besarla.

Y al pensar en que él la besara, que la considerara una obra de caridad, alguien que necesitaba una renovación y que él sería el mago que iba a convertir a un sapo feo como ella en una princesa, se sintió abrumada. La bilis se le subió a la garganta. Lo empujó, pero él era mucho más robusto de lo que parecía. Kate se tambaleó y dio un paso hacia atrás.

Se le atoró el pie con algo y perdió el equilibrio.

Al momento siguiente, estaba volando hacia atrás, como si hubiera salido disparada a la profundidad de esa oscuridad antigua y fría que olía como una tumba.

Gritó, pero se quedó sin aire en los pulmones al caerse por las escaleras. Se golpeó la cabeza, las costillas, los brazos y las piernas. Cuando por fin se quedó quieta, sintió que la cabeza le iba a estallar de dolor.

—¡Kate! ¡Kate! —oyó que gritó alguien como si estuviera en otro mundo.

Como si estuviera enterrada en una tumba.

No sabía por qué, pero tenía que alejarse de esa voz.

La cabeza le iba a estallar. Era como si un martillo gigante estuviera arremetiendo contra un yunque, y ese yunque era su cabeza. La oscuridad que la rodeaba comenzó a dar vueltas.

Gimió e intentó incorporarse. El estómago se le llenó de náuseas, y vomitó con intensidad.

—¡Kate! —Esta vez, el grito se oyó más alto y más cerca.

No. No tenía idea quién la estaba llamando, ni quién era Kate, pero sabía que no podía permitir que él se le acercara más. Quería alejarse de ambos: del nombre y del sujeto que la llamaba.

Se alejó gateando de la voz, del vómito y del dolor. Entretanto la cabeza estaba a punto de explotarle como una sandía madura.

—¡Kate!

Podría haber habido algo luminoso a sus espaldas, pero no estaba segura porque tenía puntos en la vista. Siguió gateando, sin saber a dónde iba. Se sentía como una ciega en un helicóptero con fallas mecánicas que giraba fuera de control. Se hundió más en la oscuridad movediza, en los puntos que destellaban y en el dolor.

Al cabo de un tiempo, vio algo que brillaba en tonos azules y amarronados en la distancia. Era una piedra. Con lentitud, avanzó hacia allí; en algún punto de su mente, sabía que esa piedra era una esperanza. Una dirección. Una respuesta.

Se detuvo ante ella y se incorporó. El brillo de un círculo de olas azules con una línea recta marrón que lo atravesaba le hizo entrecerrar los ojos. ¿Había un solo círculo, o eran dos o tres? Tenía la visión tan alterada, que duplicaba o triplicaba todo lo que la rodeaba.

En la piedra había una huella de una mano. Era como si alguien la estuviera llamando. Como si alguien quisiera ayudarla. Kate necesitaba ayuda para salir de ese mundo oscuro y sin sentido.

Colocó la mano sobre la huella y la sintió helada y húmeda contra su palma. A pesar de eso, la tranquilizó, la hizo sentir en calma.

«Socorro», pensó. «Esperanza. Necesito una esperanza». Y supo que eso se encontraba al otro lado de la huella.

Una vibración atravesó la piedra, y un zumbido la embargó.

Era como si la piedra hubiera perdido su dureza y se hubiera convertido en otra cosa. Como el agua cuando se evapora. Se cayó en el interior de la piedra. Aterrizó...

Sintió el impacto de volver a golpearse contra algo duro, y luego todo se oscureció.

CAPÍTULO 2

—¿QUIÉN ANDA ALLÍ? —GRITÓ UN CENTINELA DESDE LA muralla.

Ian acarició el cuello de su caballo. El puente que cruzaba el foso era lo único que lo separaba de su clan. Todos se encontraban allí, detrás de esas paredes, o al menos eso era lo que su prima Marjorie le había dicho cuando visitó Glenkeld, el actual hogar de su clan. Incluso su padre se encontraba en Inverlochy.

Y nadie sabía que Ian seguía vivo.

—Ian Cambel —respondió en voz alta.

Hacía muchos años que no usaba su propio nombre. Las palabras sonaban extrañas; le hicieron sentir un estremecimiento en lo más profundo de su ser, pero su voz sonó firme. Se sentía como un impostor a punto de tomar el lugar de un hombre muerto.

¿Dónde estaba el sentimiento de regresar a casa, de recuperar la libertad y sentir paz? ¿Dónde estaba el hombre en el que creyó que se convertiría al regresar a las Tierras Altas?

Lejos de eso, se sentía avergonzado de quien era. Y temía la reacción de su familia al ver en qué se había convertido. Era un monstruo que había asesinado a muchas personas por el deleite de sus amos. ¿Qué diría su padre al respecto si se enteraba?

El centinela se volvió hacia otro hombre que se hallaba sobre la muralla, y hablaron durante unos instantes.

—Demuestra que eres un Cambel —demandó uno de los centinelas.

Ian cerró los ojos unos segundos y bajó la cabeza.

—No traigo nada para demostrarlo. He estado viajando durante muchos meses. Si llaman a mi padre o a mis tíos Dougal o Neil... O a cualquiera de mis primos, Craig, Owen o Domhnall, ellos me reconocerán.

—De acuerdo —acordó el centinela y se marchó de la muralla.

Ian le dio una palmadita en el lomo al caballo negro, Thor, más para calmarse a sí mismo que al animal. Le había puesto el nombre de un guerrero que conoció en Bagdad. El hombre había venido de Noruega y era un gigante con los hombros tan anchos como un barco. Cuando los amos de los esclavos intentaron obligarlo a matar a Ian, que se encontraba herido, Thor se negó, y lo sentenciaron a muerte como consecuencia de eso. Ian nunca olvidó esa lección.

Durante su estadía en Glenkeld, se había dado cuenta de lo mucho que habían cambiado las cosas en su clan. Craig se había casado. Lena, la hermana de Craig y prima de Ian, también se había casado, al igual que Domhnall. Owen había crecido para convertirse en un guerrero fuerte. El padre de Ian se encontraba debilitado y postrado en una cama en Inverlochy, y ese era el motivo por el cual Ian había ido allí en lugar de regresar al hogar de su familia. La vida había seguido adelante sin él. Todos habían crecido y evolucionado.

Él era el único que había dado un paso hacia atrás en cuanto al desarrollo; de hecho, se había reducido a un estado primitivo de supervivencia. La vida contra la muerte.

—¿Quién es el que se hace pasar por Ian? —gritó alguien.

Ian elevó la mirada a la muralla, pero solo vio al centinela.

—¡Acércate! —ordenó la voz.

Entonces vio a alguien de pie ante las puertas que estaban abiertas lo suficiente como para dejar pasar a un hombre.

El corazón de Ian comenzó a latir tan desbocado que sentía el pulso en las orejas. ¿Acaso ese era Craig? Se desmontó del caballo de un salto y avanzó hasta las puertas sintiendo que la tierra temblaba bajo sus pies. Sí: cabello oscuro, alto, complexión robusta...

Cruzó el puente sin apartar la vista del hombre.

—Craig —murmuró Ian.

Los ojos de su primo se agrandaron, y su rostro perdió el color.

—¿De verdad eres tú? —preguntó Craig.

Ian se detuvo delante de él y estudió el rostro que había conocido desde que había nacido: ahora era más grande, ya no era un muchacho, sino un hombre, un guerrero orgulloso. Un comandante y un líder.

¿Acaso Craig lo entendería?

Craig estrujó a Ian en un abrazo demoledor. A Ian se le llenaron los ojos de lágrimas, al tiempo que su primo le daba unas palmadas en la espalda.

—Ven, entra. —Craig lo condujo a través de las puertas—. ¿Cómo es que estás vivo? Cielos, no puedo creer lo que veo. Sé que estás de pie frente a mí y que eres tú, pero no puedo... Todos estos años creímos que habías muerto. Hicimos un funeral. No pasó ni un día sin que pensara en ti, sin que deseara que estuvieras con nosotros.

Al cruzar las puertas, entraron al patio que se hallaba lleno de actividad. Algunos criados cargaban cubetas con agua del pozo, cestas de comida, heno y leña. Varias gallinas cacareaban y picoteaban el césped. Algunos guerreros iban de un lado para otro, mientras que otros hablaban y jugaban a las cartas en una esquina. Olía a estofado, avena y leña. Ian permitió que un criado se llevara el caballo a los establos.

—¿Qué te pasó? —preguntó Craig mientras cruzaban el patio hacia la edificación que debía ser el gran salón.

—Los MacDougall me vendieron a un barco de esclavos que se dirigía al califato —respondió Ian—. Fui un esclavo.

Los rasgos de Craig se desformaron para adoptar una máscara de furia.

—¿Que hicieron qué? —Se detuvo con los puños apretados hasta que los nudillos se le pusieron blancos—. Nos dijeron que habías muerto... De haberlo sabido, habría ido en tu busca.

—Ya lo sé, Craig.

Entraron en el gran salón, que estaba lleno de gente almorzando. Craig condujo a Ian hacia una mesa en una esquina, cerca del hogar.

A Ian se le hizo un nudo en el estómago al ver a su tío, a sus primos Owen y Domhnall y a otros guerreros del clan que reconocía.

Craig pidió que el clan le prestara atención, y todos volvieron las cabezas hacia ellos.

—Miren quién ha regresado —anunció Craig—. Miren quién creímos que había muerto gracias a los malditos MacDougall. Juro que también pagarán por esto.

El tío Dougal fue el primero en reconocerlo.

—¿Ian? —preguntó.

Ian asintió al tiempo que una mezcla de emociones que nunca creyó que volvería a sentir le florecía en el pecho: júbilo, alivio e incluso un indicio de paz.

Dougal se puso de pie, y el resto del clan lo imitó. Ian sintió que lo abrazaban y le daban palmadas en los hombros y la espalda.

La mesa se llenó de ruido y de preguntas. ¿Qué había pasado? ¿Dónde había estado? ¿Cómo se encontraba? Con el estómago revuelto, respondió lo mismo que le había dicho a Craig. Barco de esclavos. Bagdad. Esclavo. ¿Cómo había regresado? Hubo una batalla, y logró escapar.

No podía contarles que en lugar de una batalla había sido una masacre, ni tampoco que no había visto a ningún otro sobreviviente en el palacio. Porque pensaba que no se merecía estar vivo, y ese pensamiento le hacía sentir un vacío helado en todo su ser. Era un monstruo. Un asesino. Y tampoco les podía decir eso.

—¿Dónde está mi padre? —preguntó, y todos guardaron silencio.

Los rostros se volvieron sombríos, y un mal presentimiento se le enroscó en la boca del estómago.

—El tío Duncan no se encuentra bien —respondió Craig—. Está descansando. Es bueno que hayas venido.

—¿Qué tiene? —preguntó Ian. En Loch Awe, no le habían podido dar mucha información acerca del estado de salud de su padre.

—No sabemos. Pero Ellair, el curandero, no cree que le quede mucho tiempo.

A Ian se le formó un nudo de acero en la garganta.

—Llévame con él —pidió.

—Está bien —accedió Craig.

Salieron del gran salón y se dirigieron a la torre más grande, que estaba localizada en la parte noroeste del castillo. Subieron las escaleras de caracol, llegaron a la segunda planta y se detuvieron delante de la entrada a la recámara del señor del castillo. Craig le explicó que ahora le pertenecía a Kenneth MacKenzie, quien había sido nombrado el guardián del castillo luego de que Craig renunciara a la posición, pues quería estar el mayor tiempo posible con su esposa, que estaba embarazada y que se encontraba en la seguridad de su hogar. Kenneth MacKenzie le había cedido su recámara al hombre moribundo para que estuviera más cómodo.

—Te dejo con él —dijo Craig desde la escalera—. Tómate tu tiempo. Estaré en el gran salón.

—De acuerdo.

Ian abrió la puerta y se quedó de piedra al divisar una figura pequeña y delgada que yacía en la cama debajo de varias mantas. Recordaba que su padre siempre había sido un hombre y un guerrero muy poderoso. Pero durante toda su vida, había guardado luto por su esposa, que había muerto durante el parto. Ian siempre se había preguntado si su padre lo culpaba en secreto por la pérdida del amor de su vida, pues siempre habían tenido una relación distante. Ian se había criado en la casa de su tío Dougal, junto con Craig, Marjorie, Domhnall, Lena y Owen. Más que primos, ellos eran como hermanos para él.

Nunca había tenido una relación cercana con su padre. Y, al parecer, ahora se estaban quedando sin tiempo para cambiar eso.

Ian se aproximó a la cama con las piernas temblorosas y observó a su padre con los ojos abiertos de par en par. Tenía el cabello amarillento y blanquecino, y no rojizo como había sido antes. Unas arrugas profundas le cubrían la piel pálida y curtida, y dos círculos oscuros le rodeaban los ojos. Parecía más un esqueleto que el hombre que Ian había conocido.

Un dolor agudo le atravesó las entrañas, y todo el cuerpo se le entumeció al caer de rodillas al lado de la cama. Tragó saliva para aliviar la sensación de dolor en la garganta.

—Padre —murmuró.

El hombre abrió los ojos. Las escleróticas tenían un tono amarillento, y los irises marrones se habían tornado de un gris apagado. Miró alrededor y, cuando se concentró en Ian, frunció el ceño.

—Te pareces a mi hijo —dijo con la voz áspera—. ¿Quién eres?

Ian sintió que se le cerraba la garganta y se le tensaba la mandíbula.

—Soy yo, Ian. He regresado.

—¿Has venido por mí? ¿Me llevarás con mi Mariot?

Ian negó con la cabeza.

—Estoy vivo, padre. No estaba muerto. Por fin he logrado regresar a casa.

Duncan exhaló con suavidad y cerró los ojos.

—Pensé que habías muerto. Pensé que había perdido a todos mis seres queridos.

Ian sintió un gran peso en el corazón. Nunca antes había oído esas palabras de su padre. Si Duncan supiera todo lo que había hecho Ian para sobrevivir, nunca las repetiría.

—¿Qué te pasó, Ian? —preguntó Duncan.

Ian repitió la misma historia, y su padre cerró los ojos con tristeza.

—Un esclavo... Pero no lograron quebrar tu espíritu, ¿no es cierto, muchacho?

Ian bajó la mirada y se tragó el dolor y la humillación.

—No —respondió—. De lo contrario, no sería tu hijo.

Duncan alzó la mano por debajo de la manta. Ian se la apretó. Era la mano de un anciano: huesuda y cubierta de manchas.

—Me alegra verte antes de partir de este mundo, hijo —sostuvo Duncan—. Debes mudarte a casa y vivir allí. Ahora, mi espada es tuya.

Ian inclinó la cabeza.

—Por supuesto, padre.

—Ahora vete, Ian. Debo descansar.

—Está bien.

Ian soltó la mano de su padre y observó cómo cerraba los ojos y respiraba sereno, pero debilitado. Era probable que se hubiera quedado dormido, pero Ian no se podía mover. Cuando por fin se puso de pie, se grabó cada detalle de su padre en la memoria.

Luego salió de la recámara en silencio. Necesitaba algo fuerte para apagar el dolor agudo que le invadía el cuerpo como una herida. Haber llegado hasta allí, haber visto a todos sus seres queridos, con quienes había crecido, y ver morir a su padre era demasiado. Necesitaba beber hasta el olvido.

Le preguntó a un criado en el patio dónde podía encontrar cerveza o *uisge*, y el hombre señaló la torre este.

—En el sótano.

Ian bajó las escaleras en espiral hacia la alacena subterránea. Una vez allí, examinó las cajas, los barriles y los baúles hasta que encontró lo que estaba buscando: un barril con un aroma inconfundible.

De pronto, oyó algo: una especie de gemido o llamado amortiguado. Miró alrededor y vio una puerta. El gemido se repitió, e Ian casi podía jurar que venía de la habitación contigua. Dejó el barril en el suelo, tomó una antorcha de la pared y abrió la puerta.

La oscuridad era total. La habitación era como una cueva que se extendía en la distancia. El gemido venía más de lejos, pensó al tiempo que continuaba adentrándose en la penumbra sin dejar de alumbrar el espacio que lo rodeaba con la antorcha.

Entonces vio a alguien que yacía en el suelo. Una mujer.

Era rubia, y el cabello, que le llegaba hasta los hombros, se hallaba desparramado por el suelo. Iba vestida como un hombre: llevaba puestos unos pantalones ajustados de color azul y una túnica celeste que le caía por debajo de las caderas. Tenía una bolsa en el hombro. Aunque parecía estar inconsciente, movió un poco la cabeza, volvió a gemir y frunció el ceño sin abrir los ojos. No era una mujer delgada, sino voluptuosa, y tenía piernas largas. Era hermosa. Tan hermosa, que Ian se quedó de pie estudiando sus rasgos con asombro durante unos cuantos segundos.

Sin dejar de observarla, Ian se arrodilló a su lado. Vio que tenía una pequeña herida que sangraba en el nacimiento del pelo, un gran moretón en la frente y varios rasguños en el rostro y en las manos. Sus prendas se hallaban desgarradas en varios sitios.

Ian le tomó el rostro en las manos con suavidad.

—¡Muchacha! —la llamó—. ¡Muchacha! ¿Me oyes?

—Hum. —Ella volvió la cabeza.

—De acuerdo, debo sacarte de aquí.

Dejó la antorcha sobre el suelo para no quemarla y la tomó en sus brazos. Acto seguido, recogió la antorcha y tuvo cuidado de no acercársela demasiado.

Debía encontrar al mayordomo y preguntarle si la muchacha era una criada porque no había demasiadas mujeres en el castillo, y las que se hallaban allí eran criadas. Pero antes, tenía que buscar al curandero.

Ahora que tenía el objetivo de ayudar a alguien, el dolor que sentía en el pecho disminuyó. Solo esperaba que la muchacha se encontrara bien.

CAPÍTULO 3

EN EL INSTANTE en que abrió los ojos, se arrepintió. El dolor le partía la cabeza a la mitad. Gimió y se llevó una mano a la cabeza. Tenía un vendaje.

Estaba acostada en una habitación con paredes circulares de piedra. Una simple ventana vertical permitía el ingreso de la luz del día. Se volteó y vio que había más camas allí y algunos baúles contra las paredes. Todo se veía gigantesco, pesado...

La palabra «medieval» se le vino a la mente.

¿Dónde se encontraba? ¿Cómo había llegado allí?

Se apoyó sobre los codos e hizo una mueca al sentir dolor en todo el cuerpo. La cabeza le daba vueltas, y creyó que le iban a dar náuseas, pero por suerte se le pasó rápido.

¿Acaso no recordaba nada?

Tenía la mente vacía, y era como si en su interior le colgara una cortina diáfana. Sabía que había algo detrás de esa cortina, pero, al parecer, no era capaz de sujetarla para abrirla.

De pronto entró alguien: un hombre. Era un individuo alto, hermoso y de cabello rojizo que llevaba puesta una túnica que le llegaba hasta las rodillas, unos pantalones estrechos de lana y cargaba una espada en la espalda. Su cabello era corto y sus ojos, de color café intensos, reflejaban bondad. La piel bronceada parecía indicar que pasaba muchas horas al aire libre.

Algo acerca de él le resultaba familiar; aunque, estaba segura de que no lo había visto nunca antes en su vida.

—¿Puedo entrar, muchacha? —preguntó.

El sonido de su voz era profundo, melódico y muy agradable. Ella asintió. Él entró y se sentó en la cama de al lado.

—¿Cómo te sientes? —le preguntó.

—Yo... La cabeza me está matando. ¿Sabes qué me pasó?

—No. Te encontré en el subsuelo, parece que te has caído.

—Ah. —Se volvió a tocar la sien e hizo otra mueca—. Sí, eso parece. No recuerdo...

—¿No recuerdas cómo te caíste?

—No. De hecho, no recuerdo nada.

Él frunció el ceño al tiempo que la observaba.

—¿Ni siquiera tu nombre?

Cuando negó con la cabeza, una ola de temor fría la invadió. Ni siquiera sabía quién era.

—Anda, muchacha. ¿Cómo te llamas?

—Kate —respondió.

La mano le salió disparada a la boca.

—¡Ay! ¡Acabo de recordar mi nombre! Kate. Sí, creo que me llamo Kate.

—Kate —murmuró—. Bonito nombre. Me llamo Ian.

—¿Y no me conoces en absoluto? —le preguntó.

Él se frotó la nuca.

—No, muchacha. Lo siento.

—Alguien tiene que conocerme.

—¿Trabajas aquí como criada? Ninguna de las criadas te reconoció, pero a lo mejor eres nueva, y el mayordomo te acaba de contratar.

Ella se encogió de hombros. Había algo en sus palabras que no sonaba acertado.

—Iré a buscarlo. Seguro que te conoce.

Antes de que pudiera pensar en sus actos, Kate le aferró la mano grande, cálida y callosa. Él se volvió a mirarla.

—No te vayas —le pidió.

Había algo en él que le hacía sentir seguridad y fortaleza. Era muy alto y musculoso, y parecía muy amable. Él la había encontrado. Y estaba intentando ayudarla. Era la única persona que conocía.

Él frunció el ceño.

—¿Quieres que me quede?

—Sí, por favor. Yo... tengo miedo de estar sola. No sé quién soy, y ni siquiera estoy segura de que esto no sea un sueño...

—Regresaré en seguida, muchacha. Solo iré a buscar al mayordomo. Te prometo que no me voy a ningún sitio.

Cuando le apretó la mano para infundirle confianza, Kate se sintió mejor.

—*Okey* —dijo.

Él hizo una mueca.

—¿Disculpa?

—Dije *okey*.

—Qué palabra más extraña. Quizás se comenzaron a usar nuevas palabras en todo este tiempo que estuve lejos de casa.

Ella sonrió y se volvió a apoyar contra las almohadas.

En poco tiempo, Ian regresó con un hombre de unos cuarenta años y una gran barriga de cerveza. Era calvo y parecía estar apurado, actuaba como si Ian le estuviera haciendo perder el tiempo.

—¿Quién eres? —le preguntó el hombre inclinándose sobre ella como si fuera alguna especie de animal exótico en un zoológico.

Kate se sentó en la cama, pues se sintió vulnerable y quiso protegerse.

—Me llamo Kate. No sé con certeza cómo llegué aquí. ¿Tú no me conoces?

—No. No te vi nunca en mi vida. ¿Dónde la encontraste? —le preguntó a Ian.

—En la torre este. En la alacena subterránea.

El rostro del hombre se puso serio.

—¿En la alacena subterránea? ¿Donde almacenamos la comida y la bebida?

—Bueno, en realidad, no en esa, sino en la que está detrás de la puerta.

El hombre entrecerró los ojos y observó a Kate.

—Nunca antes te había visto. ¿Qué haces aquí?

—¡No lo sé! —exclamó Kate.

—¿Dónde están tus cosas?

—Tenía una bolsa, una bolsa pequeña.

Ian tomó la bolsa que Kate tenía sobre el hombro cuando la encontró.

—Dámela —dijo el hombre que debía ser el mayordomo.

Ian no se movió, pero sus ojos se clavaron en los de Kate.

—No —respondió—. La revisaré yo mismo.

Ian la abrió sobre la cama y examinó sus contenidos. A pesar de que no había mucho espacio en su interior, extrajo una bolsa de plástico con un sándwich. Una botella de agua. Servilletas.

Los hombres miraban los elementos como si fueran las pertenencias del mismo diablo.

—¿Qué tipo de material es ese? —preguntó el mayordomo.

Ian desenvolvió la bolsa de plástico y sacó el sándwich

—No sé. Pero esto es pan, carne de cerdo salada y creo que algún tipo de ensalada. O quizás repollo. Y algo más... algo rojo... ¿Será alguna baya?

—¡Eres una ladrona! —soltó el mayordomo—. Estabas robando, ¿no es cierto?

Kate se sentó erguida en la cama a pesar del dolor de cabeza que la estaba matando.

—¡No! Yo nunca... No sé qué estaba haciendo allí, ¡pero les aseguro que no estaba robando!

—Si dice que no es una ladrona, no lo es —declaró Ian antes de oler el pan—. Esto huele delicioso, muchacha. ¿Lo has hecho tú?

—No lo recuerdo.

—En ese caso, ¿cómo puedes demostrar que no eres una ladrona? —insistió el mayordomo.

—¡No puedo demostrarlo! —exclamó Kate—. No tengo pruebas. Ni siquiera sé quién soy.

—No la puedes acusar de algo que no ha hecho —señaló Ian—. Mírala. Ni siquiera puede caminar. Déjala en paz, déjala sanar y quizás recuerde algo. O, a lo mejor, alguien la reconozca.

El mayordomo se cruzó de brazos y asintió a regañadientes. Acto seguido se volvió y abandonó la habitación.

—No te preocupes, muchacha —dijo Ian—. Ya recordarás algo. Y, mientras tanto, probaré esto. Huele demasiado bien.

Cuando le dio un mordisco al sándwich y lo masticó, su rostro adoptó a una expresión de dicha pura.

—Por todos los cielos, muchacha. ¿Tú lo hiciste?

—¡No lo sé!

—Es delicioso. Mmm. ¿Quieres un poco?

—No, aunque quisiera no podría. Aún siento náuseas.

—Quizás seas una cocinera.

Ella se encogió de hombros y miró perpleja cómo seguía devorando la comida.

—Sí, muy rico. Te dejaré descansar. Debes reponerte. Regresaré pronto a ver cómo sigues. ¿De acuerdo?

Ella asintió.

—Gracias, Ian.

La cabeza le latía, y sentía como si algo le estuviera chupando toda la energía y la vida. Se recostó de costado, se cubrió con la manta y observó a Ian salir de la recámara. Comenzó a hundirse en las aguas oscuras y profundas del sueño, pero el temor la seguía acechando. ¿Quién era? ¿Por qué las cosas que llevaba en la bolsa les habían resultado tan extrañas a ellos?

Y ¿qué ocurriría si una vez que lo recordara todo terminara deseando poder olvidar?

CAPÍTULO 4

Sᴇɴᴛᴀᴅᴏ ғʀᴇɴᴛᴇ a una copa de *uisge*, a Ian le colgaba la cabeza entre los hombros. Se sentía pesado, como si cada extremidad del cuerpo fuera una bolsa llena de rocas. Tenía la mente nublada por el alcohol. Sentía el pecho entumecido y la cabeza vacía, y eso era exacto lo que necesitaba.

No quería pensar en su padre moribundo. No quería pensar en el pasado trágico. Y no quería pensar en la confusión que su llegada le habría causado a su familia. Y luego estaba esa muchacha hermosa y extraña que no sabía quién era... Sentía pena por ella.

Y no quería sentir nada por nadie.

—No he bebido ni una gota desde antes de la batalla contra los MacDougall —le dijo a Owen, quien estaba sentado a su lado en el gran salón y debía estar casi tan ebrio como él.

—¿Ah, no? —preguntó Owen.

Ian elevó la mirada y se rio entre dientes.

—No. ¿Qué creías, que en el califato invitaban a los esclavos a los banquetes? Los amos bebían solos.

Owen alzó la copa.

—¡Por beber! Y por tu regreso.

Chocaron las copas. Ian se vació el contenido de un trago, y el líquido le quemó la garganta y le dejó un rastro de fuego al descender hacia el estómago.

Owen le echó una mirada de cautela e interrogación.

—Y, en concreto, ¿qué hiciste allí?

Esa pregunta era como si le hubiera arrojado un baldazo de nieve. Ian se puso tenso, y la sensación de entumecimiento lo abandonó. Echó los hombros hacia atrás mientras que uno de sus pies repiqueteaba bajo la mesa. Al percatarse, se detuvo, pero sentía la necesidad imperiosa de calmar la ansiedad. Se frotó la nuca.

En esencia, el patio cuadrado y polvoriento que había visto en incontables ocasiones era un ataúd. Las espadas destellaron ante él, y oyó los gritos de sus víctimas al morir: recordó que sus ojos registraban sorpresa, luego enfado y, por último, aceptación. Los recuerdos, que se ceñían sobre él por todos los flancos, amenazaban con aplastarlo como a una hormiga.

Inspiró hondo, soltó el aire y volvió a inhalar una y otra vez. Como la copa estaba vacía, se sirvió más *uisge* que luego se apresuró a tragar.

Esperó a sentir un ardor en el estómago, tener la mente nublada y volver a respirar con facilidad, antes de responder:

—¿Que qué hice? Lo que hacen los esclavos.

Owen lo observó con una mueca de preocupación. Ian debía admitir que Owen era lo suficientemente inteligente como para no hacer más preguntas, sino que se limitó a asentir y se sirvió otro trago.

—No me puedo imaginar lo difícil que habrá sido para ti.

Ian asintió.

—Esa es una manera de describirlo.

—¿Cómo escapaste?

Los recuerdos de cuerpos aplastados debajo de piedras y las flechas atravesando la carne le invadieron todos los sentidos. Abaeze... el amigo que le había salvado la vida... y abrazado su propia muerte.

—Alguien atacó el palacio. Lo destruyó por completo y mató a todos. Tuve mucha suerte. Muchísima.

Y no se la merecía.

—No fue tu culpa, hermano —señaló Owen con suavidad—. Me refiero a que hayas tenido suerte. Veo que eso te está torturando.

Ian clavó la mirada en la copa con la espalda tan rígida como el tronco de un árbol.

—No lo sabes, hermano.

—Pero sé que no te merecías que te vendieran como esclavo. Y sé que has tenido la mala suerte de terminar en ese barco. Y sé que habría ido en tu búsqueda de haberlo sabido.

Ian asintió.

—Sí. Yo también habría ido por ti. Por todos ustedes. Nadie se merece «eso».

Guardaron silencio durante un instante.

—¿Cómo regresaste a casa? ¿Cómo encontraste el camino?

Ian se rio entre dientes.

—Fue fácil salir del palacio con todos los centinelas muertos o dándose a la fuga. Lo que no fue tan fácil fue andar por las calles de la ciudad con la armadura. Robé prendas, comida, dinero y caballos. En ocasiones, luché para abrirme camino. Compré un pasaje en un barco que salía de Constantinopla. Luego me dirigí hacia el noroeste. Me quedé en Múnich durante un mes, me gané la vida arreglando armaduras y armas. Cuidé caballos en Colonia. Por último, tomé el último barco con destino a Dover. Cruzar Inglaterra resultó más difícil que el resto del viaje. Sabía que allí odiaban a los escoceses, pero eso...

—Sí. Estamos en guerra.

—Hum. Me mantuve alejado de los caminos principales, los pueblos y las aldeas. Solo cuando respiré el aire fresco de las Tierras Altas me di cuenta de que lo había logrado.

—¿El aire fresco del estiércol de las ovejas?

Los dos se echaron a reír. Owen no había perdido su alegría

con el transcurso de los años. Al poco tiempo, su rostro se tornó serio.

—Mañana, Craig se marcha a Falnaird, su casa, para estar con Amy. Me quedaré allí con él un tiempo, hasta que Roberto me necesite. Tomó las Tierras Altas el año pasado, poco a poco. Al parecer, los ingleses ya no representan ninguna amenaza. El viejo rey Eduardo ha muerto, y su hijo, Eduardo II, está más preocupado por los problemas en su propia corte que por detener a Roberto.

Sin embargo, eso no podía ser todo. Ian era un guerrero con experiencia suficiente como para dudar de que los problemas se hubieran acabado para Roberto.

—¿Y qué hay de los otros enemigos de Roberto en Escocia?

—Hemos luchado contra el resto de los Comyn en el oeste, de modo que la mayor amenaza contra la corona ha desaparecido. Ahora va detrás de los últimos Comyn, en el noreste, para asegurarse de que nadie se vuelva a oponer a él. Los ingleses podrían volver a atacar en cualquier momento. Y los MacDougal siguen representando una amenaza.

Ian apretó los puños ante la mención de ese nombre.

—Espero que los aplaste.

—Sí. —La boca de Owen se torció en una mueca—. Y yo estaré allí cuando lo haga.

Intercambiaron una mirada y supieron que los unía una experiencia amarga. Los MacDougall habían hecho más que suficiente para herir al clan Cambel. Habían secuestrado y violado a Marjorie. Habían vendido a Ian como esclavo. Habían asesinado a su abuelo. Owen tenía muchos motivos personales para querer hacerles pagar todo lo que los habían hecho sufrir.

—Por el momento, Roberto no nos necesita porque las batallas han cesado —continuó Owen—, pero puede que el tío Neil, que está con el rey, nos envíe un mensaje y nos pida que nos unamos al ejército. ¿Vendrás con nosotros si nos llama?

Ian suspiró.

—No. Ya he acabado con suficientes vidas. No puedo seguir

matando. Lo único que quiero es paz. Y ruego que Dios me perdone por lo que he hecho. Aunque dudo que lo haga.

—¿Y si la guerra llama a tu puerta?

—Espero que eso no pase.

La velada terminó a la brevedad cuando Owen se distrajo con una criada atractiva e Ian siguió bebiendo hasta que logró olvidar todo. Creyó que alguien lo ayudó a levantarse del banco y acostarse en una esquina y lo cubrió con pieles y mantas.

Luego perdió el conocimiento.

SE SENTÓ AL LADO DE LA CAMA DE SU PADRE TODOS LOS DÍAS. La mayor parte del tiempo, Duncan dormía. Hablaban un poco, pero era evidente que estaba perdiendo el juicio. No dejaba de preguntarle a Ian por qué sería que se parecía tanto a su hijo, e Ian le repetía la misma historia.

Al cabo de tres días, Duncan tenía la lucidez suficiente para pedirle que lo ayudara a sentarse en la cama. Sus ojos estaban más iluminados que antes, y parecía poder concentrarse.

—Hijo —comenzó—, dame mi espada.

Ian se puso de pie para buscar el arma de su padre, que se encontraba sobre un baúl lleno de prendas. Le entregó la *claymore*, y su padre la sostuvo con una mano. Duncan tomó la mano de Ian y la apretó al tiempo que buscaba su mirada.

—Moriré sujetando mi espada y la mano de mi hijo.

A Ian se le llenaron los ojos de lágrimas y sintió un escalofrío que lo recorría entero.

—Padre... —comenzó, pero Duncan lo interrumpió.

—Oye. Le diré a tu madre qué hijo más increíble me ha dado. Toma esta espada luego de que muera y dásela a tu hijo cuando llegue tu hora de partir. Regresa a Dundail y devuélvele toda la prosperidad. Cuídate, Ian.

La mano de su padre se debilitó. Sus ojos perdieron foco, y

miró a algún punto que Ian no alcanzó a identificar. Su cuerpo quedó flojo y luego quieto, y su pecho dejó de subir y bajar.

Ian se quedó sentado un rato, apenas respirando, observando a su padre en búsqueda de algún sacudón o cualquier movimiento. Cualquier señal.

No pasó nada.

—Adiós, padre —susurró Ian.

Con la cabeza mareada, el corazón latiendo desacelerado y el estómago retorciéndose de dolor, se puso de pie, besó la frente cálida de su padre y le cerró los párpados.

—Te llevaré a casa y te enterraré en Dundail, al lado de mi madre. Y luego me quedaré allí y viviré en paz hasta que llegue mi hora.

No obstante, en lo profundo de su ser, sabía que nunca tendría paz, no mientras lo acecharan las pesadillas o la culpa del tamaño de un peñasco le colgara del cuello.

CAPÍTULO 5

Kate tenía que encontrar a Ian. No la había visitado durante los últimos tres días, y por algún motivo eso la hacía sentir tristeza. Tristeza y miedo. ¿Y si le había pasado algo?

Aún le dolía la cabeza, al igual que los brazos, las piernas y los laterales del cuerpo. Pero luego de pasar tres días en cama, no podía pasar un segundo más allí.

Las preguntas acerca de su identidad y de dónde venía la estaban torturando. Había algo acerca del castillo, de las prendas que todos llevaban puestas y de todo lo que la rodeaba que no iba bien. Sentía como si no perteneciera allí.

Les había preguntado a las criadas, con quienes compartía habitación, en qué año se encontraba, dónde estaban y qué estaba ocurriendo, pero sus preguntas parecían asustarlas y, para evitarla, le aseguraban que tenían mucho trabajo o que estaban muy cansadas.

El día que la encontraron, el curandero, que se llamaba Ellair y era un hombre robusto de unos cincuenta años, le había cocido y vendado la herida de la cabeza antes de darle algo de beber que le alivió el dolor durante un breve período de tiempo. Desde ese momento, las criadas le habían llevado comida y agua y habían vaciado su orinal. Se sentía mal por necesitar los cuidados de esas desconocidas. A pesar de que no se sentían cómodas en su presencia, una de ellas, Aisling, había sido muy bondadosa y le había dado a Kate uno de sus vestidos más viejos.

Kate había revisado sus prendas y su bolsa en busca de algún indicio. En el interior de la bolsa, había una botella de agua con una etiqueta que decía «Producto de las Tierras Altas». También leyó que la habían embotellado en Inverness y que vencía el 5 de noviembre de 2025. Eso no tenía sentido. Aunque la botella era lo único que parecía estar fuera de lugar en ese sitio, era lo único que se sentía familiar para Kate.

También había un paquete de pañuelos descartables. Un juego de llaves. Una cartera. En el interior, encontró dinero en papel y una tarjeta de crédito a nombre de Katherine Anderson, válida hasta el 2024. ¿Sería ella Kate Anderson? Era probable. Sabía que eso era una tarjeta de crédito, pero no tenía ni idea de para qué se usaba. En algunos billetes de dinero leyó que eran dólares estadounidenses, mientras que otros, libras esterlinas del Reino Unido. Los años impresos en los billetes tampoco tenían sentido. No había ninguna tarjeta de identificación. Ninguna fotografía suya o de su familia.

Nada.

Todo eso había sido más confuso que clarificador, y la cabeza le dolía otra vez. Alguien había comenzado a gritar en su mente. Hizo la bolsa a un lado e intentó inspirar con lentitud para calmarse. Cuando por fin se detuvieron los gritos, la invadió el cansancio y se quedó dormida.

Al día siguiente, intentó revisar las prendas. La blusa azul tenía una etiqueta que decía «H&M». Los vaqueros también eran de la marca «H&M» y decían: «Hechos en Tailandia». ¿En Tailandia? ¿No estaba en Escocia? «Instrucciones de lavado: ciclo normal. No usar lejía».

Kate negó con la cabeza e intentó recordar algo, quería darle sentido a todo eso.

Nada.

Los bolsillos de los vaqueros estaban vacíos. Su calzado tenía menos información. Si bien las prendas parecían nuevas, las zapatillas de lona blancas estaban desgastadas y se habían vuelto grises en los laterales.

Cuando todas las criadas se marcharon, revisó el último objeto que le podría brindar alguna pista.

Su cuerpo.

Se desnudó y se sentó en la cama para observar todo. No era una mujer delgada: tenía algunos rollitos de grasa en el estómago, los pechos llenos, las caderas redondeadas y un trasero enorme. ¿Era atractiva? No tenía ni idea.

¿Acaso era así porque le gustaba comer? ¿Porque no se movía mucho? ¿O simplemente porque era así y ya?

Las preguntas hicieron que le regresara el dolor de cabeza.

Era rubia en todos lados. Tenía un lunar claro en el lateral derecho del vientre, casi con la forma de una herradura. Llevaba las uñas de las manos y de los pies cortas, pero vio rastros de tierra debajo de las uñas y cortes en sus manos. Se veía limpia, a pesar de que le hubiera encantado darse una ducha. El cabello le caía hasta los hombros. Deseaba poder ver su rostro, pero allí no había ningún espejo.

Y, de nuevo, nada.

Kate golpeó las manos contra la cama frustrada. Luego se puso el vestido que le habían prestado, se dejó caer sobre la cama y lloró. ¿De verdad era una ladrona? ¿Qué estaba haciendo en un sitio donde no la conocía nadie? ¿Sería que la habían secuestrado? Pero ¿por qué? Y si ese fuera el caso, ¿su secuestrador no se hubiera presentado ante ella para ese entonces?

¡Ya era suficiente! Se obligó a ponerse de pie y se resolvió ir en busca de la única persona que la hacía sentir a salvo en ese sitio.

Kate salió de la habitación, bajó las escaleras con cautela y salió al patio. Inhaló el aire fresco del día soleado: una mezcla a pan recién horneado, leña, caballos y tierra húmeda. Y también algo floral. En el patio, la gente estaba ocupada llevando cestas con verduras, bolsas pesadas y leña. Se detenían para hablar entre ellos. Varios hombres con arcos y espadas recorrían las torres y las puertas, y Kate vio a algunos arqueros sobre las murallas. En una esquina del patio, había guerreros entrenando con espadas.

Kate detuvo a un hombre que llevaba leña.

—Disculpa, ¿sabes dónde puedo encontrar a Ian?

—¿Ian? —repitió—. ¿Es un guerrero? Por lo general, los guerreros están en las murallas o en el gran salón, bebiendo y comiendo.

—¿Dónde está el gran salón?

El hombre señaló un edificio de madera que se hallaba al lado de la torre más alta.

—Gracias —le dijo y partió en la dirección que le había indicado.

Sin embargo, no hizo falta que entrara en el salón porque Ian estaba sentado en un banco afuera. Se veía pálido y desolado. A Kate se le partió el corazón al ver a un hombre tan físicamente poderoso como él parecer tan perdido, con una mirada tan vacía.

Se acercó a él.

—Ian —lo llamó, y él parpadeó y se concentró en ella.

—Hola, muchacha —la saludó—. ¿Qué sucede?

—¿Te encuentras bien? —le preguntó.

—Yo... tengo que hacer algunos arreglos... y hablar con Kenneth MacKenzie. Mi padre acaba de morir...

Dijo eso último como si aún no lograra creérselo. Kate suspiró. Algo le resultaba familiar, era como si ella ya hubiera vivido esa experiencia.

—Lo siento, Ian —le dijo y le cubrió la mano con la de ella y se la apretó para infundirle fuerza.

Él volvió a parpadear y asintió. Luego se puso de pie y comenzó a andar hacia la torre sudeste. Kate lo siguió.

—Necesito buscar una carreta para transportar el cuerpo —le informó—. Lo llevaré a casa.

—Oh, ¿te marchas?

—Sí.

Kate asintió y escondió la desilusión. No lo conocía demasiado, pero sentía que estaba por perder a la única persona que se había preocupado por ella en toda su vida.

Al menos, durante la parte de su vida que recordaba.

—¿A dónde irás? —le preguntó.

—A casa, en Loch Awe. Es al sur de aquí.

—¿Y cómo es?

Ian suspiró.

—Hace muchos años que no voy por allí. No sé cómo será ahora, pero recuerdo un lago enorme, montañas y bosques. Nuestra casa. Demente Mary nos cocinaba morcilla escocesa...

Kate se detuvo de repente. Una imagen le llenó la mente: pata de cordero asada en una fuente de vidrio resistente al calor, cubierta con miel y salsa de mostaza y rellena de harina de avena, verduras trituradas y hierbas. La imagen vino acompañada de una sensación de hogar, comodidad y seguridad... y ansiedad. Preguntas, dudas, sentirse fuera de sitio...

—¿Qué sucede? —preguntó Ian al tiempo que se detenía—. ¿Te encuentras bien?

—Recordé algo —le dijo y volvió a reproducir la imagen que se le había venido a la mente una y otra vez, se aferró a ella como si fuera un salvavidas—. Demente Mary... es cordero asado, ¿no es cierto?

—No. Demente Mary es quien nos cocina.

—Ah... Entonces, ¿no es el nombre del plato?

—Bueno, sí, hace un cordero asado delicioso.

—¡Sí! Conozco ese cordero asado. Al pensar en él, me siento en casa. Quizás Demente Mary sepa dónde está mi casa. O quizás conozca a alguien de mi familia.

Ian la estudió.

—He conocido a Demente Mary durante toda mi vida. Y a ti no te había visto nunca antes.

El mayordomo salió de la torre hacia la que se dirigían. Cuando le arrojó una mirada enfadada y llena de sospecha que la hizo encogerse por dentro, Kate alzó el mentón. Sin importar lo que pensara el hombre, ella estaba segura de que no era una ladrona. El mayordomo saludó a Ian y se volvió hacia ella.

—¿Qué haces aquí todavía? —le preguntó a Kate—. No quiero ladrones en el castillo.

—No soy ninguna ladrona, señor —le respondió.

—Ahearn, no tienes pruebas de lo que la acusas. La mujer necesita ayuda. Es evidente que no se encuentra bien.

—Creí que te habías marchado. —La fulminó con la mirada.

—Hoy es el primer día en que me puedo mantener de pie.

—Qué bien —repuso—. Eso quiere decir que te puedes marchar. Quiero te vayas del castillo de inmediato. No eres bienvenida aquí. Ve a casa, donde sea que quede.

Kate sintió unas lágrimas no deseadas que le hicieron arder los ojos. Ahora la estaban echando del único sitio que conocía. ¿A dónde iría? No tenía ni idea dónde quedaba su «casa».

—Ahearn, ¿no crees que estás siendo demasiado duro con la muchacha? —preguntó Ian.

—En los tiempos que corren, uno no sabe en quién confiar, señor. Yo he sido cauteloso con la gente durante toda mi vida. Y me ha ido bien. Debo insistir en que te marches del castillo hoy mismo, muchacha. Hemos sido más que bondadosos contigo. No me puedo arriesgar a tener ladrones, espías o mujerzuelas aquí.

—¡Ahearn! —exclamó Ian—. Ella no es nada de eso.

—Disculpe, señor. Quizás no lo sea. Nadie conoce a la muchacha. No puedo correr riesgos. No durante una guerra.

Ian negó con la cabeza y miró a Kate.

Sus cálidos ojos café bajo las pestañas espesas de color jengibre parecían lo único familiar y querido que conocía en el mundo.

—Si debe marcharse, vendrá conmigo.

—¿Qué? —soltaron Ahearn y Kate al unísono.

Ian tragó con dificultad y volvió a adoptar la mirada llena de dolor y confusión.

—Mi padre acaba de fallecer, Ahearn. Estaba buscando a Kenneth para hacer los arreglos necesarios. Necesito pedirle prestada una carreta para transportar el cuerpo. Me quiero marchar por la mañana y llevarlo conmigo.

El hombre juntó las manos.

—Lamento oír de la muerte de su padre, señor. Pero ¿qué hay de la muchacha?

Ian no dejó de mirarla a los ojos, y esa mirada triste y cálida le dio esperanzas. Le dio fortaleza. Le hizo saber que no estaba sola.

—Has dicho que Demente Mary podría ser tu familia. Ven conmigo y averígualo. Me gustaría contratarte de cocinera. Es evidente que eres buena, el pan que has hecho estaba delicioso, y el cordero asado fue lo primero que has recordado. Puede que Demente Mary sea tu familia o sepa algo de ti. Y yo necesito alguien que ayude en la cocina. ¿Vienes conmigo?

Ahearn negó con la cabeza.

—Señor, por favor, no es sensato...

—¿Vienes? —lo interrumpió Ian mirando a Kate.

Una sonrisa le iluminó el rostro, y los ojos se le llenaron de lágrimas de gratitud.

—Sí —respondió.

—¿Tienes fuerza como para viajar? —le preguntó.

—Creo que sí —sostuvo—. Gracias, Ian.

Kate nunca se había acostumbrado a que la trataran con bondad. No tenía idea de cómo sabía eso, pero se sentía extraño. No le resultaba familiar. Era un regalo exótico y valioso.

—Gracias —volvió a susurrar.

Ian asintió y apretó los labios, a lo mejor era su forma de devolverle la sonrisa. Acto seguido se volvió hacia el mayordomo.

—¿Kenneth está en la torre?

—Sí, estaba hablando con el mariscal.

—De acuerdo. Iré a buscarlo y le preguntaré acerca de la carreta. Muchacha, no vayas a ningún sitio sin mí. Nos marchamos hoy.

Mientras se alejaba, Kate no pudo evitar admirar su estructura alta y musculosa, así como también su andar lleno de confianza. Se preguntó si estaba casado y si estaría apurado por regresar al lado de su esposa, o si estaba enamorado de alguien. Y «ella», ¿estaría casada? No tenía ni idea.

Pero al ver a Ian, algo en su interior deseó no estarlo, y que él tampoco lo estuviera...

CAPÍTULO 6

IAN RESPIRÓ HONDO y se llenó los pulmones con el aire puro de
las Tierras Altas. ¿Podría la brisa llevarse las pesadillas que le
acechaban la mente? La carreta se sacudía y se bamboleaba sobre
el camino que se extendía entre las montañas de Glen Coe, que
se erguían a la izquierda y la derecha. Una catarata caía por la
ladera de una montaña en la cercanía, y el ruido del agua era
como una melodía dulce. La sensación de paz que había anhelado
sentir durante los años que pasó en Bagdad estaba casi a su
alcance. Esperaba sentir esa paz cuando volviera a ver las aguas
calmas del *loch* Awe en Dundail. No obstante, ¿sería ese el caso?

—El paisaje es muy hermoso —comentó Kate—. ¿Cuánto
falta para llegar a Dundail?

Él observó su bonito perfil. Kate estaba sentada al lado de él
en la carreta. El moretón que tenía en la frente se había tornado
púrpura.

—Creo que dos o tres días —respondió Ian—. Quizás
debamos dormir en el bosque, pero hay una aldea en el camino e
intentaré conseguir habitaciones allí.

—*Okey* —dijo.

Él se rio entre dientes. Estaba comenzando a acostumbrarse
a esa extraña forma de hablar de ella. En el califato, había oído

innumerables acentos e idiomas extranjeros de otros esclavos, de modo que eso no era algo nuevo. Sin embargo, nunca había oído a nadie que hablara como ella.

—¿Has recordado algo? —le preguntó.

Ella negó con la cabeza.

—No. He examinado mis cosas, pero solo me confunden y me dan dolor de cabeza.

—Sí. No llevabas mucho encima.

—Me he estado rebanando los sesos durante los últimos tres días, intentando descifrar quién soy y qué hago aquí. Espero que Demente Mary tenga una respuesta o alguna pista.

—Sí.

—Gracias otra vez por ayudarme. Siento que eres el único amigo que tengo.

«Amigo...».

Los sonidos de piedras que repiqueteaban y los gritos, las imágenes de carne desgarrada y sangre derramada que se expandía por el suelo de tierra, el recuerdo de los ojos sin vida de Abaeze... Abaeze había sido la última persona que lo había llamado amigo. Abaeze, quien le salvó la vida y murió en sus brazos.

—No soy tu amigo, muchacha —murmuró en un susurro con la voz rasposa.

Miró hacia adelante y se concentró en el caballo negro, en las riendas que sujetaba en las manos, en el camino rocoso y sinuoso. Pero, por el rabillo del ojo, vio que Kate se ponía rígida.

No le importaba. No «debería» importarle si le lastimaba los sentimientos. No podía tener otro amigo. Abaeze lo habría comprendido; al fin y al cabo, él también había matado para poder vivir.

Aquí, nadie lo entendería. Si Kate supiera lo que había hecho para sobrevivir... No podría soportar la expresión de asco en su rostro, sobre todo luego de que lo considerara su amigo.

Y si los otros alguna vez se enteraran de la verdad, lo condenarían como a un monstruo... y estarían en lo correcto. Lo cierto era que Ian se estaría engañando si llegara a creer que podría tener una vida normal allí. Vería a su clan en las reuniones anuales. Los ayudaría cuando lo necesitaran. Pero para todo lo demás...

En su futuro solo habría soledad.

—Disculpa —le contestó—. No quise sobrepasarme... Y tampoco quiero ser una carga. Trabajaré muy duro en tu cocina.

Él asintió sin volver la cabeza hacia ella. La voz le sonaba herida, pero era mejor mantener la distancia y no darle esperanza. Sentía lástima por ella y haría lo que pudiera para ayudarla a descubrir su identidad y lugar de pertenencia. Pero eso era todo.

El resto del día transcurrió en silencio. Durmieron en el bosque y reanudaron el viaje al día siguiente.

Cuando emprendieron la marcha, el camino estaba humedecido por la lluvia, pero era fácil de transitar.

Ian estaba contento de que al anochecer llegarían a la aldea de Rossely. La muchacha aún se encontraba algo débil, y le haría bien dormir en una cama cálida en una posada, en lugar de pasar otra noche en el suelo frío.

Por la tarde, tuvo la sensación de que algo no iba bien. A lo mejor, era su instinto de guerrero, o quizás había captado un movimiento de lo más imperceptible, pero fuera como fuese, a lo largo de los años de batalla, había aprendido a escuchar sus instintos.

Detuvo el caballo y escuchó. El viento acariciaba las hojas. Las aves piaban.

De pronto, vio un movimiento en el camino: había un hombre de pie y lo esperaba. Ian lo observó con cautela. Su espada estaba en la parte posterior de la carreta, con el cuerpo de su padre.

No obstante, se recordó que no volvería a matar a alguien.

Necesitaba lidiar con la situación de forma pacífica.

—No digas nada —le indicó a Kate.

Sacudió las riendas, y el caballo reanudó el camino y avanzó hacia el hombre. Era alto e iba vestido como un caballero, con una armadura pesada, una espada y un escudo.

—Identifícate —ordenó el hombre en anglosajón.

Era inglés.

—Ian Cambel y mi esposa.

Kate se volvió bruscamente a mirarlo.

—Estamos transportando el cuerpo de mi padre a casa.

El hombre sonrió con suficiencia.

—¿A casa? Desde aquí hasta el norte de Argyll, todo le pertenece al rey Eduardo de Inglaterra.

Ian apretó los dientes.

Oh, cierto, estaban en guerra. Y había gente con ganas de matar por todos lados.

—No quiero problemas, señor —repuso Ian con un tono más cordial del que el sujeto se merecía. Ian se detestaba por adoptar esa actitud. Pero, si quería que eso se resolviera de manera pacífica, necesitaba que el hombre los dejara pasar.

—Vivo en Dundail, en Loch Awe. Estoy regresando allí para enterrar a mi padre. —Miró hacia sus espaldas, a la carreta.

—Vives ahí «de momento» —señaló el caballero.

Le dio la vuelta a la carreta y miró al interior, donde yacía el cuerpo de Duncan envuelto en sábanas, con su espada a un lado. Ian apretó los puños y notó que se le aceleraba la respiración y algo comenzaba a zumbarle en los oídos.

«Si le llegas a poner un dedo encima...».

Sin embargo, el hombre asintió y regresó a pararse al lado del caballo. Gracias a Dios había tenido la decencia de respetar a un muerto y no revisar debajo del cuerpo.

Miró a Ian durante unos largos segundos.

—Puedes pasar, maldito escocés. Pero ten esto por seguro: tu verdadero rey, Eduardo y no ese engendro que se anda llamando el rey de los escoceses, vendrá y tomará lo que le pertenece. «Tu hogar». Y si te atreves a alzar las armas contra él, tu padre no será el único cuerpo que tenga que enterrar tu bonita esposa.

El hombre miró a Kate con lascivia. A Ian se le formó un

gruñido gutural en las entrañas y tuvo que contenerse para no soltarlo. El caballero debió ver algo en su expresión, porque su rostro reflejó miedo, y su mano salió disparada hacia la espada que le colgaba del cinturón. Ian veía todo en rojo y negro, y la necesidad de actuar le carcomía los huesos.

Una mano suave y cálida le cubrió la suya y se la apretó.

—Vamos, Ian —dijo Kate con determinación.

Casi anonadado, se volvió para observarla. El rostro de ella estaba sereno, pero en sus ojos vio preocupación e incluso temor. Eso lo calmó, lo hizo respirar hondo y hacer la furia a un lado.

—Sí —acordó sin apartar la mirada de ella.

Luego, cuando se sintió en control, se volvió hacia el inglés.

—Tu rey nunca será mi rey.

Acto seguido, bajó las riendas, y el caballo se puso en marcha.

—¿Qué significa todo eso? —preguntó Kate cuando se encontraron más lejos.

—Significa que todo desde aquí hasta mi hogar está plagado de enemigos.

Enemigos en una guerra en la que no quería luchar.

—¿Los ingleses son el enemigo?

—Sí.

—Pero ¿por qué?

—Porque el rey Eduardo no reconoce a nuestro rey legítimo, el rey Roberto de Bruce. No sabía nada de esto hasta que tuve que cruzar Inglaterra. La corona inglesa apoyó a John Comyn como el siguiente en línea para el trono escocés. Me dijeron que Roberto se opuso y se autoproclamó rey. Muchos clanes lo apoyaron, pero otros, incluidos los MacDougall, aún se oponen a él. El rey inglés estaba furioso. Envió a un ejército para detener a Roberto y salió triunfante. Roberto tuvo que huir con los pocos seguidores que tenía, incluido mi tío Neil. Mi clan siempre le ha sido leal a él y siempre lo será. Mi tío contrató una galera para llevar a Roberto a las Islas Hébridas Exteriores y esconderlo allí. Roberto regresó el año pasado, y poco a poco se fue abriendo camino en las Tierras Altas y ganó cada vez más seguidores. Ahora, el curso de la guerra se ha vuelto en su favor.

Estaban por llegar a la aldea de Rossely. Unas casitas de piedra bajas con techos de paja se alineaban una al lado de la otra. Las calles estaban húmedas y lodosas luego de la lluvia. Varias gallinas y gansos andaban de un lado a otro, mientras que las cabras balaban y los aldeanos cargaban cubetas de agua del pozo o cestas con comida y leña. En algún sitio, un herrero martilleaba contra un yunque. El aire olía a leña y pan recién horneado. Ian se prometió que nunca volvería a tomar por sentados los olores, ruidos y paisajes de las Tierras Altas.

Entre los aldeanos, había varios caballeros con armaduras costosas que llevaban el estandarte rojo con los leones amarillos. Eran ingleses.

Su forma de hablar le daba dolor de oídos a Ian. Miró alrededor y vio que estaba rodeado de personas que podrían atacar su hogar.

—Creo que no deberíamos pasar la noche aquí —señaló—. Lo siento, muchacha, pero tendremos que dormir al aire libre otra vez.

—*Okey* —dijo Kate—. No te preocupes por mí.

—¿Te sientes fuerte?

—Sí, estoy bien. —Se obligó a sonreír.

—De acuerdo.

Mientras cruzaban la aldea sin detenerse, Ian sintió las miradas pesadas sobre él como carbones ardientes. La mano le dolía de las ganas de tomar su espada. Se sentía vulnerable y desnudo si un arma.

Se había prometido que no volvería a matar.

Sin embargo, no sabía cómo podría mantener esa promesa cuando el enemigo llamara a su puerta.

CAPÍTULO 7

A KATE SE LE ESTRUJÓ EL CORAZÓN HASTA CASI CAUSARLE dolor cuando vio Dundail.

Quedaba en la orilla de un lago, en un valle verde, apartado y protegido por las montañas del este. La superficie del agua casi quieta reflejaba la torre cuadrada de tres pisos de la fortificación, al igual que la construcción que se erguía a su lado. En la orilla, había unas embarcaciones pequeñas al lado del camino que conducía a la entrada. Sobre las colinas de césped verde que rodeaban la residencia pastaban varias ovejas blancas. De la chimenea, salía humo.

Parecía un hogar. No el de ella, pero sí el de alguien. El de Ian.

Kate le echó una mirada de reojo: estaba sentado a su lado y conducía la carreta. Tenía un perfil adusto y la mirada clavada en la edificación que se erguía frente a ellos. Había algo detrás de esa máscara. Parecía como si lo hubieran torturado y estuviera intentando esconder el dolor.

—Este no es el sitio en el que crecí —comentó—. Me crie en

Innis Chonnel antes de que los MacDougall lo tomaran y mataran a mi abuelo, *sir* Colin.

—Entonces, ¿no has venido aquí a menudo?

Él negó con la cabeza sin dejar de mirar la residencia.

—No, no muy a menudo. Quizás una vez al año para ver a mi padre.

—Pero ¿lo consideras tu hogar? —le preguntó.

Él la miró como si hubiera dicho algo malo.

—Lo siento, quise decir... Bueno, estoy intentando entender y quizás aprender qué es un hogar para alguien. Porque no tengo ni idea de dónde está el mío.

La mirada de Ian se tornó cálida. Parecía un guerrero atractivo, cansado y perdido.

—No sé si es mi hogar. Supongo que intentaré convertirlo en mi hogar.

Ella sonrió.

—Este parece un sitio maravilloso, Ian.

Transcurrieron varios minutos hasta que llegaron, e Ian detuvo a Thor delante de la edificación principal, que estaba rodeada de varias construcciones más pequeñas: los establos, un gallinero, una vaqueriza, una despensa de almacenamiento y una suerte de taller.

Ian se bajó de la carreta de un salto y ayudó a Kate a descender. Lo había hecho en varias ocasiones durante el viaje, y cada vez que la tocaba, cada vez que sus manos le envolvían la cintura, ella se derretía y se convertía en una bola de sudor cosquilleante. La levantó como si no pesara nada y la depositó en el suelo. Olía a sol, bosque y algo terrenal y mágico.

Luego, él se dio la vuelta y comenzó a alejarse, y Kate susurró:

—Gracias. —Se quedó allí parada como una estatua viéndolo partir. De algún modo, esos pequeños gestos y atenciones durante el viaje la habían tocado tan profundo que quería llorar. Y no tenía ni idea de a qué se debía eso. Quería abrirse el cráneo y escarbar profundo en busca de los recuerdos que no lograba encontrar.

Mientras Ian entraba, Kate miró alrededor. De cerca, la casa y las edificaciones se veían desgastadas. Varias partes de las paredes se estaban desmoronando, y todos los distintos techos de la propiedad tenían agujeros. Las gallinas andaban de un sitio para otro y parecían salvajes. Las persianas de las ventanas colgaban inclinadas, y también faltaba uno de los tablones del pequeño porche.

Adentro se encontraba el gran salón, que se parecía al de Inverlochy, pero tenía menos mesas y bancos. Todo parecía en decadencia, y había un dejo de olor a moho y ratones.

¿Cómo sabía a qué olían los ratones? De pronto, se le vino a la mente una cocina sucia con paredes amarillas, una estufa con horno a gas, y alacenas verdes astilladas. En la imagen, todo se veía grande para ella. Colocó una silla al lado de la estufa, se subió a ella, encendió una y colocó una sartén. Luego vertió un poco de aceite.

Estaba por preparar dos sándwiches tostados de queso fundido. Su mamá no volvería a casa hasta muy tarde, y Kate y su hermana ya estarían dormidas para entonces. Más tarde haría otro sándwich para su mamá y se lo dejaría sobre la mesa.

Kate se bajó de la silla y abrió una alacena para buscar pan. El aroma a comida descompuesta le llenó los sentidos. Los ratones se estaban devorando el pan. Los espantó con las manos, y salieron disparados, pero dejaron heces, orina, mugre y migas de pan.

El gran salón olía igual.

Kate se sostuvo la cabeza con las manos, aunque no le dolía. La visión que había tenido parecía muy real y normal, pero resultaba fuera de lugar y, por un momento, no pudo pensar. Se le nubló la mente en el intento de conciliar sus ideas e intentar darle sentido a lo que había visto. La tristeza y la soledad le abrieron un hueco en el pecho.

¿Y todos esos objetos y materiales extraños que había visto? Esa gran estructura de metal era una estufa a gas, lo sabía. Un refrigerador mantenía la comida fresca y funcionaba con electricidad, al igual que la lámpara del cielorraso.

Recordó que, en la alacena, había ingredientes para cocinar demente Mary. Era el plato que su mamá había preparado en una o dos ocasiones, y les había asegurado que era una receta que había estado en la familia durante muchas generaciones. Las especias para hacerlo se hallaban a la derecha, y la harina de avena para el relleno, al lado del pan.

Kate se sentó en un banco, y la madera fría le atravesó el vestido. Se le tensó el pecho, y el corazón le comenzó a latir desbocado. No podía respirar.

¿Qué había sido eso? ¿Una visión? Parecía un recuerdo, como si de verdad le hubiera ocurrido eso en el pasado, pero no tenía ningún sentido. Lo que había visto no se parecía a nada de lo que la rodeaba. ¿De dónde había venido la electricidad? ¿Y las estufas a gas? ¿Los papeles de plástico y aluminio? Se parecían a las cosas que había encontrado en su bolsa.

Eso era lo único que la calmaba, el hecho que demostraba que era posible que no estuviera loca. Que hubiera alguna explicación para la locura que sentía en la cabeza. De cualquier modo, sería mejor no contarle a nadie sus visiones, porque la gente que la rodeaba podría llegar a creer que había perdido la razón. Tenía que hablar con Demente Mary y esperaba que esa conversación le brindara muchas respuestas.

Debería buscar la cocina. La palabra le hizo sentir un escalofrío. Con los pies aún débiles, se puso de pie. No tenía ni idea de dónde se encontraba la cocina, pero debía estar en alguna parte de la planta baja.

La encontró con relativa facilidad: estaba justo a la vuelta de la torre. La habitación era todo lo contrario a lo que había visto en su visión: oscura, con un gran hogar, y solo unas cuantas ventanas cerca del cielorraso que permitían el ingreso de la luz solar. Unas antorchas colgaban de las paredes de piedra e iluminaban el espacio. Detrás del hogar, que se hallaba encendido, una mancha de hollín negra se extendía sobre la pared.

Una mesa de madera gigantesca ocupaba más de la mitad del espacio en la habitación. Estaba llena de cáscaras, verduras y tablas de picar sucias. Al lado, había un gran caldero que colgaba sobre el fuego y emanaba olor a verduras y carne que se estaban cocinando. Sobre la pared de la izquierda, había un enorme horno. Varias ollas, cucharones y demás utensilios colgaban de la pared a la derecha. Al lado de la mesa, había un gran barril lleno de agua.

Ian estaba hablando con un hombre calvo de unos cincuenta años que tenía un bigote y un delantal sucio. Tenía el ceño fruncido, los ojos saltones y la boca curvada en una mueca de enfado mientras sostenía un cuchillo de cocina en la mano como si fuera un arma.

—¿Acaso crees que quiero esto? —preguntó Ian—. De haber podido, lo hubiera mantenido vivo. Pero ahora, me tienes a mí como nuevo amo. Si no me quieres, lo último que quisiera sería retenerte en un sitio en el que no quieres estar, Manning.

Se volvió para mirar a Kate.

—De hecho, ya tengo una nueva cocinera. —La señaló.

Manning se volvió hacia ella con la misma expresión de furia salvaje y le apuntó el cuchillo. Marchó hacia ella, y, aunque Kate sintió el deseo de dar un paso hacia atrás, no se movió de su sitio. Él no la iba a apuñalar. Ian no lo permitiría. Kate alzó el mentón.

Cuando Manning se detuvo frente a ella, Kate sintió que apestaba a sudor, cebolla y carne a punto de podrirse.

—¿Quién es la muchacha? —La observó con detenimiento.

—Me llamo Kate —respondió—. Ian me contrató para cocinar.

—¿Ah, sí? —preguntó Manning—. ¿Acaso planeaste deshacerte de mí mientras estabas en Inverlochy?

—No, Manning —respondió Ian—. No planeé nada por el estilo. La muchacha se golpeó la cabeza y perdió la memoria, pero se acordó de ti. O de tu cordero asado.

Manning arqueó una ceja y la estudió de pies a cabeza.

—No lo recordé a él, Ian. Recordé la receta de demente Mary.

—Yo soy Demente Mary —remarcó Manning.

—¿Acaso Mary no es una mujer?

—Sí —respondió Ian—. Es una historia larga. Pero el hecho es que él es quien has venido a buscar, muchacha: Demente Mary.

—Pero... —Kate frunció el ceño y lo estudió con la esperanza de que le despertara más visiones o recuerdos. Sin embargo, ni el bigote tupido, ni la cabeza calva le provocó nada. Era la primera vez que veía a ese hombre.

—He cocinado tu receta de cordero asado. Se llama demente Mary. No recuerdo de dónde vengo ni quién soy, pero recuerdo esa receta. Por eso supuse que sería muy importante.

Manning entrecerró los ojos.

—Hablas de forma muy extraña. ¿No crees, muchacho?

Ian arqueó una ceja.

—Sí, tiene una forma de hablar distinta. Pero no es la primera persona que conozco que no habla como nosotros. Eso no significa que debamos abandonarla o dejarla a su suerte cuando nos necesita.

Kate sintió una ola de calor en el estómago al oír eso. «Oh, Ian...». El saber que él estaba de su lado significaba mucho para ella.

—No —acordó Manning despacio—. Es cierto. Pero significa algo: hay algo extraño en ella...

Se dio vuelta y avanzó hacia la mesa.

—¿Quieres trabajar de cocinera, muchacha? —preguntó y clavó el cuchillo sobre la tabla de picar—. Cocina algo.

El coraje de Kate desapareció. ¿Que cocinara algo? ¿Qué podía cocinar?

—Ese pancito que comí de tu bolsa —sugirió Ian, como si le estuviera leyendo la mente.

Kate no tenía ni idea de quién había hecho el sándwich o qué le habían puesto...

Un momento.

Sándwich. Allí no parecían usar esa palabra. Quizás ahora que sus recuerdos habían regresado, o, por lo menos, la visión de uno, recordaría más.

—*Okey* —dijo, y Manning la miró confundido. Era probable que tampoco conociera la palabra «*okey*». Debería dejar de utilizarla. ¿Por qué usaba tantas palabras que ellos no conocían?

Se detuvo frente a la mesa.

—No recuerdo haber hecho eso, pero quizás recuerde otra cosa.

Pasó los dedos por la superficie y negó con la cabeza.

—Pero eso no ocurrirá hasta que la cocina esté limpia. No puedo cocinar con todos estos gérmenes.

—¿«Gérmenes»? —repitió Ian.

Hum, otra palabra que no conocían.

—Sí, bueno, bacterias. Virus. Salmonela. Listeriosis. Cosas que producen intoxicación alimentaria.

Ellos la miraron con expresiones anonadadas, pero cuando dijo «intoxicación», los dos se pusieron en alerta y la miraron con cautela.

—Quizás sea una hechicera, no una cocinera —señaló Manning—. ¿Acaso estabas haciendo un hechizo para envenenar la comida?

—¡Ay, por todos los cielos! —exclamó—. No recuerdo mucho, pero les puedo asegurar que no soy ninguna hechicera. Solo estoy hablando de limpiar la cocina. Dime que no es cierto que trabajas con toda esta suciedad, Manning.

El rostro del cocinero se volvió sombrío y peligroso.

—Es una cocina en funcionamiento, no tengo suficientes muchachos que ayuden a limpiarla.

Kate suspiró.

—Está bien. Ahora me tienes a mí. Limpiemos primero, y luego veremos si puedo preparar algo.

—Si no te agrada, límpiala tú. Mi comida es buena sin importar la limpieza. Hasta tú has oído hablar de mi cordero asado. Debo estar haciendo algo bien si hasta los forasteros han oído hablar de mi comida, ¿no crees?

Ella negó con la cabeza.

—De acuerdo. Limpiaré. ¿Me puedes decir dónde hay agua limpia, una cubeta y algo para limpiar? ¿Un trapo quizás?

Manning se quitó el delantal y lo arrojó al suelo.

—Encuéntralo tú sola. No pienso mover ni un dedo para ayudar a alguien que insulta mi cocina.

CAPÍTULO 8

Ian ayudó a Kate a encontrar las cosas que necesitaba para limpiar y le llenó el barril de agua fresca del pozo. Luego se marchó para ocuparse del cuerpo de su padre y comenzar a hacer los preparativos para el funeral. Kate encontró un pan de jabón algo corrosivo y vinagre, que eran buenos productos para desinfectar. Al cabo de unas horas, la cocina estaba lo más limpia posible, y Kate había utilizado casi toda el agua del barril.

El drenaje para el agua sucia era un agujero en la pared, y Kate se preguntó a dónde iría. Esperaba que no desembocara en el lago.

Con las manos y la espalda doloridas y la cabeza dándole vueltas, se sentó sobre una banqueta para descansar. ¿Qué podría cocinar?

Había echado un vistazo al interior del caldero y vio que había varias cosas hirviendo, envueltas en bolsas de lino: verduras en una, huevos en otra, y cerdo en una tercera. Cuando le pareció que estaban listas, las sacó del agua hirviendo. Ahora tenía nabos, huevos y carne sobre la tabla de picar limpia, y parecían mirarla fijo y con impaciencia.

Echó un vistazo alrededor. Del cielorraso, colgaban varios

manojos de hierbas. En las esquinas del hogar, había pescados secándose.

Fue a inspeccionar la alacena, donde vio más huevos y verduras que en su mayoría estaban secándose o pudriéndose. En las esquinas, había sacos de harina. También había mantequilla, queso fresco y leche en unas jarras de arcilla.

Era probable que la leche no estuviera pasteurizada...

«¿Pasteurizada?».

Ese era el proceso en el que calentaban la leche para matar a los gérmenes, le dijo una vocecita en el fondo de la cabeza. De nuevo esa palabra, «gérmenes», la misma que le había hecho creer a los hombres que ella era una hechicera.

Suspiró.

En base a lo que tenía, tendría que hacer pastel de carne. Había mantequilla suficiente para hacer una buena masa de hojaldre, freiría el cerdo hervido con algunas cebollas y dientes de ajo y haría puré de nabos y patatas... Oh, no había patatas... ni zanahorias. Había judías y guisantes, pero decidió que los utilizaría en otra ocasión. Haría un puré de nabos con mantequilla y sal.

Aunque no tenía ni idea de cómo sabía todo eso, lo sabía, de modo que se puso a trabajar. Preparó la masa con harina de trigo integral, agua y mantequilla. Picó la carne de cerdo. Como no había ninguna sartén para freír y ninguna estufa, tendría que utilizar la carne y las verduras hervidas. Encontró perejil seco y comino, pero nada de sal.

De algún modo, sus manos sabían qué hacer. Y algo en su interior le dijo cuánta harina, mantequilla y agua utilizar, cómo amasar, cuánta carne necesitaría para el pastel, cómo prepararla y cómo cortar la cebolla y el ajo.

Además, disfrutó el proceso, le encantó cada parte de él, incluso pelar y amasar durante varios minutos. De forma instintiva, supo cómo sabría la comida y cómo mejorar el sabor. Y eso la alegró.

Hizo cuatro pasteles para utilizar toda la carne que había.

Estaba segura de que habría suficientes comensales y, aunque sobrara algo, sería mejor tener cosas cocinadas teniendo en cuenta la falta de refrigerador.

«Refrigerador...».

Esa cosa grande y metálica que había visto en la cocina de su visión.

Negó con la cabeza para descartar esos recuerdos. Estudió el horno con cautela. ¿Cómo se encendía? Las manos le dolían de ganas de girar una perilla redonda y ponerlo a precalentar a 190 °C.

Necesitaba que alguien la ayudara a encender el horno. Mientras los pasteles se horneaban, haría el puré de nabos. Dejaría los huevos para el desayuno.

«Café...».

Sentía que hacía una eternidad no bebía café. Echaba de menos ese delicioso sabor intenso y ahumado.

¿Acaso eso también sería una alucinación? ¿Podría haberse imaginado todos esos detalles, sabores y olores tan vívidos? Algo le decía que eran demasiado reales como para ser el producto de su imaginación. No obstante, ¿no sería eso mismo lo que pensaría una persona demente?

¿Estaría perdiendo la razón?

No tenía sentido pensar en ello ahora. Lo mejor que podía hacer era actuar. Soltó un suspiro largo, se puso de pie y salió. Encontró a un muchacho adolescente que llevaba leña al gran salón y le pidió que le encendiera el horno. Acto seguido, colocó los pasteles en el interior y cerró la puerta. Luego comenzó a pelar los nabos hervidos y los pisó con mantequilla. Por último, añadió algunas especias para darles sabor.

Al cabo de unos minutos, los pasteles estaban listos, los sacó del horno e inhaló su aroma.

~

EL OLOR QUE PROVENÍA DE LA COCINA Y HACÍA QUE A IAN SE le hiciera agua la boca, lo hizo detenerse, volverse y entrar.

—Muchacha, si vas a cocinar algo tan bueno como huele esto todos los días, tendré que mantenerte aquí de rehén.

Ella se volvió con el rostro iluminado. Era tan hermosa que le quitaba el aliento. Tenía las mejillas sonrosadas del calor y el trabajo, unos mechones de cabello rubio le enmarcaban el rostro, y los ojos le brillaban. Era la primera vez que la veía tan feliz.

—Esta cocina nunca ha olido mejor —le dijo, pero lo que quiso decir fue que la cocinera nunca se había visto mejor.

«Qué tonto».

¿Qué hacía pensando en ella de ese modo? Se acababa de convencer de que no podía tener sentimientos hacia la muchacha. No podía tener sentimientos hacia nadie. Debía concentrarse en la propiedad. Era evidente que su padre, que en paz descansara, no la había estado administrando en lo más mínimo.

Tras hablar con Demente Mary y los pocos criados que aún trabajaban allí, Ian había llegado a la conclusión de que las cosas iban mal. Y no solo en la casa, sino también con los arrendatarios. Aunque Ian no conocía todos los detalles, eso era lo que se decía. Tanto Dundail como su señor habían estado en decadencia durante mucho tiempo. Descuidados por completo.

Lo cierto era que Ian no creía que a él le importara tampoco. Haría lo que pudiera, pero lo último que deseaba era perseguir a los inquilinos y al recaudador de impuestos para cobrar la renta.

Quería paz. Que lo dejaran solo.

Su mirada se enfocó en los cuatro pasteles redondos y dorados que de seguro eran la fuente del aroma divino.

—¿Has hecho pasteles de carne? —preguntó.

—Sí. —Kate sonrió—. Tenías razón. Creo que soy cocinera, Ian... aunque tendremos que juzgarlo luego de probar la comida.

Cuando le gruñó el estómago, se dio cuenta de que tenía mucha hambre.

—En ese caso, yo seré el juez —aseguró y tomó el cuchillo para cortar un trozo.

A pesar de que le salía humo, Ian lo mordió. Soltó una maldición al quemarse la boca y la lengua, pero siguió masticando. Mientras el pastel se le derretía en la boca, Ian saboreó una combinación divina de carne y masa crujiente. Era salado y algo dulce al mismo tiempo, un sabor rico y algo intenso por la cebolla y el ajo.

—Oh, por todos los cielos, es delicioso —murmuró con la boca llena—. Eres una cocinera, Katie. Y qué cocinera...

Ella hizo una mueca.

—¿Katie? —preguntó.

Ian tosió y se dio cuenta de que no tenía ningún derecho a llamarla por su apodo. Eso era algo que haría un esposo o un hermano, algo íntimo que indicaba cariño, y no algo que haría un señor con una criada.

Él no buscaba nada de eso.

—Disculpa muchacha —añadió y mordió otro trozo de pastel —. Quise decir Kate.

De cualquier modo, el apodo quedó pendiendo en el aire entre ellos, como una nube delicada.

—Está bien, me gusta —le aseguró Kate.

Se acercó y se detuvo a su lado, apoyando la cadera contra la mesa. Ian sintió el aroma a comida y la esencia dulce y limpia de ella. Su aroma de mujer.

Habían transcurrido unos meses desde que había estado con una mujer. En el camino de regreso a casa, en Alemania, le había gustado a una viuda que vivía al lado del herrero para el que trabajaba y se la había llevado a la cama. Ella había sido la primera mujer con la que se acostaba desde que lo habían esclavizado. Y, a pesar de que su cuerpo lo había disfrutado, de que había anhelado descargarse, había sido una conexión superficial.

«Pero Katie... Otra vez ese apodo. Kate», se corrigió. Aunque no la conocía hacía mucho tiempo, sentía en los huesos que había algo más en ella, algo que iba más allá de su belleza. Ella era como ese pastel. Bonito y maduro por fuera, y misterioso por dentro. Tras un bocado, un mundo entero de sabores se revelaba, jugoso, fresco y lleno de vida.

—Gracias por darme esta oportunidad, Ian —le dijo mirándolo a los ojos. Tenía una mano apoyada sobre la mesa, y uno de los dedos casi le rozaba el de él. A Ian le ardía la piel de la necesidad de sujetarle la mano y besársela.

—Sería un tonto si no contratara a la mejor cocinera de Escocia —repuso—. Y no soy ningún tonto.

Y tampoco era un santo. Deseaba a esa mujer deliciosa y dorada con ojos de arándano y labios de pecado.

Le pasó una mano por la cintura y la atrajo hacia él para sellar su boca contra la de ella.

CAPÍTULO 9

KATE SE SORPRENDIÓ de comprobar que los labios de él eran suaves y cálidos, y su cuerpo estaba tan caliente como el horno. Ian olía a una mezcla de almizcle masculino y bosque de medianoche. Cuando su lengua rozó la de él, un delicioso coctel de sabores explotó en su boca. Él era dulce. Sedoso.

A Ian se le formó un gruñido bajo y erótico en la garganta. Cuando le acarició la lengua, le hizo sentir un placer aterciopelado en todo el cuerpo. Kate le pasó los brazos por los hombros, y él le frotó la espalda con las manos.

La experiencia fue como saborear un pastel de triple chocolate. No importaba de dónde recordaba el sabor ni la imagen. Kate no se saciaba de él.

Mientras la lengua de él se frotaba contra la de ella, la provocaba y la estimulaba a acercarse más a él, los huesos se le hicieron líquido, y su cuerpo cantó.

Él era alto, absorbente y más grande que la vida.

«Disuélvete conmigo», fue lo único que pudo pensar. «Tómame».

De repente, Ian se detuvo. La soltó. Dio un paso hacia atrás.

Kate se tambaleó y se tuvo que aferrar a la mesa. Él la miró a través de sus cejas, con los ojos café casi del color de la caoba.

—Disculpa, muchacha —dijo casi sin aliento—. No puedo. No debí besarte.

Kate parpadeó. Cuando por fin superó la sorpresa de su alejamiento, se sintió rechazada. Ella había disfrutado el beso. Le gustaba Ian. Era evidente que él no sentía lo mismo.

Se le endureció el estómago, se le hundieron los hombros, se le cerró el pecho, y dio un paso hacia atrás.

—Gracias por el pastel —añadió.

Abrió la boca como para agregar algo, pero se quedó congelado. Acto seguido, se volvió y se marchó sin decir una palabra más.

Kate siguió su espalda ancha con la mirada. Él caminaba como si llevara algo pesado sobre los hombros.

Kate, temblorosa, soltó el aliento y se volvió para mirar la mesa, dándose equilibrio con las dos manos. ¿Acaso sería una carga pesada? ¿Sería que él sentía la obligación de contratarla porque no tenía a dónde ir?

Ese debía ser el motivo por el que había detenido el beso. Ya tenía a Manning, de modo que no necesitaba otra cocinera. La había contratado por lástima.

Kate soltó un suspiro largo para detener las lágrimas que amenazaban con caer.

Sería mejor que fuera útil. Era evidente que Manning no hacía su trabajo bien. Aunque en ese momento fuera una carga, podría ganarse su sitio si ayudaba. Terminaría de limpiar la cocina y ayudaría a ordenar el resto de la casa.

Hasta que descubriera más de su identidad y pudiera marcharse. Entonces libraría a Ian de la carga en la que se había convertido.

Kate hizo los pasteles a un lado, tomó un trapo húmedo y limpió las migajas de la mesa. Luego salió a buscar otra cubeta de agua. Notó que la carreta estaba vacía y aparcada sin el caballo. Ian no estaba a la vista.

Kate acababa de colocar la cubeta sobre el gancho del pozo cuando oyó una voz femenina:

—¿Y tú quién eres, muchacha?

Kate se volvió. Sobre un banco que se hallaba a unos metros de la puerta, había sentada una mujer rolliza. Llevaba puesto un vestido simple y un delantal. Unos mechones de cabello gris se le salían de la cofia blanca. Tenía unas mejillas sonrosadas adorables.

Kate se secó las manos.

—Me llamo Kate. Ian me contrató para cocinar.

La mujer arqueó las cejas hasta el nacimiento del pelo.

—¿El señor te contrató? Oh, cielos, ¿qué hay de mi hermano?

—¿Tu hermano?

—Sí, Manning, el cocinero.

¿Esa mujer era la hermana de Manning? Quizás «ella» sabía algo sobre Kate.

—Cocinaremos los dos. Espero que Ian no lo despida por mí.

—¿Ah, sí? —La mujer la miró con recelo—. Puede ser. Manning y yo hemos trabajado aquí toda la vida. Me llamo Cadha.

La mujer se puso de pie y avanzó hacia Kate apoyándose más sobre una de sus piernas. Se detuvo delante de ella y se llevó las manos a las caderas.

—¿Y de dónde vienes, muchacha? Tienes una forma de hablar muy peculiar...

Kate suspiró.

—No lo sé, me caí y perdí la memoria. No recuerdo nada de mi vida, excepto que soy cocinera. Pero recordé el cordero asado y no sé por qué.

—¡Oooh! —Cadha la miró con curiosidad y pena—. Pobre muchacha. ¿Has olvidado todos tus recuerdos?

—Esperaba que Demente Mary, bueno, Manning, supiera algo de mí, porque eso fue lo primero que recordé. Pero dijo que no me conoce. ¿Tú tampoco?

Cadha arqueó una ceja.

—No, muchacha, lo siento. Es la primera vez que te veo. Pero te diré algo: no eres de las Tierras Altas.

Kate bajó la vista a sus zapatos. Eso no la sorprendía: los recuerdos que le venían eran muy diferentes a todo lo que había visto o experimentado hasta el momento. Aun así, las palabras se le hundieron en la mente como piedras. No estaba ni remotamente cerca de comprender quién era. Era una completa desconocida y ni siquiera se podía relacionar con la gente.

—Oh, no te pongas tan triste, muchacha —repuso Cadha—. Vamos, te ayudaré a instalarte. Si vas a trabajar aquí, necesitarás un lugar para dormir, ¿no?

Kate se obligó a sonreír.

—Sí. Claro que sí. Gracias, Cadha.

—Sígueme.

Entraron en la casa y subieron las escaleras en caracol de la torre. Cadha le dijo a Kate que en la primera planta se hallaban los aposentos y las salas del señor, en la segunda había dos habitaciones y en la tercera se encontraba la habitación más grande de todas —la del señor—, así como también una más pequeña. Las escaleras continuaban subiendo, y Kate siguió a Cadha.

—Las criadas duermen en el altillo —le explicó Cadha casi sin aliento—. De momento, no tenemos a ninguna. Yo hago todas las tareas por aquí, pero como puedes ver, no doy abasto. Los cocineros dormían en la cocina, pero el señor anterior, que su alma en paz descanse, fue muy amable y nos permitió a Manning y a mí vivir en lo que solía ser una despensa. Ya no somos jóvenes.

Por fin había llegado al ático y se detuvo agitada delante de una puerta pequeña. Con la respiración entrecortada, Kate llegó al último escalón.

—Yo también dormía aquí con el resto de las criadas que teníamos. Ahora, es tu recámara. Es todo un lujo tenerla toda para ti.

Abrió la puerta de la habitación con un cielorraso bajo y una inclinación pronunciada en uno de los laterales. Solo había una pequeña ventana en la pared opuesta, y las persianas estaban cerradas. Olía a polvo y ratones. Kate vio que había cinco camas en total.

—Lo siento, querida, no está muy ordenado. Nadie ha vivido aquí desde que perdimos a Ian. Fue entonces que el señor comenzó a dejarse estar. —Soltó un fuerte suspiro, y su rostro se tornó triste—. Ese año, todo cambió. Fue como si el señor ya no supiera por qué vivir, ni quisiera hacerlo. Dejó de preocuparse por cobrar la renta y por la propiedad. Por lo que comía y lo que bebía. Se quedaba encerrado adentro. Ya se había pasado la vida entera de luto luego de la muerte de su esposa. Pero tras lo de Ian... Todas sus propiedades se volvieron como él: perdidas y descuidadas.

Kate oyó con pena en el corazón. Sabía que Ian había estado lejos de su hogar y que lo habían dado por muerto, pero no había considerado lo que eso habría significado para su familia. Al ver esa gran casa en semejante estado de desolación, lo comprendió. Sintió un picor en las manos, ganas de limpiarla y hacerla lucir mejor.

—Te ayudaré a limpiar y ordenar cuando pueda. Me gusta ayudar.

Cadha estiró la mano y le apretó el codo.

—¡Ay, pero si eres un encanto, querida! Gracias, muchacha. Y no te preocupes, solo cocinarás para nosotros cuatro: el señor, tú, Manning y yo. Quizás el señor tenga algún invitado. Yo me encargo de las gallinas y las vacas. Y tenemos un mozo de cuadra y un pastor que vienen de la aldea. Pero somos solo nosotros.

Volvió a suspirar y luego entrecerró los ojos.

—¿Crees que estás casada o tienes hijos?

El beso que Ian le había dado le consumió la mente. Recordó el calor de su cuerpo, así como también la suavidad y la sensación deliciosa de sus labios apretados contra los de ella. Cielos, ¿y si estaba casada? Kate se sonrojó. No tenía forma de saberlo, pero algo en su interior le decía que no lo estaba.

—No creo.

—Oh, qué bien —repuso Cadha con una sonrisa de satisfacción.

Sin embargo, no explicó por qué eso era algo bueno.

CAPÍTULO 10

IAN CLAVÓ la mirada en el pastel de carne que Kate había hecho y que tenía enfrente. Estaba a solas con la comida en el gran salón polvoriento. Cadha le había servido la cena.

No Kate.

Supuso que, al fin y al cabo, era la tarea de Cadha, el ama de llaves, y no de la cocinera. Pero quería ver a Kate.

No podía quitarse el beso que habían compartido antes de la cabeza. Su calidez, su suavidad, el sabor exquisito de ella, la sensación de su cuerpo flexible y fuerte al mismo tiempo...

Pero había algo más. Ella era un misterio. Un misterio hermoso y desgarrado.

Y él sabía muy bien lo que era estar desgarrado.

Ian tomó el pastel y lo mordió. Cerró los ojos para ignorar la soledad devastadora del gran salón, que estaba sucio y vacío. Las paredes de piedra lo sofocaban.

Recordó la última vez que había estado allí. Su padre había tenido una reunión con los miembros del clan: los arrendatarios, el recaudador de impuestos y varios amigos. Fue luego de liberar a Marjorie, e Ian había regresado a casa con varios miembros del clan que habían participado en la batalla. Sobre las paredes colgaban escudos heráldicos del clan Cambel. Se oían voces

74

alegres que charlaban, y había un banquete para celebrar la victoria. Su padre se había mostrado menos triste que de costumbre. El salón estaba iluminado con varias velas. Alguien tocaba una lira, y la gente cantaba. Como solía pasar luego de varias copas de *uisge*, varios hombres habían discutido.

¿Acaso Ian quería que el gran salón volviera estar tan lleno de vida como ese día?

No. No podía enfrentarse a la gente de su padre, no podía mirarlos a los ojos y oír que le juraran lealtad. Lo cierto era que no tenía ninguna intención de seguir luchando. Lo único que quería era que lo dejaran solo.

No obstante, sin importar lo que él quisiera, tendría que enfrentar a la gente que vivía en su propiedad. Se lo debía al recuerdo de su padre.

Se metió el último trozo de pastel en la boca y estaba a punto de ponerse de pie para ir en busca de Kate cuando oyó pasos que venían del pasillo.

—¿Kate? —preguntó.

Los pasos se detuvieron, y, cuando ella entró, Ian juró que la habitación se había iluminado.

—¿Sí?

No sonreía. De hecho, su rostro registraba tensión, y sus ojos se veían distantes. Ian detestaba pensar que eso se podría deber a que él había interrumpido el beso y se había distanciado de ella.

—Ven, siéntate. —Señaló a la silla que había al lado de él—. Por favor.

Ella dudó un instante y se sentó a su lado.

—¿Todo bien? —le preguntó.

—Sí, sí. El pastel está... —Hizo un gesto raro para demostrar lo delicioso que estaba, pero las palabras se le quedaron atoradas en la garganta.

Se limitó a asentir con la cabeza, detestándose por mostrarse tan incómodo.

—Necesito hacer un velorio y un funeral para mi padre —comentó—. Para honrar su memoria, invitaré a todos los inquilinos, miembros del clan y amigos que vivan en su tierra. Creo que les gustaría despedirse.

Kate asintió.

—De acuerdo.

—¿Puedes cocinar, Kate? ¿Por favor?

Le pareció que ella enderezaba la espalda antes de responder:

—Sí, por supuesto.

—Gracias.

—¿Qué debería cocinar?

Ian se rascó la cabeza. Nunca antes había recibido invitados y no recordaba qué se solía servir en los velorios.

—Por favor, pregúntale a Manning, y cuando lo hayan decidido, dime qué debo comprar en la aldea o qué debo cazar.

—*Okey*. ¿Cuántas personas vendrán?

—No lo sé. Creo que unas cincuenta.

A ella se le agrandaron los ojos.

—¿Cincuenta? Pero si solo somos nosotros tres: Manning, Cadha y yo...

—Sí. —Ian se frotó la frente—. Tienes razón, los estoy presionando demasiado.

—No —repuso y enderezó la espalda aún más—. No. No te preocupes. Nos las ingeniaremos. Ya se me ocurrirá algo.

Él sintió los ojos de ella sobre él, pero no la miró.

—No te preocupes —repitió—. Concéntrate en el funeral de tu padre. Yo... Nosotros nos encargaremos de la comida. Todo saldrá bien, te lo prometo. No te decepcionaré.

Él se volvió rápido a mirarla. La suave luz dorada de las velas que Cadha había puesto en la mesa bailaba sobre su bonito rostro. La mezcla de determinación y tranquilidad que vio en ella lo hizo atragantar y recordar viejas heridas. Era evidente que ella haría un gran esfuerzo, quizás mayor de lo que podría soportar luego de lo que acababa de atravesar.

Él no se la merecía.

—No —sostuvo—. No hagas más de lo que puedas, Katie.

Los rasgos de ella se suavizaron por la sorpresa.

—Pero puedo hacerlo. —Se puso de pie—. Todo estará listo. Todo saldrá muy bien. Tú ya tienes suficientes preocupaciones, Ian.

No le dejó contradecirla, sino que salió del gran salón y lo dejó a solas en la soledad oscura y ensordecedora de las paredes vacías.

Ian se había equivocado. Ese no era su hogar. No se sentía como su hogar. No sin su padre.

Desgarrado por los recuerdos de los actos monstruosos que había cometido y el vacío de lo que creyó que le daría alivio, necesitó olvidar. Acallar la desesperación que le desgarraba la herida en el sitio donde solía estar su corazón.

Solo conocía una manera de hacerlo.

Se dirigió a la despensa y llenó la cantimplora con *uisge* que había en un barril.

Esa noche, el olvido se lo llevó mucho antes de que entrara en la habitación que solía pertenecerle a su padre y ahora era de él. Aún olía a su padre: acero y cuero, un dejo de grasa de lana y alcohol. Antes de perderse en el olvido, soñó que su padre lo regañaba.

CAPÍTULO 11

—PERO ¿QUÉ HACES? —GRITÓ MANNING.

Kate observó el pollo muerto que sostenía con una mano de las patas y colgaba en el aire.

—¿Qué crees que hago? —respondió—. Intento desplumarlo.

Manning soltó un bufido y arrojó la masa que había estado amasando sobre la mesa.

—¿Intentas? ¿Acaso nunca antes lo has hecho?

Kate alzó la mirada hacia él.

—No tengo idea.

A pesar de que eso era cierto, tenía la sensación de que nunca antes había desplumado un pollo. A diferencia de cuando había hecho el pastel para Ian, en esta oportunidad, sus manos no sabían qué hacer.

El rostro de Manning se puso colorado, y el bigote le temblaba.

—¿Cómo no vas a saber? Si eres una cocinera, deberías haber desplumado pollos antes.

—Yo... —Kate abrió la boca y la cerró. La idea de quitarle las plumas al ave le daba náuseas. Y el gruñido de Manning le hizo temblar las manos.

—¡Eres una inútil! —exclamó—. Necesito desplumar y asar doce pollos. El velorio es mañana. ¿Acaso crees que puedes hacer algo de utilidad? ¿O te vas a quedar allí de pie abriendo y cerrando la boca como un pez?

Kate lo fulminó con la mirada. Detestaba que él tuviera razón. Y sus palabras habían dado en el blanco y le habían hecho sentir un dolor que se le hacía familiar.

—Ya basta, tonto —interrumpió Cadha mientras entraba en la cocina—. Se escuchan tus gritos desde el establo. ¿Qué sucede?

—Lo que sucede es que el señor ha contratado a una impostora inservible. ¿Qué tipo de cocinera no sabe cómo desplumar pollos?

Cadha se llevó las manos a las caderas y avanzó hacia él. Le dio una palmadita en la frente.

—La muchacha no recuerda ni quién es, cabeza de chorlito. ¿Cómo quieres que recuerde cómo se despluma un pollo?

Manning abrió los ojos de par en par al tiempo que el rostro se le ponía aún más colorado. Kate tuvo que reprimir una sonrisa. Cadha estaba de su lado, y eso hizo que algo se derritiera en su interior, como la mantequilla sobre un *croissant* caliente.

—Mira. —Cadha tomó el pollo de las manos de Kate y se dirigió al caldero de agua hirviendo—. Esto aflojará las plumas, pero no lo dejes mucho tiempo allí, porque de lo contrario se le arruinará la piel y la carne, ¿de acuerdo? Solo el tiempo que te lleva beber una jarra de cerveza.

—No tengo idea de cuánto me lleva. ¿Treinta segundos?

Cadha la miró atónita.

—No sé qué es «un segundo», muchacha, pero no te preocupes. Ya sabrás cuánto tiempo. Esto se llama «escaldar».

Colocó el ave en el agua hirviendo y la sostuvo allí. Transcurridos unos instantes, lo que para Kate se sintió como un minuto, Cadha extrajo el pollo y lo puso en un gran cuenco.

Manning continuó amasando.

—Estás perdiendo el tiempo, Cadha.

—Oh, deja de quejarte, Manning —repuso.

—¿Sabes siquiera cómo asar un pollo, muchacha? —le preguntó Manning—. ¿O cómo hacer un pastel «normal»?

A Kate se le hundieron los hombros, y los brazos le colgaron como tallarines débiles. Él tenía razón. Ella no sabía si podía asar un pollo. Y el hecho de que a Ian le hubiese gustado su pastel no quería decir que a los otros también. ¿Y si su pastel era de lo más extraño para ellos?

—Yo...

—No tengo tiempo que perder enseñándote. Tenemos cincuenta invitados. Cadha tampoco debería perder su tiempo. Tiene que limpiar toda la casa y le duele la espalda.

Fulminó a Kate con la mirada y le clavó un dedo.

—Eres un problema. Eres una carga.

Cadha jadeó enfadada y se lanzó en su defensa, pero Kate dejó de escuchar.

La palabra «carga» le resonó en la mente con la voz de otra persona que le decía lo mismo.

Una voz femenina.

La voz de su madre.

Una imagen le llenó la mente y se desarrolló como una película.

Era más grande y no se sentía bien. La garganta le raspaba como si se la estuvieran rasgando con hojas de afeitar, y le dolía la cabeza. Estaban en la cocina otra vez: vio las paredes amarillas y las alacenas verdes. Olía a judías y salchichas. Su madre se escondió el rostro en las manos y negaba la cabeza. Delante de Kate había un plato humeante con judías verdes y salchichas. Mandy, su hermana, estaba sentada al lado de ella. Debía tener unos cinco o seis años, y Kate rondaría los diez.

—¿De verdad no podías cortar los extremos de las judías, Kate? —preguntó su mamá sin siquiera mirarla—. ¿Qué tan difícil puede ser?

—No sabía... —murmuró Kate.

—Entonces, compra las que vienen enlatadas la próxima vez. —Su mamá la miró con los labios pálidos y unos círculos oscuros debajo de los ojos—. No tengo tiempo de enseñarte estas cosas. Mi turno en Lou's empieza en diez minutos.

—Disculpa, mamá. —Kate tembló, y la piel le dolía—. No me siento bien...

Su mamá negó la cabeza y masticó las judías.

—Kate, necesito que seas responsable y cuides a tu hermana esta noche, ¿*okey*? ¿Crees que yo nunca me siento mal? Todos los días, tesoro. Pero me pongo de pie y voy a trabajar para poner un techo sobre sus cabezas y esas malditas judías que tienen en los platos.

—Pero tengo que hacer la tarea de matemáticas hoy. Si desapruebo, tendré que repetir el año.

Su mamá suspiró y arrojó el tenedor sobre el plato tan fuerte que causó un estrépito. Se volvió a enterrar el rostro entre las manos.

—Kate, lo siento mucho, pero estoy muy cansada. Me tengo que ir antes de que me termine desmayando aquí.

Su mamá se puso de pie, y sus brazos se vieron huesudos debajo de la blusa.

Kate se sentía muy culpable. No quería crear más problemas para su mamá. Ella hacía mucho por ellas. De no ser por Kate y Mandy, su mamá no tendría que trabajar en tres sitios diferentes. Kate decidió que aprendería a cortar las judías. Pero ¿cómo?

Tomó una judía verde y el cuchillo, pero unos temblores le provocaron espasmos punzantes. El cuchillo se le resbaló de las manos, y se cortó la palma, entre el dedo índice y el pulgar. Kate gritó de dolor. La sangre cayó sobre las judías. Mandy lloró.

Kate corrió tras su mamá y, apretándose la herida con la otra mano, abrió la puerta principal.

—¡Mamá! —la llamó con la voz temblorosa—. ¡Mamá!

Sin decir una palabra, su mamá se volvió para mirarla como si esperara que Kate le agregara más peso sobre los hombros.

Ese fue el momento en que Kate se dio cuenta de que era un

problema para su mamá. Una vampiresa que se alimentaba de su sangre. Una carga.

No. Debía hacer sus necesidades a un lado y ser fuerte.

—¿Qué? —preguntó su mamá.

—Nada —le respondió, apretándose la mano con más fuerza para que su madre no viera la sangre—. Qué tengas una buena noche. La próxima vez, cortaré las judías bien. Te lo prometo.

—Gracias. —Su mamá se dio vuelta y se subió al coche.

Kate regresó al presente en la cocina medieval. La cabeza le daba vueltas y le zumbaba por el recuerdo. Manning y Cadha se seguían gritando. Kate se miró la mano derecha y allí estaba, entre los dedos índice y pulgar: una delgada cicatriz plateada. Se la trazó con un dedo. La línea era más dura que el resto de la piel.

Una conmoción la sacudió de pies a cabeza, como una ola de agua helada.

¿Qué había sido eso? La visión parecía un recuerdo, pero había tantas cosas que no tenían sentido. El coche. Las luces eléctricas. El teléfono. Las salchichas en los contenedores de plástico. Las judías en las latas...

Nada de eso existía. A los pollos se los mataba y desplumaba. Los pasteles se hacían a mano y se cocinaban en un horno de piedra.

Y, a pesar de eso, tenía la cicatriz. Era una prueba física que demostraba que lo que había visto era un recuerdo. O se estaba volviendo loca, y su mente había creado esa escena para explicar la cicatriz y llevarla al borde de la cordura.

Las diferencias en la tecnología no tenían sentido. Pero su madre sí. Su hermana también. Así como también las cicatrices que llevaba dentro, aquellas que no podía ver ni tocar. Las que la torturaban y le desgarraban el alma.

—El apodo de «Demente» Mary te sienta bien, viejo tonto —gritó Cadha arrojando las manos en el aire.

—Si me sigues hablando de ese modo, no probarás ni un bocado de ese cordero en la primavera.

Antes de que Kate pudiera volver a respirar, otro recuerdo le invadió la mente y comenzó a desarrollarse...

—Mi abuela me enseñó esto —dijo su mamá—. Y, como me dieron una bonificación, se me ocurrió comprar un cordero. No te lo vas a creer, pero se llama «demente Mary».

Kate era un poco más grande, quizás tenía quince años, y ya era algo rolliza. Había desarrollado el hábito de acumular cosas, en su mayor parte, comida, porque nunca sabía ni cuándo ni qué volvería a comer.

En la cocina pendían los ricos aromas de cebollas estofadas, ajos y varias especias. Mandy, que tenía unos diez años, el cabello recién peinado y llevaba puesto un vestido de segunda mano nuevo, estaba sentada a la mesa y decoraba galletas de hombre de jengibre.

Sobre la mesa, había un pequeño árbol de Navidad artificial. Era el único que tenían en la casa.

—¿«Demente Mary»? —Kate se rio, extasiada de tener la atención de su mamá entera ese día. No había trabajo. Ni prisas. Era un día para pasar en familia—. ¿Has oído, Mandy? ¡La receta se llama demente Mary!

Mandy también se rio.

—No suena demasiado deliciosa.

—Oh, pero lo será. —Su mamá se rascó el mentón y observó la carne con cautela—. Si logro acordarme de la receta. Kate, escríbela así no tienes el mismo problema en el futuro. Creo que primero haremos el relleno con harina de avena y especias. Luego, el glaseado con mostaza y miel. Tenemos que ablandar la carne con esto. —Levantó un mazo—. ¿Quieres hacerlo, Kate?

—¡Claro! —Kate tomó el mazo en la mano. Estaba ansiosa de demostrar que era todo lo que su madre quería que fuese... y no una carga. Podía hacer comida, lavar los platos, limpiar la casa, hacer los deberes con Mandy y evitar enfermarse. Lo único que nunca lograba hacer eran sus propios deberes, pero, de algún modo, se las arreglaba. Al fin y al cabo, no sería una ingeniera aeroespacial.

Mandy se volvió a reír.

—¿Por eso se llama demente Mary? ¿Porque debes moler la carne a golpes?

Kate se rio.

—Tú eres una demente Mandy.

Su mamá se unió a las risas.

—Nadie está demente, niñas. No tengo ni idea de por qué se llama así. Su abuela nunca me lo dijo. Pero me contó que la receta se ha ido pasando de una generación a la siguiente. Me encantaría saber cómo comenzó.

De regreso en la cocina medieval, con el creador del cordero asado, a Kate se le cerró el pecho con un dolor dulce causado por la pérdida. Ese debió ser el único recuerdo feliz que tenía de su infancia.

Un momento... ¿Acaso su mamá había dicho que esa receta se había ido pasando de una generación a la siguiente? ¿Eso significaba que sus recuerdos ocurrían en el futuro? ¿En un tiempo en el que Manning, Cadha e Ian ya no existían?

Y, si Manning había creado la receta, ¿Kate estaba relacionada con él después de todo?

A Kate le dio vueltas la cabeza, y el suelo pareció moverse. No, no, no. La herida en la cabeza debió ser peor de lo que se había imaginado. Necesitaba respirar aire fresco. Los olores del pollo escaldado, los pasteles y la carne la estaban sofocando.

—Disculpen. —Se limpió las manos con el delantal y se marchó de la cocina.

—Mira lo que has logrado... —Las palabras de Cadha se fueron desvaneciendo mientras Kate se alejaba hasta salir al patio.

Kate no sabía a dónde se dirigía. Tenía los ojos llenos de lágrimas que le nublaban la vista. Le dolía el pecho, y la garganta se le había cerrado por unos espasmos dolorosos. Al cabo de un tiempo, se detuvo en la orilla del lago, sobre el suelo rocoso mezclado con juncos y césped.

Alguien se encontraba allí. Kate elevó la mirada y vio a Ian.

No llevaba puesta la camiseta, y su espalda desnuda brillaba cubierta de sudor bajo la luz del sol. Cuando se inclinó hacia el agua para lavar una túnica, se le tensaron los bíceps y los músculos del lateral.

Al verlo, Kate se olvidó cómo llorar. Se olvidó hasta cómo respirar.

Ian escurrió la prenda y flexionó los músculos debajo del vello suave y rojizo que le cubría los brazos. Acto seguido, la depositó sobre la pequeña pila de prendas lavadas.

Entonces la vio y frunció el ceño.

Kate se enjugó las lágrimas.

Ian se enderezó y anduvo hasta ella. Su rostro registraba preocupación.

—¿Te encuentras bien, muchacha?

Oh, pero ¿cómo se iba a encontrar bien cuando él estaba a punto de detenerse delante de ella, con esos gloriosos pectorales y ese abdomen cubierto de vello rojizo que parecía una tabla de lavar? Un dulce dolor le atravesó el vientre.

—Yo...

—¿Por qué lloras? —Con suavidad, le levantó el mentón y la miró a los ojos.

Al ver su mirada preocupada, Kate sintió una ola de calor; él lo emanaba, y las pecas que tenía en los hombros la distraían. El mismo dolor dulce le atravesó el corazón.

—Acabo de recordar algo acerca de mi familia.

—¿Ah, sí? Qué bueno. ¿Qué recordaste?

—En realidad, no es tan bueno. Ni siquiera estoy segura de que sea un recuerdo real. Quizás se trató de una visión o algo por el estilo. Era de mi infancia. Si se trata de un recuerdo, la mayor parte de mi infancia no fue muy feliz.

Él se rio con amargura.

—La mía tampoco.

Kate asintió y miró al lago porque cuanto más lo miraba a él, más se le derretían las piernas.

—¿Sabes de dónde vienes? —le preguntó.

Ella negó con la cabeza.

—No, lo siento. Aún tendré que ser un incordio durante un tiempo más.

Ian chasqueó la lengua.

—¿Un incordio? No eres ningún incordio, Katie. Deja de decir eso.

«Carga... Eres una carga. Eres una carga».

Sintió que los ojos le picaban por las lágrimas y, en esta ocasión, ni el torso desnudo de Ian logró detenerlas.

—*Okey*, bueno, será mejor que regrese a la cocina —dijo y se apresuró a alejarse de él.

Ian la llamó a sus espaldas, pero Kate apretó el paso. Ella no era solo una carga. Era una carga que había perdido el juicio, tenía visiones extrañas y no sabía de dónde venía... Y la sospecha de que era más forastera allí de lo que se podría llegar a imaginar crecía cada vez más en su interior.

El día transcurrió mientras continuaban con los preparativos para el velorio: enviaron a varios mensajeros a diferentes aldeas y granjas, compraron más comida y hablaron con el sacerdote de la aldea.

Por la tarde, Ian fue a la granja de MacFilib, famosa por su *uisge*, a comprar más.

La granja quedaba en un pequeño valle rodeado de un bosque. Ian detuvo la carreta cerca de la casa. En la propiedad, había varias edificaciones, entre los campos de avena que se extendían como un mar dorado mecido por el viento. Al igual que todas las granjas, olía a tierra cálida, estiércol y diferentes tipos de cosechas. Ian no se podía imaginar un olor mejor, excepto el aroma del cabello dorado de Katie. A la distancia, donde terminaban los campos de avena, pastaban unas ovejas sobre las colinas empinadas. Ian también podía oír los débiles balidos y el sonido más fuerte de alguien que martilleaba contra un yunque en uno de los talleres.

Ian recordó que de muchacho había salido a recolectar la renta con su padre, y habían visitado esa granja entre otras. Pensó en lo mucho que había admirado a su padre en esa época y el modo en que Duncan solía lidiar con sus arrendatarios: se mostraba amistoso, pero no dejaba lugar a dudas de quién era el señor.

Ian no tenía ninguna chance de llegar a ser el señor que había sido su padre.

—¡Neacal! —gritó al tiempo que se bajaba de la carreta—. ¿Murdina?

La puerta del taller se abrió, y salió un hombre de unos cuarenta años que llevaba puesto un delantal de herrero. Era Neacal. A pesar de que había envejecido, se veía fuerte y saludable. Un muchacho alto, delgado y fuerte de unos dieciocho años lo siguió. Ian entrecerró los ojos. ¿Podría tratarse de Frangean? Ian lo recordaba de niño, cuando apenas podía sostener una horqueta para ayudar a su padre en la granja.

—¿Sí? —le dijo Neacal.

La puerta de la granja también se abrió, y salió una mujer acompañada de aroma a pan recién horneado y estofado.

—¿Qué sucede, Neacal? —preguntó Murdina.

A Ian se le cerró el pecho de tristeza y alegría.

—Es probable que no me reconozcan —comenzó—. Soy Ian Cambel. El hijo del señor.

El rostro de Neacal registró sorpresa.

—¿Ian? El hijo de nuestro señor ha muerto.

—No. Me vendieron como esclavo en Bagdad, pero he regresado.

Murdina se acercó a él.

—Sí, te reconozco, muchacho. ¡Es Ian! Miren ese cabello rojo, tiene los ojos de su madre.

Neacal y Frangean también se acercaron a él.

—Señor. —Neacal le dio una palmada en el hombro—. Qué bueno verlo vivo y bien. Bienvenido.

—Gracias. —Ian asintió—. Traigo noticias tristes. Mi padre falleció hace unos días.

Murdina jadeó y negó con la cabeza apenada. Neacal y Frangean bajaron las miradas.

—Lo siento mucho, señor —dijo Neacal.

—Gracias. Estaba con él cuando falleció. He traído su cuerpo a casa para enterrarlo. Están invitados al velorio y al funeral que tendrán lugar por la mañana. Por favor, vengan a Dundail.

—Por supuesto que iremos, señor —le aseguró Murdina y le apretó el brazo—. ¿Necesita algo?

—Sí, quería comprar su delicioso *uisge* para el velorio.

—Oh, claro —acordó Neacal—. Este año salió mejor que otros. ¿Cuánto necesita?

—Dos o tres barriles si tienen.

—Frangean, ven conmigo —pidió Murdina—. Iremos a ver cuánto queda, señor.

—Gracias.

Murdina y Frangean entraron en la casa, y Neacal acarició el cuello del caballo.

—Qué bueno tenerlo de regreso, señor. Es un guerrero joven y fuerte. Lo necesitamos en estos tiempos de conflictos. ¿Ha oído que las tropas de los *sassenach* andan rondando por aquí?

Ian sintió un escalofrío en la espalda, y se le tensaron los hombros.

—Sí, me encontré con algunos de camino a casa.

—Debe enterrar a su padre, lo sé, y, disculpe la pregunta, pero ¿nos protegerá de ellos? ¿Tiene un plan? Porque si necesita algo de los MacFilib, se lo daremos.

A Ian se le secó la boca. ¿Cómo le iba a decir que no tenía ningún plan para la defensa ni pensaba volver a tomar una espada por el resto de su vida?

En ese momento, apareció Frangean con un barril en las manos y lo llevó hasta la carreta.

—Sí, allí está bien —indicó Ian—. Gracias, muchacho.

—Mamá encontró dos barriles —le informó.

—De acuerdo, me los llevaré.

Frangean asintió con un brillo de adoración en los ojos y, acto seguido, se volvió para entrar en la casa.

—¿Y bien, señor?

Ian dio un paso hacia atrás y miró al caballo.

—Aún no puedo pensar en eso, Neacal.

El hombre elevó las manos en el aire, mostrándole las palmas a Ian.

—Sí, comprendo. Discúlpeme. Es solo que todos estamos preocupados luego de oír que los *sassenach* andan por allí. Matan, violan y saquean. Queman granjas. Sacrifican animales.

A Ian se le tensó el estómago. De haber sido una persona completa, no lo hubiera dudado. Si su gente lo necesitaba, él estaría allí para ellos.

Aun así, no podía hacerlo. No podía volver a blandir la espada y matar. Se lo había prometido.

Frangean salió con el segundo barril y lo subió a la carreta.

—¿Cuánto te debo, Neacal?

El hombre hizo un ademán.

—Nada, señor. Lamentamos la muerte de su padre.

—No, por favor. Insisto, él hubiera querido que les pagara.

Neacal dudó un instante.

—Sí, gracias. Con cuatro chelines bastará.

Ian colocó las monedas sobre la mano de Neacal y se apresuró a subir a la carreta para evitar más preguntas que no estaba listo para responder.

—Gracias. Los veré mañana —se despidió.

Neacal lo saludó con la mano.

—Que Dios lo bendiga, señor.

Ian visitó a otros arrendatarios para invitarlos al velorio. Cuando regresó a Dundail, la gran casa seguía sin sentirse como su hogar. Al darse cuenta de lo mayores que estaban Cadha y Manning, ayudó con algunas de las tareas del hogar. A Ian no le molestaba limpiar o lavar su ropa, ni reparar las herramientas o trabajar en la herrería. De hecho, esas labores le traían alivio. El trabajo físico lo hacía sentir en contacto con su tierra, su casa y su gente.

El día del funeral, el gran salón estaba limpio. Sobre las mesas había pasteles, bocadillos, pan, queso, pollos asados cortados y verduras. La habitación ya no parecía desolada.

Pronto comenzaron a llegar los arrendatarios y los recaudadores de impuestos y de renta de su padre. Los hombres hablaban y bebían sombríos. Las esposas regañaban a los niños y conversaban entre ellas. Ian no recordaba a la mayoría de los invitados.

Sintió palmaditas en el hombro, vio rostros tristes y oyó cómo le daban el pésame en susurros. La gente visitaba el cuerpo de su padre para despedirse. Luego se acomodaban en las mesas para comer y beber. El gran salón ya no estaba ni silencioso, ni vacío. Estaba lleno del sonido de voces apagadas.

A continuación, se le acercó un hombre alto y robusto que tenía una barba espesa y el cabello largo y negro.

—No le puedo decir cuánto lo siento, señor —dijo—. Soy Alan Ciar, el recaudador de impuestos de Benlochy.

Ian asintió.

—Gracias.

—Su padre era un buen hombre. Todos lo echaremos de menos.

—Sí.

Se quedaron de pie en silencio durante unos instantes. Ian tenía la sensación de que el hombre aún no había dicho lo que quería decirle.

—Es un día lleno de tristeza por su partida —continuó Alan —, pero a la vez lleno de dicha por verlo vivo, señor. Todos creímos que los MacDougall lo habían matado. Estoy seguro de que será un buen señor, como lo fue él.

A Ian se le tensó la mandíbula.

—Con gusto, le juraré lealtad —añadió Alan.

A Ian se le endurecieron los hombros como si fueran rocas. Nadie le debería jurar nada. Si tan solo supieran...

—Aún no puedo pensar en eso —respondió—. Pero te agradezco la lealtad.

—Sí, es un placer. Y quiero que sepa que, a diferencia de otros recaudadores, yo no le he robado a su padre.

Ian frunció el ceño y recorrió la habitación con la mirada.

—¿Disculpa?

—Oh, supongo que no lo sabía. Pero ¿por qué cree que a su padre no le iba tan bien en los últimos años? ¿Por qué cree que la casa se encuentra en este estado? Es que después de su muerte... bueno, desaparición, su padre cambió mucho. Lamentó tanto su muerte que dejó de prestarle atención a todo lo que sucedía a su alrededor. De modo que algunos recaudadores de impuestos se aprovecharon y se quedaron con gran parte de lo recaudado.

Enderezó la espalda y se acomodó el cinturón sobre la gran barriga.

—Pero yo nunca. Siempre he sido leal y honesto, y siempre entregué todo lo recaudado por la renta y los impuestos.

—Hum —pensó Ian.

Los ojos oscuros del hombre destellaron. Ian lo estudió, pero Alan no parpadeó ni apartó la mirada. Parecía un toro a punto de atacar.

—Debería investigarlo, señor —insistió Alan—. Debería lidiar con esto. Y los culpables, deberían enfrentarse a las consecuencias de sus actos.

Ian asintió.

—Gracias, Alan.

Señaló a las mesas para invitarlo a que se uniera al resto de los invitados.

—Una última cosa, señor —añadió Alan—. Hemos visto a varios ingleses por aquí, tanto caballeros como guerreros. Es bueno tenerlo de vuelta, es un guerrero y nos protegerá. —Se detuvo y frunció el ceño—. ¿No es cierto?

El peso de una montaña aterrizó sobre Ian.

El enemigo estaba llamando a su puerta, e Ian no podía volver a blandir una espada. No se podía imaginar qué haría cuando llegaran los ingleses.

Ian bajó la mirada al suelo.

—Alan, por favor, honra el recuerdo de mi padre y come algo.

Mientras el recaudador asentía con lentitud y se alejaba para sentarse a una mesa, Ian no pudo dejar de sentir que estaba traicionando a su gente.

Por el rabillo del ojo, captó un movimiento que lo hizo volverse. Kate entró con platos llenos de pastelillos humeantes. Tenía el rostro colorado, sin dudas por el calor de la cocina, y sonreía y saludaba a la gente. Repartió los platos en las mesas, les preguntó a varios grupos de invitados algo, y ellos asintieron como respuesta.

¿Cómo no les iba a gustar su comida? Por supuesto que todo estaba delicioso.

Kate elevó la mirada y se encontró con los ojos de Ian. Cuando le ofreció una sonrisa, él asintió. Una ligereza le llenó el estómago al verla. Kate asintió en respuesta, se volvió y se alejó.

Qué mujer más hermosa, trabajadora y habilidosa. Había tenido mala suerte, eso era todo. Si Ian pudiera, la ayudaría a regresar a casa y ser feliz. O le pondría el mundo a sus pies.

Sin embargo, sin importar todo lo que él pudiera hacer, ella se merecía algo mejor que un hombre desgarrado.

Y su gente también.

CAPÍTULO 12

KATE LIMPIÓ LA MESA CON UN TRAPO PARA QUITAR LAS MIGAS de pan y los restos de cáscaras de nabos e ignoró el gruñido de descontento que soltó Manning. A ella le gustaba que la cocina estuviera limpia y ordenada, pero a pesar de los días que llevaba en Dundail, Manning seguía quejándose.

—Quiere limpiar todo —masculló mientras amasaba el pan—. ¿Cuántas veces hay que ir a buscar agua? ¿Y cuánto vinagre ha desperdiciado?

Aunque Kate intentó acallar las quejas, comenzaron a afectarla de todos modos. El corazón le latía acelerado, y tenía la mandíbula tensa por el esfuerzo de contener la respuesta que tenía en la punta de la lengua.

«No digas nada de lo que te puedas arrepentir. Nunca podrás retractarte. Y ellos nunca lo olvidarán».

Las palabras le hicieron eco en la mente, altas y claras, pero con la voz de su madre. La voz que oía en las visiones.

Kate dejó de limpiar y se apoyó contra la mesa con el corazón agitado palpitándole en el pecho. Bueno, por fin había logrado que Manning cerrara la boca. Ahora la veía con el ceño fruncido.

—¿Te encuentras bien, muchacha? —le preguntó—. Parece que te duele algo.

Kate se enderezó.

—No, me encuentro bien.

Manning negó con la cabeza y continuó pelando.

—Entonces, deja de fingir que te sientes mal y ponte a trabajar.

—Creí que no querías que limpiara.

—No quiero que inventes reglas nuevas en «mi» cocina. Vienes aquí con tus recetas nuevas para hacer pasteles, sugieres lo que se te ocurre cocinar, tu... tu... me dices cómo sujetar un cuchillo. Yo he sido cocinero durante más tiempo del que llevas en este mundo.

Kate suspiró.

—Solo quiero ayudar.

—¿Quieres ayudar? —Se detuvo y le dirigió una mirada amenazante—. Lárgate. Vete. No necesito otra cocinera. Ian me conoce. Sabe cómo cocino y así le gusta. Tú... ¿Quién sabe quién eres en realidad? Hablas raro, cocinas raro. ¡No sabes encender el horno! ¿Qué tipo de cocinera no sabe encender un horno? ¿Y por qué usas tanta sal si sabes lo cara que es? ¿Eh?

Los reproches la estaban afectando otra vez. Kate no se podía sentir más forastera, más molesta que una mosca, de lo que se sentía en ese momento.

—Mira, si quieres que me vaya, tendrás que hablar con Ian —le dijo intentando contener las lágrimas—. Él es quien me contrató.

—Sí, no te preocupes, muchacha. Ya hablaré con Ian, y te largarás de mi cocina. Ian tiene un gran corazón y siente pena por ti. ¡Pero aquí todos saben que no te necesita nadie!

Manning no podría haber tocado un punto más doloroso. Con sus palabras, dio justo en la tecla. Y si él estaba expresando el mayor temor de Kate, entonces debía ser verdad.

Ian sentía pena por ella; lo cierto era que no la necesitaba ni la quería allí. Y lo último que deseaba Kate era ser un problema. Comerse su comida. Ocupar sitio en su casa. Tomar su dinero, que, encima, no parecía sobrarle.

La realidad era que debía marcharse. Si tan solo supiera a dónde ir...

Por lo pronto, no soportaba estar en una habitación con alguien que no la quería allí.

—¿Sabes qué, Manning? No sé por qué me acordé de tu receta, pero seguro que no fue porque eres una buena persona. ¿Quieres que me marche de tu cocina? Ahógate en la mugre por lo que a mí respecta.

Arrojó el trapo sobre la mesa, se dio media vuelta y se dio de bruces contra una pared cálida y dura: un hombre.

Reconoció su aroma de inmediato; era una mezcla misteriosa de algo exótico y un bosque de medianoche, junto con su fragancia masculina a almizcle.

Ian.

Él la tomó de los hombros y la ayudó a recobrar el equilibrio. El roce le hizo sentir una ola de entusiasmo en todo el cuerpo y le derritió los huesos.

—¿Estás bien, muchacha? —le preguntó Ian.

—Sí —le respondió al tiempo que la abandonaban toda la furia y la desilusión de antes para dar paso a una sensación de burbujas alegres que le borboteaban en el estómago.

Sin quitarle los ojos cafés de encima, Ian asintió, la soltó y dio un paso hacia atrás.

Le echó una mirada a Manning y luego se volvió a concentrar en ella.

—Les quería agradecer a los dos por todo el trabajo que hicieron para el velorio ayer. No podría haber deseado un mejor banquete para honrar a mi padre.

Manning miró de reojo a Kate con frialdad, como para decir que ni se atreviera a llevarse el crédito de esa gratitud.

—Sí, muchacho —dijo—. Hubiera hecho lo que fuera por tu padre.

Kate deseó haber podido acudir al entierro el día anterior para darle apoyo moral a Ian. Sin embargo, le habían explicado que las mujeres no iban a los entierros. Ian había estado pálido y triste todo el día... y, a pesar de que eso era comprensible, también se estaba apartando de la gente y el mundo que lo rodeaba. Sus arrendatarios lo respetaban. Kate había visto la forma en que se dirigían a él. No obstante, Ian no les respondía. Era como si hubiera querido acabar con ello de una buena vez.

—¿Y «tú»? ¿Estás bien, Ian? —le preguntó.

Él la observó con el rostro tenso.

—Sí, estoy bien.

—Pareces...

—Dije que estoy bien, muchacha. No es asunto tuyo. Si todos dejaran de preocuparse por mí...

Kate se quedó quieta un momento, no podía moverse. Había algo en esa interacción que se le hacía familiar. El portazo... el repentino rechazo hacia su atención...

—Al parecer, no soy el único al que molestas, muchacha —señaló Manning en tono bajo. Acto seguido, negó con la cabeza y continuó pelando nabos.

—No estoy molesto, y mucho menos con Katie —repuso Ian—. Pero tengo que hablar contigo, Manning.

—Me puedo ir... —sugirió Kate.

—No, tienes mucho trabajo que hacer —dijo Ian—. Manning, ven conmigo, por favor.

Se marcharon de la cocina, y Kate sintió una punzada de pesar de que Ian se hubiera ido.

Terminó de limpiar la mesa y recogió una cubeta para ir a buscar más agua limpia. Cuando llegó a la puerta, no pudo evitar oír las voces de Ian y Manning que venían del vestíbulo.

—Ian, debes entender que ella no pertenece aquí. Es más claro que el agua.

Ian suspiró.

—Ya lo sé.

Kate sintió frío en el pecho.

—Se marchará cuando recupere la memoria. Ya ha comenzado a recordar algunas cosas.

De modo que él también quería que se marchara. No quería que se quedara, ¿no?

—Sí, qué bueno. La muchacha hace todo de forma extraña. No me gusta que se meta en mi cocina.

—No será durante mucho tiempo. Ten paciencia. Está pasando un momento difícil.

Sí, Ian solo sentía pena por ella. Toda esa atención y bondad no se debían a que ella le agradara, sino a que tenía un buen corazón.

—Sí, claro. Aunque es difícil tenerla por aquí.

A Kate le tembló la cubeta en las manos.

—Manning, te las ingeniarás. Para ella tampoco es fácil.

Cuando oyó pasos que se aproximaban a la cocina, Kate dejó la cubeta en el suelo y regresó a la mesa. Tomó el trapo y volvió a limpiar la mesa sin saber qué estaba haciendo. Su corazón era una herida furiosa, y su estómago estaba tenso en su totalidad.

Manning entró en la cocina y, sin decir ni una palabra, la cruzó para dirigirse a su habitación.

Kate soltó el aire. No se creía capaz de lidiar con él en ese momento, no cuando sabía cuánto lo incordiaba su mera presencia. De pronto, Ian entró, y algo se le iluminó en el corazón.

—Yo... —comenzó Ian.

—Tengo que ir a buscar agua. —Volvió a tomar la cubeta y se dirigió a la puerta.

—Déjame ayudarte.

Ian se movió para quitarle la cubeta de las manos. Sus dedos se rozaron un instante, y Kate sintió una descarga eléctrica y apartó la mano.

—No te preocupes, yo lo haré —le aseguró—. Puedo hacerlo sola.

Ian la miró anonadado.

—Sí —acordó—. Estoy seguro de que puedes.

Kate salió de la casa y se sorprendió de oír unos pasos que la seguían. Colocó la cubeta sobre la pared de piedra del pozo y se volvió a mirarlo.

—Mira, Ian, de verdad no quiero molestar a nadie y mucho menos a ti. Has sido muy amable conmigo, y no quiero abusar de tu paciencia. Si quieres que me marche, por favor, dímelo.

Ian frunció el ceño.

—¿Cómo?

—No quiero ser una carga.

A él se le tensó la mandíbula.

—No eres ninguna carga —repuso con un tono de voz duro. Ahora, sin dudas, se veía enfadado.

—Por supuesto —susurró y colocó la cubeta sobre el gancho—. Manning no piensa lo mismo que tú.

Ian suspiró.

—No te preocupes por Manning.

—Para ti es fácil decirlo.

Ian se frotó la sien y cerró los ojos.

—Mira, muchacha, deja de pensar tanto en esto. Sé que estás pasando por un momento difícil, pero ya te dije que no soy tu amigo y no puedo estar haciendo las paces entre tú y Manning todo el tiempo.

Kate bajó la cubeta, que chapoteó en el agua, aguardó hasta que se llenó y comenzó a jalarla hacia arriba. Todo lo que Ian estaba diciendo —o, mejor dicho, la forma en que lo decía— confirmaba sus temores. Él no la quería allí. Solo sentía pena por ella. Y ahora estaba molesto con que ella trajera el tema a colación una y otra vez.

Bueno, había aprendido esa lección. No volvería a hablar del tema. De hecho, se marcharía lo antes posible y les ahorraría su presencia.

—No volverá a ocurrir —le aseguró—. Te lo prometo.

Extrajo la cubeta del pozo y comenzó a andar hacia la cocina.

Aún no sabía ni cuándo ni cómo se marcharía, pero prefería clavarse un objeto afilado en el ojo que volver a ver a Ian mirándola de esa manera o hablándole con ese tono.

Lo apreciaba mucho como para fastidiarlo con sus propios problemas.

CAPÍTULO 13

IAN ENTRÓ en el establo para ensillar al caballo y cabalgar lo más lejos que lo llevara el día. Necesitaba distraerse para detener ese sentimiento absorbente y molesto de culpa y desesperación. Detestaba haber sido casi cruel con Kate. Sumado a eso, el dolor de cabeza que tenía luego de varios días de haber bebido hasta quedarse dormido no había ayudado.

Abrió la caseta de Thor, cepilló al caballo y le acarició el cuello. Thor lo miró con sus brillantes ojos negros.

—Eres un animal afortunado —le aseguró Ian—. No tienes preocupaciones ni arrepentimientos. Te la pasas comiendo heno y galopando.

Thor parpadeó y soltó un bufido como preguntándole qué le pasaba.

Lo que le pasaba a Ian era que llevaba un gran peso oscuro en la boca del estómago de manera constante. En lo profundo de su ser, sabía que no tenía ningún motivo para haberle hablado mal a Kate. Sabía que se había comportado como un patán frío y desagradecido. Luego de lo que ella y Manning habían hecho para el velorio, se debería haber puesto de rodillas y le debería haber besado las manos. Ella había hecho todo el trabajo, Ian no tenía dudas al respecto. El gran salón había quedado inmaculado, habían hecho pastelillos deliciosos, habían colocado copas y platos limpios... Todo había estado listo y de lo más ordenado para los invitados.

Manning nunca se hubiera esforzado tanto, y Cadha ya no tenía la fuerza física para hacerlo.

Sí, sabía que había sido Kate.

Y, a pesar de eso, la había vuelto a lastimar. Si hubiera visto a alguien hablarle como él lo había hecho, esa persona estaría desmayada en el suelo y con la nariz rota.

Sabía que tener la mente nublada por la resaca lo había llevado a actuar de ese modo. Eso sumado a la preocupación de que los invasores ingleses amenazaban con llamar a su puerta tarde o temprano...

Ian ensilló al caballo, tomó las riendas y lo sacó del establo. El verano era glorioso en las Tierras Altas, tal y como lo recordaba. Nunca hacía mucho calor, como en el califato. En cambio, el sol era cálido, y el viento traía el aroma fresco del agua del lago azulado. Las montañas y las colinas a ambos lados del lago estaban llenas de árboles frondosos y cubiertas de césped.

Ian le rascó el cuello cálido a Thor y tomó una profunda bocanada de aire.

Desde que había regresado de Bagdad, había tenido la meta de volver a casa. Tras lograrlo, tuvo que enterrar a su padre.

Ahora, por primera vez desde que lo vendieron como esclavo, no tenía ningún propósito. Podía montar a Thor y cabalgar a donde se le antojara.

Era libre.

Se subió al caballo y lo condujo hacia el exterior a paso lento. Disfrutó cada bocanada de aire, cada movimiento del animal, la sensación de su propio cuerpo, que aún le dolía por el exceso de *uisge*, pero era libre a pesar de eso.

Cuando llegaron a los campos de avena y centeno, espoleó a Thor, y salieron volando como el viento.

Pasaron por la aldea de Benlochy y la pequeña iglesia en cuyo patio había enterrado a su padre el día anterior, con la tradicional placa de madera con tierra y sal. La tierra representaba que el cuerpo regresaba a ella, de donde había venido, y la sal era un símbolo del alma eterna.

Ian no supo cuánto tiempo estuvieron galopando. Gracias al esfuerzo del ejercicio, junto con los árboles, el suelo y el cielo que iba dejando atrás a medida que se alejaba, pudo olvidar y vaciar la mente de a poco para llenarla de rayos de sol, viento y la adrenalina de la velocidad.

Lo único que no pudo olvidar fue a Kate. Sin embargo, ella no lo molestaba, sino todo lo contrario. Pensar en ella le hacía sentir paz y relajación en el alma. Era como un bálsamo sobre una herida abierta.

Cuando Thor necesitó un descanso, Ian decidió que se disculparía con Kate ni bien regresara. Había sido injusto con ella, y Kate debía saberlo.

Se desmontó y condujo a Thor al lago para permitirle beber y pastar cerca de allí. El agua se veía tan bien, que Ian sintió el impulso de sumergirse en ella. Se quitó la ropa y se metió. Sintió el agua fría en los pies y alrededor de los tobillos al tiempo que el viento le refrescaba el torso desnudo.

Oh, el agua estaba helada. Sería mejor no esperar y sumergirse sin más.

A pesar de que el frío lo dejó sin aliento y le hacía doler la piel, siguió avanzando. Se sumergió por completo y sintió que el lago lo abrazaba como si fuera un bebé descansando sobre el pecho de su madre. Dejó que las aguas de su tierra natal le lavaran los horrores de la esclavitud y le quitaran los recuerdos dolorosos de todas las vidas que había tomado.

Permaneció bajo el agua hasta sentir que iba a estallar, y solo entonces nadó hasta la superficie y jadeó en busca de aire. Una ligereza que hacía mucho tiempo que no sentía le llenó el cuerpo, y quiso reírse del placer de volver a experimentarla.

De pronto, oyó unas voces que provenían de la orilla, se quedó quieto y entrecerró los ojos. Eran ingleses, a juzgar por las pesadas armaduras metálicas que llevaban puestas. Eran tres.

Uno se desmontó, avanzó hacia Thor, lo ojeó y le observó la dentadura. Tras levantar el pie del animal y mirarle la herradura, asintió en señal de aprobación.

Pero ¿cómo se atrevía a examinar al caballo de Ian como si estuviera juzgando su calidad? Algo oscuro, feo y resbaladizo se retorció en las entrañas de Ian. Algo que creyó haber dejado en el lago. Mientras regresaba a la orilla, sus manos ansiaban sujetar un arma.

Los tres hombres dejaron de hablar y lo miraron fijo mientras se les acercaba.

—¡Oye! —exclamó uno—. ¿Quién eres?

Ian no se detuvo hasta llegar a la orilla rocosa.

—Soy el dueño de ese caballo. Y les agradecería que le quiten las manos de encima.

—Escocés —le dijo uno de los hombres a otro en voz baja.

Ian elevó el mentón.

Lo miraron de pies a cabeza y se rieron.

—Esa es toda una demanda. Más viniendo de alguien que está desnudo y chorreando agua.

—Miren, no quiero problemas —les advirtió Ian—. Suelten a mi caballo y continúen su viaje.

—¿Cómo te llamas?

—Ian Cambel.

—¿De Dundail?

—Sí.

Los ingleses intercambiaron miradas entretenidas.

—Bueno, Ian Cambel de Dundail, considerando que tu propiedad es la siguiente en la lista del rey Eduardo, te evitaremos una carga y te libraremos de tu caballo desde ahora.

Ian sabía que podía abalanzarse sobre ellos. Podía tomar la daga del cinturón del hombre parado al lado de Thor. Solo le llevaría un instante clavársela al inglés en el mentón, desgarrar el cuello del segundo antes de que pudiera percatarse de lo que estaba ocurriendo, montar a Thor y largarse de allí.

Apretó tanto la mandíbula que creyó que se le romperían los dientes. Todo se oscureció y se afiló al mismo tiempo.

No. Se lo había prometido. «No volveré a tomar una vida».

El inglés se rio entre dientes. El otro amarró las riendas de Thor a la silla de su caballo y se montó.

—Eso es, escocés, ni una palabra. Y agradece que no me lleve tus testículos junto con tu caballo. De cualquier modo, no valen mucho.

Escupió, y los tres se pusieron en marcha como si ya fueran victoriosos.

Ian comenzó a temblar. De frío, de furia y de las imágenes de docenas de cuerpos que yacían en piscinas de sangre en el patio polvoriento del palacio de Bagdad.

La paz que le había brindado el lago había desaparecido, como si el viento se la hubiera llevado volando. Se le cerró el pecho, y el estómago le dio un vuelco.

Se negaba a volver a luchar. Se negaba a volver a tomar una vida.

Sin embargo, ¿qué haría cuando los ingleses llegaran a Dundail? ¿Sería capaz de hacerse a un lado y permitir que le hicieran daño a los aldeanos que confiaban en él? ¿Y Kate? ¿Qué le harían a la muchacha dulce que ni siquiera recordaba de dónde venía, pero de algún modo se las había ingeniado para hacerle sentir calidez en su helado corazón de piedra?

Ese pensamiento le hizo sentir más frío que las aguas del lago. Se vistió, se dio la media vuelta y echó a correr a casa.

CAPÍTULO 14

KATE CLAVÓ la mirada en el cielorraso en pendiente del ático. Aunque no había recordado nada nuevo ese día, luego de que Ian se marchara, un pensamiento le había estado merodeando en la mente. Una especie de sombra que había visto miles de veces pero que no lograba reconocer.

Se aferró a la visión de la cocina, la reprodujo una y otra vez en busca de más detalles en los muebles y en el rostro de su mamá, así como también en su voz y en sus prendas.

No encontró nada.

Luego se concentró en su hermana e intentó recordar el color de sus ojos: azules. La forma de su rostro: ovalada. Su nariz: puntiaguda. Tenía una remera de Mickey Mouse desgastada y con agujeros en las costuras. Llevaba el cabello atado en dos coletas enmarañadas, una de las cuales se encontraba en su sitio mientras que la otra le caía por debajo del cuello.

Su hermana tenía una expresión de pena. Tenía miedo y...

Unas nuevas visiones le invadieron la mente y la abrumaron tanto que lo único que pudo hacer fue limitarse a mirarlas. Kate se quedó sin aliento y se le aceleró el corazón.

Ahora era mayor, quizás tenía dieciocho años. Iba vestida de negro y abrió la puerta de la habitación que compartía con Mandy.

—Mandy, ¿quieres galletas? —le preguntó Kate a la figura que yacía debajo de las sábanas de la cama de Mandy.

Silencio.

Kate entró, se sentó en el borde de la cama de su hermana y le apoyó una mano en la espalda.

—¿O un sándwich de mantequilla de cacahuete y mermelada? —preguntó.

Nada.

—Tesoro, ¿te sientes mal?

No hubo respuesta.

—El funeral fue bonito. Vinieron los compañeros de trabajo de mamá. Su jefe del supermercado pagó la cremación.

—Ella hubiera querido que fuera —dijo la voz amortiguada de Mandy debajo de las sábanas.

—Sí, pero también hubiera entendido que no te sintieras bien. ¿Aún estás cansada?

—Déjame sola.

—Han pasado tres días, Mandy. Algo no va bien.

—Que no me dejas sola, eso no va bien.

—Estoy preocupada.

Mandy se volteó y la espió a través de la sábana.

—No creo que nunca volvamos a estar bien ahora que mamá no está. No tenemos a nadie.

—Nos tenemos la una a la otra. —Kate le dio una palmadita en la mano—. Dejaré la escuela y comenzaré a trabajar. No te preocupes. Yo te cuidaré.

Mandy se escondió el rostro entre las manos y se volteó para mirar a la pared.

—Ahora te vas a arruinar la vida por mí. No puedo... No puedo vivir así.

Kate sintió que la invadía una ola gélida.

—Tesoro, no estás hablando de...

No podía decir las palabras. Acababa de perder a su mamá por cáncer. ¿Acaso su hermana estaba pensando en suicidarse?

Mandy no respondió.

—Habla conmigo, por favor —susurró Kate con desesperación.

Sin embargo, Mandy no le respondió.

Hacia el final de la semana, Kate había encontrado un trabajo de lavaplatos y otro de camarera. A diferencia de su mamá, llevó a Mandy a rastras a un médico local quien le dijo que su hermana parecía sufrir depresión y le recomendó consultar a un psiquiatra; el especialista confirmó el diagnóstico. Kate tomó un tercer trabajo de camarera en otro vecindario, y unos años más tarde la ascendieron a cocinera de línea. Todos sus ingresos iban destinados a mantener un techo sobre sus cabezas y a pagar las facturas médicas de Mandy. Transcurrido cierto tiempo, Kate supo en carne propia cómo se había sentido su madre.

De regreso en el ático de Dundail, Kate se tragó las lágrimas y clavó la mirada en el cielorraso de madera oscura. Su mamá había muerto tras una vida de trabajo arduo para mantener a sus hijas. Kate había dejado la escuela. Ni ella ni su hermana se habían vacunado de niñas porque su mamá no había tenido tiempo de llevarlas al médico. Kate recordó que había pagado las vacunas de ella y de Mandy cuando ya eran adultas.

Y de pronto, fue como si una presa se hubiera roto. Todos los recuerdos la inundaron al mismo tiempo y la dejaron sin aliento. Comenzó a recordar diferentes eventos de todas las edades, sin ningún orden.

Ella y Mandy se habían mudado de la casa que alquilaban y abrieron un restaurante: Deli Luck.

A los dieciséis años, Mandy quedó embarazada y tuvo a Jax, lo que la convirtió en madre soltera, al igual que su mamá.

Mandy aplicó para participar en el programa de televisión de Logan Robertson, *Quemadura dulce*, en el que remodelaban restaurantes a los que no les estaba yendo bien.

Lo que más le molestaba a Kate de esas visiones era la diferencia entre los dos mundos. Sabía que hablaba otro idioma en esos recuerdos: inglés. Sabía que había teléfonos móviles, antidepresivos que ayudaban a su hermana a mantenerse a flote, automóviles y aviones. Lo sabía porque recordaba conducir y haber volado a Escocia.

Sin embargo, no tenía idea de qué había pasado en Escocia.

Los ratones rascaban las paredes del ático. Un búho ululaba afuera.

Las noches eran tranquilas en su apartamento de Cape Haute, a pesar de que vivían en la calle principal, donde estaban todas las tiendas. Su ventana daba a la parte trasera del edificio y tenía vista a un callejón.

A veces, oía a Mandy llorar por las noches al otro lado de su pared. Sollozaba contra la almohada para no despertar a Jax. Siempre significaba lo mismo: Mandy no saldría de la cama durante una semana, Kate tendría que hacer una cita de urgencia con la doctora Lambert y contratar a un empleado temporal para que se hiciera cargo del restaurante. Todo eso implicaba más gastos y durante esos días, también debía ser la mamá de Jax.

El corazón le pesó por haberlos dejado, por no estar allí para ayudarlos. Gracias a los recuerdos, sabía que dedicaba su vida a mantenerlos, a cuidar de Jax, a darle un futuro mejor del que Mandy y Kate podrían haber tenido.

Pero ¿dónde estaba ese mundo con automóviles, aviones y cocinas de acero inoxidable?

Lo que más la perturbaba era que los cheques del restaurante tenían fechas del año 2020, al igual que el pasaje de avión que había sostenido en las manos en el aeropuerto.

La pequeña ventana permitía el ingreso de la luz rosada del atardecer. Kate se las rebuscó para convencerse de que sus visiones no eran recuerdos. Debían ser el producto de su imaginación, sin importar cuán reales se sintieran.

De pronto, pensó en la botella. La botella y el envoltorio de plástico que llevaba en la bolsa. El dinero en su cartera. Y la tarjeta de crédito...

Tenía que haber otra explicación para esos objetos.

Si se había imaginado todo eso, el veredicto era claro: estaba loca. Debía ser esquizofrénica o algo similar. Delusiva.

Y era una carga.

Ian acababa de contratar a una cocinera demente que creía que venía del futuro.

Y ella se estaba enamorando de él. Se había encariñado demasiado. Algún día se marcharía, pero cuanto más tiempo se quedara allí, más difícil le sería dejarlo. Lo mejor sería aliviarlo de su presencia. Era evidente que él se sentía torturado y quería ser libre. Ella no soportaba la idea de complicarle la vida.

Tenía que marcharse.

Regresaría a Inverlochy e intentaría descubrir por qué había llegado allí, inconsciente y lastimada. Tenía que haber una forma de convencer al mayordomo de que no era una enemiga. Debía examinar el sótano y la zona donde la habían encontrado. A lo mejor, habría alguna pista allí que le terminaría haciendo recordar lo que había olvidado. O se lo haría imaginar.

Con la cabeza dándole vueltas, Kate salió de la cama y se vistió. Bajó a la cocina para llevarse algo de comer en el camino. Como Ian aún no le había pagado, y no quería verlo, ni explicarle que se marchaba, decidió llevarse comida como pago. Era justo.

Tomó dos hogazas de pan, las sobras de los pasteles del funeral y dos huevos hervidos. Luego llenó una cantimplora con agua del pozo.

Kate echó una última mirada alrededor de la cocina. Había esperado que se convirtiera en su hogar, y, a pesar de los gruñidos de Manning, había sido feliz allí. De algún modo, había estado más contenta antes de recordar todas esas cosas descabelladas acerca del futuro, incluyendo a su hermana y el restaurante.

¿Debería despedirse de Cadha y Manning? ¿O de Ian?

No lo había visto desde que la siguió al pozo el día anterior por la mañana. Él no había pedido ni almuerzo, ni cena. ¿Habría regresado a casa?

No importaba. Quizás tenía una amiga especial con la que pasar la noche. La idea fue como un puñal en el pecho.

No, no debía pensar en eso. Era asunto de él, no de ella. Ella no era nadie para él.

Sin embargo, debía dejar alguna señal de que se encontraba bien y no se había perdido, ni se había ahogado en el lago. Como no tenía bolígrafo o papel, tomó un puñado de harina, lo esparció sobre la mesada y escribió con un dedo: «Gracias. Regreso a casa. Kate».

Con pesar en el corazón, Kate salió al patio. Era muy temprano, y el lago estaba tan quieto que parecía un espejo en el aire fresco de la mañana de verano. Algunas aves cantaban en las copas de los árboles mientras se adentraba en el bosque por el que habían llegado ella e Ian varios días atrás.

Varios maravillosos días atrás.

Kate se volvió para ver Dundail por última vez. La vista era tan hermosa que la dejó sin aliento. La casa orgullosa, la torre alta y cuadrada con la edificación de una planta que albergaba el gran salón, se veía magnífica contra el lago extenso y las montañas, rodeada por el bosque y las colinas.

—Adiós, Ian —susurró Kate.

Se volvió y emprendió el camino colina arriba para adentrarse en el bosque.

Siguió el lago en todo momento. El agua azul brillaba a través de los árboles a su izquierda. Caminar le sentaba bien, le aclaraba la mente y le permitía respirar el aire fresco con aroma a madera, hojas y flores. Aunque se tomó pequeños descansos, anduvo hasta la tarde.

De pronto, oyó voces. El pulso se le aceleró, pero se convenció de que no había necesidad de entrar en pánico. Era probable que se tratara de viajeros como ella. Aun así, debería ocuparse de sus cosas y no llamar la atención de nadie.

Con la cabeza erguida y la espalda derecha, continuó caminando. Las voces se fueron acercando más y más, hasta que distinguió la antigua lengua inglesa en la que había hablado el caballero que ella e Ian se habían encontrado en el camino. A través de los árboles, vio algunos hombres riéndose y hablando. El aroma a leña, carne asada y estofado flotaba en el aire.

Ahora los veía. La mayoría de ellos solo llevaban puestas túnicas y pantalones, mientras que sus armaduras yacían en el suelo al lado de ellos. En los estandartes y escudos, había blasones rojos con tres leones amarillos. Los caballos pastaban cerca de allí. Al parecer, la guarnición estaba descansando.

Kate sintió una capa de sudor en la nuca. No se encontraban muy lejos de Dundail. ¿Cuántos eran?

—¿De quién son estas tierras? —preguntó uno.

—Del señor de Dundail, creo que es un Cambel... —respondió una voz mayor.

—No importa de quién sean —intervino un tercero—. Las órdenes del rey y de los MacDougall fueron bien claras. Cortamos camino por aquí y tomamos lo que encontremos de camino a Inverlochy. Allí, esperamos escondidos a que lleguen refuerzos.

—Roberto tuvo demasiado éxito en el este —agregó uno—. Nuestro rey debería haber hecho algo al respecto mucho antes.

—¿Qué has oído? —preguntó el primero.

—Ha destruido al señor de Badenoch y al resto de los Comyn. Sin los MacDowell de Galloway, y con el conde de Ross en tregua con Roberto, los MacDougall son los últimos que se oponen a Roberto en Escocia.

—¿Es decir que el rey Eduardo por fin ha entrado en razón? —preguntó el mayor.

—Sí, se dio cuenta de que Roberto irá tras los MacDougall a continuación. Si ellos caen, no habrá nadie que se le oponga. Toda Escocia será suya, y a Eduardo se le complicará mucho controlarlo.

—¡Por supuesto! —repuso el primero—. Hay que atacar mientras crea que está a salvo en el este.

—Exacto, muchacho —acordó el tercero—. Hay que recuperar Inverlochy y luego Urquhart. Eso lo hará regresar corriendo. Y, con ochocientos MacDougall, más cien de nuestros hombres y los cuatrocientos que vendrán de Carlisle, esta vez tenemos una buena oportunidad de derrotarlo.

Kate procesó toda la información. Los MacDougall se habían aliado con los ingleses, y ahora esos cien hombres marchaban por las tierras de Ian de camino a Inverlochy. Dundail estaba en el camino.

Una ola de terror le recorrió las venas. No tenía dudas al respecto: debía regresar corriendo y contarle todo a Ian.

Era tan fácil como eso. Y debía moverse con cautela para que no se percataran de su presencia.

Se había dado media vuelta y avanzado un paso cuando alguien gritó:

—¡Oye!

Con los pies pegados al suelo, giró la cabeza.

Un caballero tenía la vista fija en ella. Sobresaltada, se dio cuenta de que era el mismo que los había detenido a Ian y a ella de camino a Dundail.

Kate echó a correr. Con el pulso latiéndole en los oídos, dejó atrás árboles y ramas. Varios pies resonaban a sus espaldas.

—¡Detengan a la escocesa!

Un brazo fuerte la aferró de la cintura. Kate retorció los brazos y las piernas, pero el hombre no la soltó. Kate gritó. A continuación, apareció otro hombre ante ella y le apuntó una espada a la garganta.

—¡Cierra el pico! —le ordenó.

La punta afilada que se le clavaba contra la piel la convenció de hacerle caso.

—Llevémosla ante *sir* de Bourgh —propuso el caballero—. De seguro querrá saber qué tiene que decir la esposa de Ian Cambel acerca del señor de Dundail y sus defensas.

¡No! Lo último que haría Kate sería causarle más problemas a Ian. Sollozó y se retorció en el intento de liberarse. La desesperación la embargó, pero decidió que no les diría absolutamente nada.

CAPÍTULO 15

El grito de una mujer perforó el aire.

Ian se quedó quieto y miró alrededor. El bosque cerca del camino que conducía a Dundail estaba tranquilo; los árboles se mecían con suavidad, y los arbustos apenas se movían. Su mano salió disparada hacia su cintura, donde solía llevar una espada, pero solo rozó aire.

Aguzó el oído. ¿Habría escuchado bien? ¿O solo se habría tratado del sonido del viento? Quizás las ramas se habían rozado.

El viento trajo el sonido de una risa masculina. La mujer volvió a gritar. Los sonidos venían de algún punto del camino en la distancia. La bestia conocida que habitaba en él y salía en la furia de la batalla se despertó y elevó su desagradable cabeza; su rugido de ira le recorrió las venas.

Echó a andar hacia el sonido sin esconderse y con el cuerpo tenso.

Luego de unos cuantos pasos, notó tonos rojos y amarillos moviéndose entre los árboles. Eran los colores de los ingleses.

«Diablos».

Ian se detuvo y se ocultó detrás de un tronco. Con el pecho tieso, respiró hondo. Con cautela y lentitud, avanzó para acercarse lo más posible, moviéndose de árbol en árbol y de arbusto en arbusto.

Pronto llegó hasta los caballos que pastaban.

Vio el lomo de un caballo familiar entre ellos.

—Thor —susurró Ian.

A cierta distancia de allí, vio algunos hombres... eran demasiados como para luchar. Quizás la mujer era una prostituta haciéndose la difícil. Mientras estuviera dispuesta, no era asunto de él. Solo quería recuperar a Thor y regresar a casa.

El pensar en casa, en ver a Katie, en oler sus deliciosos pasteles o lo que estuviera cocinándole, lo calmó y lo hizo respirar con facilidad. Había pasado todo el día anterior regresando a casa. Luego de correr hasta sentir que los pulmones le iban a explotar, el buen sentido lo había hecho reducir el paso y continuar a pie. Nunca podría recorrer la distancia que el caballo había cubierto en menos de un día sin dificultad, de modo que durmió en el bosque y casi se congeló al no tener ni una manta, ni una capa. Como no contaba con trampas ni armas para cazar, había recolectado nueces y frutos rojos, pero estaba famélico. No veía la hora de llegar a Dundail.

Los ingleses estaban cada vez más cerca. ¿Cómo podía evitar pelear y mantener a su gente a salvo al mismo tiempo? Aún no lo sabía.

Sin embargo, al parecer, tendría que tomar una decisión más pronto de lo que había deseado. Al pensar en eso, se le cerró la garganta, y una desesperación negra se le asentó en la boca del estómago.

Primero, tenía que liberar a Thor. Se acercó al caballo y desató las riendas de la rama de un árbol. Estaba a punto de jalar las riendas y comenzar a alejar a Thor de allí cuando la voz de la mujer lo hizo detenerse.

—¡Suéltame! Ya te he dicho que no sé nada.

Ian sintió un sudor gélido que le cosquilleaba en la columna vertebral. Reconocería esa voz en cualquier sitio: suave con las consonantes, melódica al pronunciar las vocales...

Kate.

Ian cerró los puños al tiempo que los recuerdos de varios asesinatos lo embargaban. Siguiendo un instinto, adoptó una postura de defensa y avanzó. Oculto detrás de un caballo, estudió el campamento.

Al ver que un soldado inglés arrastraba a Kate a algún sitio, lo invadió un dolor hormigueante. Kate tenía los brazos atados en la espalda y el rostro sonrosado. Tenía una mejilla roja, el cuello arañado y el sedoso cabello dorado todo enmarañado. Llevaba el vestido desgarrado al costado y en el cuello.

Que se lo llevaran los *kelpies*, la habían golpeado. Quizás había tenido que luchar por su vida. A Ian se le aceleró la respiración y se le secó la garganta. El fuego le circulaba por las venas, al igual que tantas otras veces cuando aún se encontraba en el califato y había estado a punto de enfrentarse a un enemigo.

Pero, a diferencia del califato, en esta ocasión no tenía ningún arma. Y tenía decenas de enemigos contra los que luchar, no solo uno. La concentración de varias banderas amarillas y rojas indicaba que el campamento se encontraba a cierta distancia. El hombre que se llevaba a Kate a rastras estaba a solas con ella.

¿Por qué estaba Kate allí? Se encontraban a horas andando a pie de Dundail. ¿Acaso ella había ido allí? ¿O la habían secuestrado?

Cualquiera fuera el caso, no se encontraba allí por voluntad propia. Eso estaba claro.

El inglés se llevó la mano a los pantalones.

—Ya veremos si sabes algo o no.

Ian sintió que la sangre le abandonaba el rostro. Kate retorció las manos.

—¡Suéltame! No te puedo decir nada.

Le pisoteó el pie, se giró y le dio una patada en el tobillo. El hombre soltó varias maldiciones, se volvió y la golpeó. El rostro le salió disparado hacia la izquierda al tiempo que la bofetada resonaba en el aire. Kate jadeó.

Ian se enderezó. Kate tenía los ojos abiertos de par en par como si acabara de ver un fantasma, el rostro pálido y la boca formando una gran «O». Con lentitud, negó con la cabeza y clavó la mirada en la nada.

Pobrecita. Debía estar muerta de dolor.

Ian pasó de ver en multicolor a ver todo rojo y negro. Todo se movía con lentitud; era como si el tiempo en sí hubiera sufrido una herida y se arrastrara con agonía. Los sonidos que lo rodeaban sonaban dolorosamente fuertes.

No tenía la opción de detenerse. Lo único que podía oír era la llamada de la muerte. No permitiría que nadie le tocara ni un pelo a Kate.

Avanzó. Sin arma. Sin escudo. Sin armadura.

Tras unas cuantas zancadas, se detuvo delante del hombre. La mano de Ian bajó a la empuñadura de la espada que seguía enfundada en la vaina del hombre y la extrajo. Con un esfuerzo familiar, la blandió en el aire, atravesó al hombre por la espalda y extrajo el arma con un solo movimiento. El bastardo inglés gritó, pero Ian le cubrió la boca con la mano para amortizar el sonido hasta que se quedó quieto y cayó al suelo.

Ahora que el hombre no se interponía entre ellos, Kate salió de su extraño estupor y miró a Ian.

En ese instante, dos soldados más se aproximaban a él.

—Vuélvete —le ordenó.

Cuando Kate obedeció, Ian le cortó las sogas que le sujetaban las manos y le manchó las muñecas con la sangre del soldado.

—Aléjate de la zorra —le gritó uno de los soldados.

—Maldito escocés —lo insultó otro.

Ian no tenía paciencia para intercambiar palabras. Acababa de matar a un hombre luego de jurar que nunca volvería a hacerlo. Era como seguir en el califato.

Oyó los gritos entusiasmados de la multitud deseosa de ver un derramamiento de sangre y se le afiló e intensificó la visión. Ya no sentía su cuerpo. El fuego más puro le circulaba por las venas.

—¡Aaah! —Se lanzó contra el primero.

La espada se sentía liviana en sus brazos y chocó contra la del hombre con un estrépito metálico. Ian blandió el arma una y otra vez; en cada ocasión, chocaba contra el acero del enemigo.

Con la espada en alto, el segundo hombre se lanzó contra él desde el otro lateral. Ian estudió los alrededores y notó un tercer hombre a sus espaldas, apoyado contra el tronco de un árbol. Un cuarto soldado avanzaba hacia ellos con un escudo y una espada.

Era como varias otras veces en el califato: dos o incluso tres oponentes contra el invencible Asesino Rojo.

Ian se retiró a otro espacio, uno en el que no existía, sino que era el espíritu de la espada. Donde todo lo que lo rodeaba se movía con lentitud, y él era un rayo mortal.

Giró, pateó y se agachó. Cortó. Perforó. Asesinó.

Dos hombres armados yacían muertos en el suelo. Uno se apoyaba contra un árbol intentando contener las entrañas con la mirada clavada en la nada. Ian apretó la espada contra la garganta del cuarto soldado y estaba a punto de atravesarla.

—¡Detente! —la voz de Kate se coló por la niebla roja de la muerte.

Ian se detuvo. La punta de la espada seguía apretada contra el cuello del hombre mientras que lo sujetaba del cuello con una mano.

El pulso le latía en los oídos y respiraba entre jadeos. Con los ojos abiertos de par en par, el hombre le suplicaba por su vida. La espada de Ian chorreaba sangre y le salpicó las manos y las mangas de la túnica.

—Ian, no hace falta que lo mates —dijo Kate.

«No hace falta que lo mate. No hace falta que lo mate». Las palabras le hicieron eco en la mente mientras intentaba darles sentido.

No se encontraba en el califato. Ya no era un esclavo. Tenía la libertad de escoger.

Echó una mirada al resto del campamento. La atmósfera en la distancia sonaba alegre. Los hombres hablaban animados y estallaban en carcajadas. Por algún milagro, nadie más les había prestado atención a ellos.

Ian volvió a mirar al hombre. Ahora que podía pensar con claridad, se dio cuenta de que lo conocía.

Era el hombre que se había llevado a Thor.

—Cobarde —escupió Ian—. Eres una porquería. Será un gusto matarte.

—Por favor... —sollozó el hombre—. Haré lo que sea.

—Sí, ya lo creo. Cierra el pico. —Ian elevó la mirada—. Kate, amárrale las manos en la espalda.

Kate tomó la parte más larga de la soga con la que la habían atado y siguió las instrucciones de Ian.

—Ahora, desgárrate el vestido para amordazarlo —continuó Ian.

—Ian...

—Hazlo. De lo contrario, le advertirá a todo el campamento en cuanto nos subamos al caballo.

—Pero...

—No lo maté —la interrumpió—. Alégrate.

Ella asintió. Se desgarró la falda y le cubrió la boca al hombre.

Ian ató al hombre al árbol y miró lo que había hecho. El primero yacía boca abajo, y una oscura flor de sangre le cubría la túnica blanca. El segundo tenía la mirada perdida en el cielo y un gran corte en el lateral del que le asomaban las entrañas.

Ian esperó sentir un gran peso de remordimiento en el pecho, pero no hubo nada. ¿Qué le pasaba? Acababa de asesinar a sangre fría. Por último, miró al hombre que yacía contra un árbol a unos pasos de distancia. En realidad, no era un hombre, sino apenas un muchacho. Una cantimplora y una hogaza de pan yacían cerca de él, pero no había ningún arma a la vista. Ni siquiera recordaba haberlo matado.

No cabían dudas de que era un verdadero monstruo, tal y como había sospechado hacía tiempo. Se le tensó la garganta. La piel de las palmas le picaba, y la túnica lo irritaba, como si estuviera hecha de ortiga.

Tenía que moverse, alguien podía venir en cualquier momento. Ya tendría tiempo para mortificarse por lo que había hecho más adelante.

Con cuidado, Ian desató las riendas de los caballos y les dio palmaditas en las caderas para alejarlos. De ese modo, si los ingleses iban tras ellos, avanzarían con más lentitud.

Se montó sobre Thor y ayudó a subir a Kate. Acto seguido avanzaron con lentitud entre los árboles, hacia el lago.

—Ian, ¿qué fue lo que...?

—Calla —la interrumpió—. Aún no estamos fuera de peligro.

Estaba contento de contar con más tiempo en silencio. Al fin y al cabo, no tendría muchas palabras tranquilizadoras que decir. Los efectos de su ira se extendían por sus venas. Tener a Kate sentada adelante suyo, así como sentir su aroma y su cuerpo suave y cálido contra él, era una distracción agradable de los recuerdos que lo atormentaban.

Montaron a Thor en silencio durante un tiempo. Pronto, las risas, la música y las voces del campamento se desvanecieron. Los cascos de Thor resonaban con suavidad, las hojas de los árboles se mecían sobre sus cabezas, y las aves cantaban. Descendieron a la orilla de gravilla del *loch* Awe. Ian estudió con detenimiento los árboles en busca de sombras o destellos de armaduras, pero todo parecía en paz. Cuando estuvo seguro de que nadie los seguía, espoleó a Thor, y se lanzaron al galope.

Tenía las manos cubiertas de sangre seca. Se había guardado la espada del enemigo en el cinturón.

¿Quién era ahora que había roto su propio juramento? Era la bestia que creyó ser durante once años. Regresar a casa no lo libraría de todas las muertes que había causado.

Kate lo había visto matar a un hombre inocente y a dos soldados. Lo había visto en su peor luz. Ahora sabía quién era en realidad: un asesino de sangre fría.

Ese pensamiento lo mutiló, le carcomió el alma y le perforó el corazón.

CAPÍTULO 16

KATE SE AFERRÓ a la crin del caballo. El ritmo al que cabalgaban le hacía sentir punzadas de dolor en la cabeza. Sin embargo, por primera vez desde que había llegado allí, tenía la mente despejada.

La bofetada había tenido algún tipo de efecto. Como con un televisor viejo que no funciona, un golpe seco había logrado conectar los cables. Cuando el hombre la golpeó, la nota de dolor cegador había ido acompañada de otro recuerdo: ella cayendo en una oscuridad absoluta mientras intentaba alejarse de Logan Robertson, el famoso cocinero de televisión.

Gracias al recuerdo, por fin había unido las últimas dos piezas del rompecabezas. En específico el por qué se había encontrado con Logan Robertson para empezar.

—Si las cosas no cambian en los próximos dos meses —había dicho Mandy señalando la pantalla del ordenador con varios números en rojo—, estaremos en bancarrota, Kate. Nos quedaremos en la calle.

Había hablado con ese tono de voz carente de vida que solía tener durante los episodios de depresión.

—El programa de televisión de Logan Robertson es nuestra última oportunidad. Por favor, no lo eches a perder.

Kate tomó las manos de su hermana entre las suyas y las apretó.

—No lo haré, Mandy, te lo prometo. Sabes que no permitiré que les pase nada ni a ti, ni a Jax.

Y, de pronto, vio el destello del castillo de Inverlochy... o, mejor dicho, sus ruinas. Logan hablaba por teléfono cerca de la puerta. Una mujer de cabello caoba que llevaba una capa verde disfrutaba el bocadillo de Kate.

Sìneag.

«...hay una piedra picta sobre la que se construyó este castillo y está saturada de magia muy poderosa que permite viajar en el tiempo».

Viajes en el tiempo... El suelo se había movido bajo los pies de Kate, que recordó tambalearse desorientada en la oscuridad, golpearse la cabeza contra las escaleras y ver unos símbolos brillantes en una piedra antes de colocar la mano sobre la huella que había en ella.

Entonces recordó que se cayó dentro de la piedra. Se volvió a golpear la cabeza.

Y, de pronto, allí estaba Ian.

Luego de ese recuerdo, vino todo lo demás.

Ahora sabía quién era: Kate Anderson, una mujer de treintaiún años de Cape Haute, Nueva Jersey. La dueña de Deli Luck, que vivía con su hermana, Mandy, y su sobrino, Jax.

En el año 2020.

A pesar de que sonaba descabellado, Kate supo sin lugar a dudas de que había viajado en el tiempo. Tal y como Sìneag le había dicho.

Eso significaba que no estaba loca, solo estaba viviendo una aventura irracional. Y no sabía qué era peor.

Ahora que conocía la verdad acerca de su identidad, respiró con más facilidad. Saber que al fin y al cabo no había perdido la cordura era reconfortante, y la tensión que tenía en la boca del estómago se desvaneció.

De una cosa estaba segura: nadie en su vida la había cuidado como lo había hecho Ian. Él la había liberado, por todos los cielos. Había matado por ella.

Nadie en su vida en el futuro había sacrificado tanto por ella. Y no pensaba que nadie nunca llegara a preocuparse por ella de ese modo.

Oh, sí, claro que había visto el rostro lívido de Ian al enfrentarse a esos hombres. Se había convertido en otra persona. Había sido una máquina mortal. Cada uno de sus movimientos había sido ágil, calculado y eficaz. Cada uno de sus golpes había dado en el blanco.

Él era aterrador. Para otros. No para ella.

Sin embargo, ¿estaba a salvo con él? ¿Debería temerle? Después de todo, había matado a un hombre desarmado en la furia de la batalla. ¿Podría matarla con la misma facilidad sin siquiera percatarse?

No. No lo creía. Ian se hubiera detenido. De algún modo, lo hubiera sabido. Estaba a salvo con él. En su corazón, no tenía dudas al respecto.

Nunca se había sentido tan a salvo como en ese momento, con la espalda apretada contra su torso, sus brazos envueltos sobre su cuerpo mientras sujetaba las riendas de Thor y su aliento cálido contra el oído. Un hombre como él no la dejaría en problemas.

No se parecía en nada a Logan Robertson. O a sus exnovios, que tarde o temprano la habían abandonado. Después de todo, ¿quién querría salir con una mujer que trabajaba doce horas al día?

Tenía muchas preguntas para hacerle a Ian. ¿Cómo la había encontrado en el bosque? ¿Dónde había estado la noche anterior? ¿Había visto su mensaje? ¿Dónde había aprendido a luchar de ese modo?

No obstante, tenía una pregunta aún más importante que ella misma debía responder: ¿qué pasaría ahora? Ahora que recordaba todo.

Cada día que pasaba allí, era un día más que su familia se

acercaba a la bancarrota. A lo mejor, Mandy y Jax ya estaban en la calle. ¿Y si Mandy había tenido uno de sus episodios en el medio de todo eso? ¿Cómo lidiaría Jax con la situación? ¿Acaso se lo llevaría la gente de servicios sociales?

La piedra para viajar en el tiempo que yacía en Inverlochy existía. Al tener certeza de eso y de lo mucho que Mandy y Jax dependían de ella, solo había una cosa por hacer; tenía que regresar. Ya mismo.

A pesar de que los brazos de Ian se sintieran muy bien, a pesar de que él la hiciera sentir como mantequilla derretida en una sartén caliente, a pesar de que él acababa de ser su héroe...

Tenía que regresar.

Y lo haría, en cuanto estuvieran lo suficientemente lejos de los ingleses.

Pareció que transcurrieron varias horas hasta que Ian desaceleró el ritmo de Thor.

—No falta mucho para llegar a Dundail —le informó—, pero Thor necesita descansar un poco.

Se desmontó de un salto y, cuando la ayudó a bajarse, Kate sintió su esencia masculina. Al sentir las manos de él en su cintura, perdió toda capacidad de respiración.

Tras dejarla en el suelo, condujo a Thor al lago, y el animal bebió sediento.

Ian se acuclilló, comenzó a lavarse las manos, se las frotó un buen rato y dejó un rastro oscuro de sangre en el agua. Acto seguido, se paró al lado de Thor con los hombros tensos y los músculos de la amplia espalda rígidos y tirantes. Kate se percató de que algo lo molestaba y se acercó a él.

—¿Te encuentras bien? —le preguntó.

Él la miró con los oscuros ojos café llenos de angustia.

—La pregunta es si «tú» te encuentras bien —sostuvo.

Kate exhaló. Aunque fuera sorprendente, lo cierto era que se encontraba bien. Sabía lo que debía hacer. Desde que recordó de dónde venía, todo tenía sentido y, por fin, podía ser ella misma.

Quizás no la versión de sí misma que más anhelaba, pero eso le bastaba.

Él estiró una mano y le acarició la mejilla con la mano fría y húmeda, y Kate sintió un dolor cegador. Cuando hizo una mueca, él bajó la mano.

—Disculpa, muchacha —le dijo.

—Me has salvado. Esto no es nada.

—¿Qué pasó? ¿Cómo terminaste allí?

—¿No lo sabes?

—No.

—Creí que quizás habías visto mi nota y habías ido en mi búsqueda...

—Me robaron a Thor ayer, no tenía forma de regresar a casa antes. ¿Por qué? ¿Qué decía la nota?

Ella suspiró y apartó la mirada. ¿Había sido una tonta al marcharse sin hablar con él antes?

—Decidí regresar a Inverlochy y tratar de buscar la manera de regresar a casa. He recordado algunas cosas en el transcurso de los últimos días. Y ahora sé que hay gente que me necesita con urgencia.

Ian miró al lago.

—Ah.

Guardaron silencio. Kate no sabía qué podía decir sin revelar demasiado. ¿O debía contárselo todo?

No, de seguro creería que había perdido la razón.

—¿Has recordado a tu marido? —A Ian se le quebró la voz y se aclaró la garganta—. ¿O algún ser amado?

—No tengo marido. Ni a nadie en mi... vida pasada. Solo a mi hermana y a mi sobrino.

—De modo que tienes familia.

—Sí.

—¿Dónde?

—Muy lejos de aquí. Tan lejos, que no lo creerías si te lo dijera.

Él se rio entre dientes.

—Yo he estado muy lejos. He vivido en el mismo infierno durante once años. No hay mucho que puedas decir que me vaya a sonar increíble.

Kate suspiró.

—Tengo que regresar, Ian. No puedo volver a Dundail contigo. Tú tienes que ir a proteger a tu gente de los ingleses porque están avanzando hacia el norte desde las tierras de los MacDougall, se dirigen a Inverlochy, y atacarán y tomarán todo lo que encuentren en el camino.

A Ian se le tensó la mandíbula y se le dilataron las fosas nasales.

—Bastardos.

—Sí, estoy de acuerdo contigo, pero debo ir a Inverlochy para poder regresar con mi familia. Si no lo hago, mi hermana enferma y mi sobrino de diez años quedarán en la calle.

Ian quedó atónito.

—¿Quieres ir sola a Inverlochy? ¿Por estas tierras plagadas de ingleses?

A Kate le ardió la mejilla al oír la palabra «ingleses». Abrió la boca, pero Ian la interrumpió.

—¿Y crees que te dejaré ir?

—Ian, debo intentarlo.

—¿Intentar morir? —se mofó—. No. Te ataré al caballo si es necesario, pero no te dejaré ir sola.

Kate jadeó.

—¿Que me atarás al caballo? ¡Ian! Es mi vida. No es asunto tuyo.

A él le subió y le bajó el pecho rápido mientras la fulminaba con la mirada y apretaba los puños.

—Te equivocas, muchacha. Es asunto mío. Tú eres asunto mío.

¿Que ella era asunto suyo? ¿Acaso se preocupaba por ella? El corazón de Kate le saltó en el pecho.

—No permitiré que otra persona inocente muera porque no pude protegerla —determinó Ian—. De modo que te propongo lo siguiente: si esperas a que lidie con los malditos *sassenach*, te llevaré yo mismo. Y me aseguraré de que estés a salvo.

Kate cerró los ojos y se frotó la frente. Él tenía razón. Por supuesto que estaba en lo cierto acerca de su seguridad. Aun así, ¿podía esperar unos días más? No tenía ni idea. Solo podía esperar que Mandy y Jax se encontraran bien y que no les ocurriera nada malo si se demoraba un poco más.

Pero ¿y los ingleses que iban bien armados y tenían una fuerza mucho mayor? ¿Cómo haría un solo hombre, por más poderoso que fuera, para lidiar con ellos? ¿Era posible que se estuviera exponiendo a más peligro si se quedaba con Ian que si se marchaba?

A pesar de todo, había algo en él que la hacía sentir a salvo. De algún modo, sabía que él nunca permitiría que nadie le hiciera daño. Él hallaría el modo.

—Es lo más sensato —acordó—. Tienes razón.

Además, al pensar en pasar unos días más con Ian se iluminó como un árbol de Navidad.

—Qué bien —repuso—. No me gustaría que atravesaras ese infierno.

Tenía los ojos tristes, como si llevara el peso del mundo sobre los hombros y no hubiera forma de ponerle fin a eso.

Ella quería aligerarle la carga.

—Cuéntame del infierno —le pidió.

A él se le agrandaron los ojos de sorpresa, luego frunció el ceño y se miró las manos. Ahora las tenía limpias, no quedaban rastros de sangre.

—¿Quieres saber del infierno? Imagínate lo que le hice a esos hombres antes y multiplícalo unas cien veces.

A Kate se le secó la boca, no de saber que había matado a cientos de hombres, sino del dolor que oyó en su voz. Era como si le doliera el alma, desgarrado por los recuerdos de las hazañas que había cometido.

—Imagínate eso —continuó con la voz rasposa—, y dime que aún quieres que te hable del infierno.

Cuando ella le apoyó la mano en el antebrazo, él se sobresaltó, pero no interrumpió el contacto.

—Quiero saber, Ian —insistió Kate—. Si crees que el hecho de que me salvaras la vida, por el medio que hiciera falta, me asusta, te equivocas. Si crees que mi opinión de ti ha cambiado, eso es cierto. Ahora te respeto aún más. Nadie ha hecho lo que tú has hecho por mí. Lo único que puedo darte es gratitud. Lo único que siento por ti es...

«Amor».

¿Estaría loca por pensar que estaba enamorada de él tras conocerlo desde hacía tan poco tiempo? El corazón le bailaba claqué en el pecho, y todo su cuerpo flotaba, liviano como una pluma.

No dijo la palabra en voz alta, pero los ojos de Ian se oscurecieron con una mezcla de esperanza y dolor.

Se volvió a mirarla, le apoyó las manos sobre los hombros y la atrajo hacia él. Se detuvo y la miró con una embriagadora mezcla de admiración y duda.

—¿Dónde has estado toda mi vida, muchacha? —le preguntó.

—Tan lejos que no me lo creerías —le respondió. Acto seguido, se puso en puntas de pie, le apoyó las manos en la nuca y lo besó.

CAPÍTULO 17

: delicados, flexibles y cálidos. Sentir el cuerpo de ella apretado contra el de él era como tocar el cielo. Kate le encendía un fuego en la entrepierna. Ian bebió el beso como si fuera una cerveza sanadora, dulce, fresca y mágica.

Introdujo la lengua en la profundidad de su boca y rozó la de ella con suavidad. Cuando Kate respondió, el contacto de su lengua le hizo sentir una ola de placer suculento en todo el cuerpo. Ella sabía a deleites prohibidos, a los secretos del mundo, y él quería conocerlos todos.

Kate le pasó las manos por el cuello, y él la apretó con más fuerza en el intento de reducir el espacio que los separaba lo más humanamente posible. Y las prendas...

Ian la bajó al suelo, y ambos se arrodillaron. Acto seguido, la recostó sobre el césped con suavidad y se estiró al lado de ella. La deseaba, quería adorar cada parte de su cuerpo.

Nunca se imaginó que ella aceptaría su confesión de buena gana, que no lo consideraría un monstruo tras haber visto lo que les había hecho a los ingleses. Su reacción lo doblegaba. No se merecía a una muchacha hermosa como ella. Kate le ofreció su aceptación con demasiada facilidad.

Había sido un golpe de suerte encontrar a esos soldados *sasse-*

nach y poder liberarla. Si hubiera regresado a casa para descubrir que ella se había marchado sin despedirse de él, se hubiera sentido más herido de lo que deseaba. Un doloroso peso se le asentó en el pecho. Ahora la tenía en sus brazos, y esa era la bendición más grande que podría existir.

Le acarició la mejilla intacta con la mano y se maravilló de sentir la piel cremosa y sedosa bajo sus dedos callosos. Siguió bajando por el cuello, por la suave clavícula y, de pronto, se detuvo con sorpresa al llegar a las curvas de sus pechos bajo la tela del vestido. Cuando continuó explorando, palpó la deliciosa y perfecta forma de un pecho. Kate jadeó y arqueó la espalda para apoyarse contra su mano.

Ian le masajeó el pecho y, al sentirlo abundante, se endureció aún más. Oh, era una seductora de cabello dorado. Se acercó y le mordisqueó un pezón, luego se introdujo el capullo endurecido en la boca. A través de la tela humedecida, la saboreó: era un festín de feminidad suave, un poco salada y dulce al mismo tiempo.

Kate le enterró los dedos en el cabello y lo acercó más.

—Oh, Ian. —El gemido se le escapó de la garganta.

Ian nunca antes había oído su nombre pronunciado en forma de plegaria.

—Sí, muchacha —respondió con voz rasposa antes de moverse al otro pecho—. Hoy verás la luna y las estrellas.

Ella elevó la mirada hacia él.

—Solo quiero verte a ti.

La garganta se le cerró para evitar que se le escapara la emoción desgarradora que le produjeron sus palabras.

—Nunca he visto a nadie tan hermosa como tú —le aseguró—. Y nunca lo haré.

Acto seguido, volvió a adorarla, la tomó de la cintura y se abrió paso hacia sus caderas con besos. Le besó todo, como si cada centímetro de ella fuera sagrado y cada detalle de su cuerpo, una bendición.

Al llegar a los tobillos, le pasó las manos por las piernas bajo la falda del vestido y sintió la piel suave y fría.

Crac.

Crac. Crac.

Miró hacia la orilla con frenesí, intentando dar con la fuente del sonido. Thor también miró hacia allí, con las orejas paradas.

—Será mejor que nos vayamos, Katie —sugirió—. Por más que anhele continuar.

Ella se mordió el labio inferior y se sentó sonrojada, con los labios hinchados y enrojecidos. Él la vería así en la parte más íntima de su cuerpo.

Hinchada y enrojecida de placer. Pero no en ese momento.

Primero, debía ponerla a salvo en Dundail. Se puso de pie y le ofreció la mano.

—Vamos, muchacha.

Ella le tomó la mano, y él la ayudó a levantarse y la abrazó.

Crac. Crac.

Ian la colocó detrás de él y levantó la espada.

Un pequeño ciervo apareció entre los árboles y los miró. Ian anhelaba tener una jabalina o un arco, pero suspiró aliviado.

—Hubieras hecho una cena increíble con él, ¿no? —preguntó.

—Bueno —comenzó Kate—, no me sentiría...

—Oh, no puedo cazar con una espada. Y cualquier cosa que cocines es celestial. Hablando de eso... —se montó sobre Thor y ayudó a Kate a subirse sobre el lomo del caballo—, vamos a casa. Estoy famélico... de comida y de ti.

Mientras Kate se reía, comenzaron a andar por la orilla del lago.

La alegría de ver la sonrisa de Kate no duró mucho; se desvaneció cuando comenzó a pensar en lo que lo aguardaría al llegar. Las tropas se dirigían hacia allí. Estaba seguro de que les llevaría varios días alcanzar Dundail: al llevar tiendas de campaña y suministros, los ejércitos avanzaban a paso lento.

A pesar de eso, debía pensar rápido cómo defendería su hogar y sus tierras. Era dolorosamente claro que no lo lograría sin sus arrendatarios.

Ni sin su clan.

Un dolor agudo le perforó el estómago al pensar que había despertado al monstruo que llevaba dentro y había matado a un muchacho sin siquiera percatarse. ¿A cuántos más tendría que matar?

CAPÍTULO 18

—Oh, pero qué muchacha más tonta. ¿Qué estabas pensando al marcharte de ese modo, sin compañía y sin decirle nada a nadie? —refunfuñó Cadha.

Kate se estaba desmontando del caballo frente a la residencia de Dundail con la ayuda de los brazos fuertes de Ian. Cadha avanzó hacia Thor tambaleándose, arrojando los brazos en el aire y con las mejillas coloradas como dos manzanas brillantes.

¿Acaso Cadha estaba afligida por ella? Sorprendida, Kate arqueó las cejas al tiempo que sus pies aterrizaban en el suelo.

—Lo siento, Cadha —se disculpó—. No creí que te fueras a preocupar tanto.

—Pero por supuesto que me preocupo, muchacha. —Cadha juntó las manos—. Hasta Manning estaba preocupado... a su manera. —A continuación, se volvió hacia Ian—. Y tú, ¿dónde te habías metido?

El sol se estaba poniendo detrás de las montañas al otro lado del lago, y el cielo era una paleta de tonos dorados, naranjas, rosas y violetas. Las paredes grises de la edificación estaban cálidas, se veían de un marrón dorado con la luz del atardecer, como si las acabaran de sacar del horno. La vista era de lo más dulce y hogareña, y algo se derritió en el pecho de Kate al contemplarla.

—Salí —respondió Ian con sequedad antes de conducir a Thor al establo.

Kate lo siguió con la mirada. Él echó un vistazo hacia atrás, la observó y le hizo sentir un ejército de mariposas aleteándole en el estómago. Kate ocultó una sonrisa e inspiró hondo.

Cuando se volvió para mirar a Cadha, se dio cuenta de que la mujer la estudiaba con las cejas unidas.

—¿Qué pasó? ¿Por qué te marchaste y ahora regresas con el señor? ¿A qué juegas, muchacha?

Cualquier indicio de sonrisa se desvaneció del rostro de Kate.

—A nada. Quería ir a casa, pero me capturó un ejército inglés en el camino. Creyeron que sabía algo acerca de las fortalezas locales e intentaron sacarme información. Ian me rescató.

—¿Lo llamas Ian?

—Sí... ¿cómo debería llamarlo?

—Como una criada llama a su amo. Él es tu señor.

Kate asintió.

—Sí, es que de donde vengo, la gente no es tan formal.

Cadha alzó la cabeza y se llevó las manos a la cintura.

—Entonces, ¿ahora lo recuerdas? Y bien, ¿de dónde vienes?

Kate se encogió de hombros, incómoda por el interrogatorio.

—De muy lejos. Oye, ¿qué prepararemos para cenar?

—¿Prepararemos?

—Olvídalo, haré algo. Ian... quiero decir, «el señor» no ha comido nada desde ayer.

Kate pasó por delante de Cadha y entró en la casa sintiendo la cargada mirada sospechosa de la mujer en la espalda.

La cocina estaba vacía, pero olía a pan y comida. Kate miró el caldero. Siguiendo la tradición medieval, en el interior había varios trapos con verduras, carne y huevos cociéndose. El agua había dejado de hervir, y salían varias nubes de vapor.

La mesa seguía cubierta de harina. Y, al igual que antes, la superficie estaba cubierta de cáscaras, migas y mugre.

Manning.

Por lo menos había una cubeta con agua limpia. Lo vertió en

el barril vacío en el que lavaba los platos y tomó un trapo limpio. Era extraño, pero limpiar siempre le hacía sentir satisfacción, como si estuviera bendiciendo el hogar y elevando su valor al hacer algo de utilidad. En Cape Haute, había limpiado la mesa miles de veces en sus trabajos de ayudante de camareros y limpiadora tras la muerte de su mamá. La familiaridad del trabajo le hizo sentir nostalgia, tensión en el pecho y un dolor dulce.

Se dio cuenta de que anhelaba comer hamburguesas.

Era uno de los platos que más detestaba preparar a diario por su simplicidad y falta de creatividad... ¡y ahora se le antojaba!

¿Podría preparar una para Ian? A él le había encantado el sándwich, de modo que quizás también le gustaran las hamburguesas...

Sin embargo, ¿cómo podría hacerla sin una estufa? De la pared, colgaba una plancha de hierro fundido que podría poner en el horno del pan para asar la carne sobre el carbón. Al no tener una picadora de carne, tendría que cortarla a cuchillo. Tampoco contaría con algunas especias, como pimienta... Y no tendría el pan adecuado, pero el pan casero bastaría. Sin kétchup ni mayonesa que le dieran humedad, tendría que añadir sabor derritiendo el queso sobre la carne.

¡Oh, claro! Había perejil, ajo y cebollas que, junto con una pizca de romero, le darían un sabor exquisito.

Mareada por el entusiasmo de que Ian probara una hamburguesa, se puso a trabajar. Se colocó un pañuelo de lino simple que le había dado Cadha en la cabeza para evitar que cayera cabello en la comida. Como no había carne de res, decidió hacer hamburguesas de pollo.

Ian entró en la cocina mientras trabajaba. Tomó el borde del pañuelo y jugueteó con él.

—Te ves muy linda —le dijo—. He enviado a Manning a las granjas del norte y a un muchacho a Falnaird, el hogar de mi primo Craig —continuó—. Debe estar allí con su esposa. Como muchos miembros del clan se encuentran en el noreste con Roberto, no podrán llegar a tiempo. Pero espero que Craig y sus hombres vengan. Quizás Owen también, si se encuentra con él. Necesito toda la ayuda disponible, y sé que mi clan hará todo lo posible por apoyarme.

Kate asintió.

—Parece una decisión sensata. ¿Crees que tendrás tiempo suficiente para prepararte?

—Nunca hay tiempo suficiente, pero puede que contemos con unos días. Los malditos *sassenach* no sabían quién era. No nos rastrearán por el lago hasta aquí. Los ingleses no conocen nuestras tierras. Hay varias granjas en el camino, y Manning les advertirá del peligro. Seguro que los *sassenach* querrán abastecerse allí. Por la mañana, reuniré un ejército, pero hoy no puedo hacer más nada.

Kate suspiró.

—Yo diría que has tenido suficientes aventuras por un día. Debes estar muerto de hambre. —Kate se secó el sudor de la frente. El calor de los carbones le sonrojó las mejillas mientras miraba el horno para asegurarse de que no se quemara la carne —. Ya casi está lista la comida, faltan quince minutos.

Ian frunció el ceño.

—¿«Minutos»?

Oh, diantres. ¿Acaso aún no medían el tiempo con minutos? Cierto, no había visto ningún reloj. Era probable que aún no los hubieran inventado.

—Pronto.

Él se detuvo a su lado.

—Huele delicioso. ¿Qué estás cocinando, Katie?

Le apoyó una mano juguetona en la espalda y lentamente comenzó a descender hasta su trasero.

—Sea lo que sea, me gusta mucho «cómo» lo haces.

Kate sintió un estremecimiento de placer allí donde la tocaba.

—Es una sorpresa. De mi hogar.

—Mientras comas conmigo...

—Oh, por supuesto. De pronto, echo tanto de menos mi

hogar que solo la comida ayudará. ¿Por qué no traes una botella de vino?

—Oh, sí. Pondré agua a hervir para un baño y luego prepararé la mesa, no te preocupes.

Ian se puso a trabajar: trajo agua fresca del pozo y la vertió en el caldero. Al poco tiempo, Kate tenía un plato lleno de hamburguesas medievales. En esencia, eran sándwiches, pero no estaban nada mal considerando las circunstancias. ¿Quién iba a imaginar que tras pasar ocho años de su vida asando cientos de hamburguesas al día terminaría sintiendo tanto antojo por una?

Llevó el plato al gran salón.

Afuera había caído la noche, y las ventanas brillaban en tonos índigos. Varias velas y ramitos de flores decoraban la mesa del señor: caléndulas amarillas, lavandas púrpuras y unas florcitas amarillas cuyo nombre desconocía. En la mesa había platos, copas y una jarra de arcilla. Al verla entrar, Ian se puso de pie.

A Kate se le aceleró el corazón en el pecho al dejar el plato con hamburguesas en la mesa. Eso parecía una cita. Una cena romántica a la luz de las velas con un atractivo *highlander* en un castillo medieval.

Bueno, en realidad, Dundail no era un castillo, pero eso no importaba. Mientras Ian estuviera a su lado, todo sería romántico.

Oh, cielos, si eso era una cita, no debería tener puesto un delantal o un vestido sucio y desgarrado, ni tener un nido de carancho en el cabello. Kate se secó las manos contra el delantal y se lo desató. Lo dejó sobre un banco y se sentó al lado de Ian.

—Disculpa, estoy hecha un desastre —dijo—. Te mereces una cita romántica con una dama.

Ian la observaba sin parpadear. A la luz de las velas, su rostro se mostraba relajado y registraba asombro. Sus ojos cafés eran cálidos, su cabello rojizo brillaba. Kate estudió la delgada cicatriz que tenía en el ceño izquierdo, el puente de la nariz apenas inclinado y el corte que comenzaba justo encima de su barba.

Cielos, era muy atractivo. Atractivo, amable y llevaba muchas heridas. Kate no sabía si besar cada centímetro de su rostro mientras se enterraba en sus brazos o si oír el latido de su corazón para asegurarse de que fuera real.

—Eres la única persona en el mundo con la que quiero compartir mis cenas, Katie —le respondió—. Y nunca has estado más hermosa que ahora.

A Kate se le encendieron las mejillas y apartó la mirada, pues no podía soportar ver el fuego que reflejaban sus ojos. Soltó el aire y le ofreció una sonrisa al tiempo que tomaba el plato con hamburguesas y se lo acercaba.

—Prueba, es un plato de mis tierras. Lo hago todos los días.

Ian se rio con suavidad y miró la comida.

—Me hubiera saltado la comida de buena gana, muchacha, porque estoy famélico de otra cosa. —Tomó una hamburguesa mientras el rostro de Kate se ponía más colorado—. Pero no puedo rechazar tu comida. Sobre todo, si viene de tu hogar.

Dejó la hamburguesa en su plato y aguardó a que ella tomara la suya. Luego elevó su copa.

—Por el hogar —brindó—. No es una casa lo que hace a un hogar, sino la gente... o tan solo una persona.

A Kate se le desvaneció la sonrisa al pensar en lo que acababa de decir. ¿Acaso su apartamento de Cape Haute era su hogar? ¿Su hermana y su sobrino lo convertían en su hogar? Porque de seguro que no era el edificio, ni el restaurante, ni los inversores. Miró a Ian.

A pesar del breve tiempo que había pasado allí, y a pesar del hecho de que era una forastera en esas tierras y en ese siglo, sentía que había encontrado un hogar cuando lo miraba.

—Por el hogar —repitió.

Chocaron las copas y bebieron. El vino era más agrio que en el siglo de Kate, y era probable que estuviera diluido con agua, pero era un buen acompañamiento para la comida.

Ian tomó la hamburguesa, la mordió, masticó un poco y asintió.

—Sí, muchacha, te has vuelto a superar. Está deliciosa.

Con el rostro sonrojado por el cumplido, Kate mordió su hamburguesa y la masticó. A decir verdad, no estaba nada mal. El pan estaba un poco duro y sabía agrio, como cualquier pan de centeno, pero la carne tenía buen sabor al haber sido cocinada sobre el carbón, y el queso tenía la combinación perfecta de sabores cremosos, agrios y salados.

—Son aún mejor con carne de res —le contó con la boca llena.

—Si preparas esto todos los días, sacrificaré a una vaca —le aseguró.

Ella se rio.

—De hecho, en casa las hago todos los días.

Él se enderezó.

—¿Ah, sí? No es de sorprender que seas tan buena cocinera. Te juro que desde que te conocí, he comido los mejores platos de mi vida. Antes del califato todo parece borroso, como si no hubiera vivido plenamente. En el califato, la comida no importaba. Nos alimentaban bien, con carne, fruta y pan todos los días, pero eso era porque tenían que mantenernos fuertes y saludables para las peleas.

A Kate se le cerró el pecho.

—¿Peleas?

Ian dejó de masticar y una máscara amarga le cubrió el rostro. Clavó la mirada en el plato, tomó la copa, se bebió todo el contenido y se sirvió más vino.

—Sí, Kate. Peleas.

Cuando la miró a los ojos, a Kate se le partió el corazón de verle tanto dolor y vergüenza en el rostro.

—Me pediste que te contara del infierno y creo que puedo hacerlo. Pero ¿podrás aceptarme luego de oír lo que tengo que decir?

Por supuesto que lo aceptaría. La verdadera pregunta era, si ella le contaba la verdad acerca de los viajes en el tiempo, ¿Ian la aceptaría? ¿O creería que estaba demente?

CAPÍTULO 19

IAN CONTUVO el aliento mientras Kate se tomaba su tiempo para responderle. Su rostro registraba dulzura y amabilidad.

¿Seguirían allí esas emociones luego de que le contara el monstruo en el que se había convertido?

—Sí, por supuesto —respondió—. Me puedes contar lo que sea. Quiero saberlo todo.

Él asintió y se bebió la copa de vino. Las manos le temblaron cuando se sirvió otra. Estaba más aterrorizado de revivir todo lo que le había pasado de lo que quería admitir.

—Hace once años me hirieron en una batalla contra los MacDougall. Recibí una herida grave en el pecho. Mi clan creyó que había muerto, pero los MacDougall sabían que seguía vivo. Me vendieron a un barco de esclavos. No recuerdo nada de eso, pero más tarde, otros esclavos me contaron que en el barco estaba delirando de fiebre, y todos pensaron que iba a morir a bordo. Pero sobreviví.

«Lamentablemente», agregó en su cabeza.

—Cuando llegamos a Bagdad, me estaba recuperando y ya me podía mantener en pie. El califa me compró en un mercado de esclavos. Como mi cabello rojizo y mi tamaño eran muy extraños, valía mucho allí. Creí que me pondrían a trabajar en construcciones o a cortar leña o piedras, pero el califa tenía otros planes en mente para mí.

Ian no pudo controlar el modo que su puño apretó la copa, y el metal parecía a punto de doblarse por la presión. Kate se limitó a oír; su atención era como un regalo precioso que jamás podría devolver. No se había dado cuenta de lo mucho que necesitaba un oído amigo, cuánto necesitaba compartir la carga pesada de lo que había vivido.

—¿Qué planes? —preguntó casi en un susurro.

—El califa tenía una forma de entretenimiento secreta —respondió—. Más tarde aprendí que se había inspirado en los antiguos romanos. Solo los visires y nobles más ricos e importantes podían participar. Apostaban sus tesoros al triunfo de ciertos esclavos. Y no solo oro, sino también sus mujeres. —Aunque se le cerró la garganta, se obligó a continuar—: Hacían que sus mejores esclavos lucharan hasta la muerte para ganar.

Kate inhaló con aspereza.

—¿Tú también?

—Al principio, solo era un esclavo de aspecto exótico. El califa nunca había tenido un esclavo de cabello rojizo y mucho menos un *highlander*. Sin embargo, a medida que le llevaba más y más victorias al matar a mis oponentes uno tras otro, me convertí en su esclavo favorito. En ocasiones, hasta venía a hablar conmigo. Era invencible. Me llamaban el Asesino Rojo.

Ian recordó el patio cuadrado que el sol abrasador iluminaba con intensidad la primera vez que lo enviaron a luchar, el sudor pegajoso debajo de la armadura de hierro, el puño tenso cerrado sobre la empuñadura de la espada curva y el olor a sudor y polvo. Y recordó al otro hombre, que se encontraba en el extremo opuesto del patio. Había sido un hombre más alto que él, con el cabello castaño y una contextura robusta.

Había decenas de invitados sentados en los balcones que rodeaban el patio.

A Ian le tembló la mano derecha. Aún no se había recuperado por completo de una herida que había recibido hacía un mes y le había atravesado el hombro, justo debajo de la clavícula. Le dolía todo el tiempo. El hombre era más corpulento que él y parecía más fuerte también; la amenaza mortal que se leía en su rostro le decía que esa no era su primera pelea.

Pero tampoco era la primera pelea de Ian, se recordó en medio de los gritos y vítores sedientos de sangre de los espectadores. Lo único que tenía que hacer era sobrevivir. Recordó que rezó una plegaria celta antes de la pelea.

CUANDO LA BOCA SE CIERRE,
Cuando los ojos se apaguen,
Cuando el aliento decida amainar,
Cuando el corazón deje de latir.

CUANDO EL JUEZ SE SIENTE EN SU TRONO,
Y cuando la causa haya sido defendida,
Oh, Jesús, hijo de María, protege mi alma...[1]

LA PELEA COMENZÓ. EL OPONENTE DE IAN SE LANZÓ CONTRA él en un destello de cabello dorado y piel blanca, con el poder arrollador de un ariete. Ian apeló a todas sus fuerzas no solo para no morir, sino también para herir a su contrincante. No quería matarlo. Después de todo, no eran enemigos, o no habían elegido serlo. Ambos eran víctimas de la mala suerte y se veían forzados a luchar.

Le desgarró el muslo. Aunque la herida no era mortal, bastaría para inmovilizarlo. El hombre cayó aferrándose la pierna. Ian se detuvo cerca de él respirando entre jadeos. Había esperado que las puertas por las que había salido se abrieran para poder regresar a las barracas.

Sin embargo, la multitud no dejaba de gritar. Con voces lívidas, los hombres se paraban y arrojaban las manos en el aire para alentarlo a actuar, a hacer algo. Ian miró al califa: el hombre que llevaba puesta una túnica blanca y un turbante del mismo color y era el único que estaba sentado inmóvil. El califa tenía una sonrisa de satisfacción en el rostro. Alzó una mano y las joyas de oro que llevaba en los dedos destellaron al tiempo que varios arqueros se asomaron de los tejados de las edificaciones del perímetro del patio para apuntarle sus flechas a Ian.

El califa dijo algo en árabe y, más tarde, Ian se enteró que significaba que solo un hombre saldría del patio con vida ese día. Quedaba en Ian decidir quién sería.

Acto seguido, el califa hizo un gesto con el dedo índice para que le cortara la garganta a su oponente.

Ian comprendió de inmediato y bajó la mirada al gigante que intentaba ponerse de pie sin lograrlo. Con una sonrisa desesperada que dejaba a relucir sus dientes, blandió la espada contra Ian, quien dio un paso al costado.

Debía matar al gigante o morir en el patio.

Recibió la epifanía como una lluvia gélida.

Una cosa era luchar por su clan, por su familia, por sus seres queridos y por una causa en la que creía.

Matar a alguien que no le había hecho nada era algo muy diferente. Matarlo por el simple hecho de que un hombre que llevaba joyas de oro en las manos se lo había dicho. Matarlo para comprar su propia vida.

El califa gritó algo, y los arqueros tensaron las cuerdas de los arcos.

Ian no podía dudar. Era su vida o la del hombre rubio.

—Oh, Jesús, hijo de María, protege mi alma —susurró antes de levantar la espada para cortarle el cuello al hombre.

Los espectadores irrumpieron en vítores. Algunos estaban felices y otros enfadados. Los arqueros desaparecieron. El califa miró a Ian a los ojos y apenas asintió con la cabeza, aunque su expresión no reveló nada.

Ian se sacudió como un perro para quitarse el recuerdo de encima. Miró a Kate que lo veía con preocupación y compasión.

A medida que las palabras salían de su boca dolorosas y liberadoras, sintió como si estuviera abriendo una herida en descomposición para limpiarla.

—El Asesino Rojo ganó cada una de las peleas—continuó Ian—. Durante once años tomé cientos de vidas. Esposos. Padres. Hermanos. Hijos. De África. De China. India. Inglaterra. Egipto. Y muchísimos árabes. En varias ocasiones me enfrenté a dos o tres al mismo tiempo. Y los maté a todos...

Se miró las manos, sorprendido de no ver sangre.

—Soy una bestia, Kate. Un monstruo. Nunca estaré completo y nunca encontraré redención.

Ella le tomó las manos entre las suyas y le hizo sentir una corriente electrizante, suave y dulce. La miró a los ojos.

—No eres un monstruo ni una bestia —le dijo con determinación—. El monstruo es el califa. La bestia es el sistema de esclavitud. Tú eres un sobreviviente, Ian.

Ian sintió un temblor al oír sus palabras, como si alguien le hubiera quitado el pus de la herida y ahora le aplicaran un bálsamo reparador que ardía.

—Eres demasiado amable, Kate. No me merezco tu buen corazón.

—No te castigues más de lo que ya te ha castigado la vida. Sé que buscas ser perdonado, pero nadie puede hacerlo por ti. Necesitas perdonarte a ti mismo.

Él negó con la cabeza.

—¿Cómo me puedo perdonar si le juré a Dios que nunca volvería a matar y...?

Se sirvió más vino.

—Tú me viste.

—Ian —susurró—. Te detuviste. Vi que la oscuridad se apoderó de ti, pero encontraste la fortaleza para ver la luz.

—Por ti, Kate. Todo lo bueno que tengo en la vida se debe a ti.

Cuando ella le tomó el rostro en sus manos, él se inclinó para besarle una palma.

—Nadie nunca ha hecho nada para salvarme —le dijo—. Lo que tú has hecho... Nadie nunca me había protegido de ese modo.

—Te voy a proteger hasta mi último aliento.

Y la amaría mucho más tiempo.

Se vieron a los ojos, e Ian se perdió en la mirada de Kate. Ella se puso de pie para sentarse sobre su regazo, y su delicioso aroma lo envolvió. Sin decir más nada, lo besó. Su boca cálida y suave sabía placentera y se sentía celestial. Él le pasó los brazos por la cintura y la atrajo hacia él sintiendo su cuerpo flexible y sensible bajo sus palmas.

La quería entera, en cuerpo y en alma. Quería mostrarle cuánto significaba su aceptación para él. Cuánto la deseaba. Cuánto la necesitaba.

Cuando la levantó para llevarla a su recámara, se le expandió el corazón, sintió el cuerpo ligero y un cosquilleo en toda la piel.

---

1. Adaptado del texto en inglés de Alexander Carmichael, *Carmina Gadelica*, vol.1, 1900, https://sacred-texts.com/neu/celt/cg1/cg1052.htm

CAPÍTULO 20

En los brazos de Ian, Kate se sintió como el premio de un guerrero. Como si no pesara nada a pesar de sus setenta y siete kilos. Como si él fuera capaz de luchar contra el mundo entero por ella.

De seguro, se trataba de una ilusión o de algún tipo de sueño.

Si ese era el caso, no quería despertarse. Ian subió un piso por las escaleras y abrió la puerta de su recámara de espaldas. Depositó a Kate sobre una cama gigante de madera que olía a él: a cuero, acero y leña.

El fuego crepitaba en el hogar. En la habitación había varios baúles y una mesa inclinada. Al lado del hogar, había un barril enorme que parecía una cuba de *whisky* descomunal con paredes erguidas y el espacio suficiente como para albergar a dos personas.

Ian apoyó los brazos en la cama al lado de los hombros de Kate. La besó profundamente y le hizo sentir una corriente eléctrica de placer en la entrepierna.

—Te voy a bañar —le susurró cuando dejó de besarla—. Y luego, tú me bañarás a mí, y después de eso, te voy a hacer el amor.

La promesa de sus palabras era fuerte y embriagante, y el cuerpo de Kate se llenó de anticipación burbujeante.

—¿De acuerdo? —le preguntó.

Oh, cielos, ¿cómo se pronunciaban las palabras?

—Sí, por favor.

Él asintió, y su rostro registró satisfacción masculina.

—Voy a buscar agua caliente. No te vayas a ningún lado.

Como Kate tenía las piernas reducidas a un estado gelatinoso, no se podría haber movido aunque él la estuviera persiguiendo con un arma.

Ian trajo dos cubetas con agua caliente y las vertió en el interior del barril.

—Ven —le instruyó.

La idea de desvestirse delante de él hizo que se le ruborizaran las mejillas y el cuello, pero Kate no estaba segura de si eso se debía a que le avergonzaba estar desnuda delante de él o a que él se encontraba de pie al lado de la tina y la observaba con ojos oscuros y hambrientos.

Fuera como fuese, no se iba a echar atrás.

Salió de la cama y caminó hacia él con las piernas temblorosas.

—Date la vuelta —le pidió.

—No. —Ian se rio.

Oh, cielos. En cuanto la viera desnuda, saldría huyendo despavorido.

—¡Date la vuelta!

—No.

Ian cogió el borde de la túnica y se la quitó por la cabeza. A Kate se le secó la boca al verlo. Era puro músculo y belleza masculina, tenía un pecho amplio y unos hombros anchos, pectorales firmes y un triángulo de músculos al final del estómago duro que continuaba bajo los pantalones. Vio varias cicatrices plateadas que le llamaron la atención: una larga en el lateral, una arrugada sobre el corazón y debajo de la clavícula, y algunas más pequeñas en los hombros, en los bíceps y en el pecho.

A Kate se le cerró la garganta al pensar en lo que significaban esas cicatrices. Las dificultades que había atravesado, el dolor, el miedo constante y la tortura que había soportado a lo largo de los últimos once años. Sin embargo, también significaban que tenía un espíritu fuerte, inquebrantable e indestructible.

Lo amó aún más al ver esas cicatrices.

Kate estiró una mano y le acarició la más grande, que le cubría el corazón, con el pulgar.

—Esta ha sido la primera, ¿cierto? ¿Aquí es donde te lastimaron los MacDougall?

Ian observó su mano como si lo hubiera tocado con tenazas de hierro al rojo ardiente. Kate movió la mano para apoyársela entera en el pecho y apretó los dedos contra la cicatriz.

—Sí —respondió con la voz rasposa—. Tócame aquí. Tócame donde quieras. Haz que el dolor se vaya. Hazme sentir entero otra vez.

A Kate le ardieron los dedos. ¿Ella? ¿Hacerlo sentir entero?

—¿Cómo te puedo hacer sentir entero si yo también estoy dañada, Ian? —le preguntó.

Los ojos de él se suavizaron, y algo los conectó en un nivel más profundo y fuerte del que Kate jamás se podría haber imaginado. A lo mejor sus almas se habían unido, o quizás se trataba de otra cosa, pero Ian se convirtió en una extensión de ella, y ella en una de él.

—No lo sé, pero es lo que estás haciendo.

Una lágrima inesperada le rodó por la mejilla. ¿Ella? ¿Estaba sanando a alguien o haciendo que su vida fuera mejor? Si no había hecho nada.

—Eres tú —lo contradijo—. Tú me estás sanando a mí, y no al revés.

Él le acarició la mejilla con los nudillos.

—Y ahora te voy a bañar, muchacha —le dijo.

Se quitó los pantalones y quedó de pie ante ella completamente desnudo... e imponente. Tenía piernas largas con caderas altas, musculosas y angostas y... el miembro más hermoso que había visto.

¿Cómo haría para caberle dentro?

Kate soltó el aire con suavidad.

—Pareces... pareces un dios.

Ian negó con la cabeza y se rio con delicadeza. Era un sonido hermoso, adorado y precioso.

—Esa es una manera dulce de intentar distraerme, Katie, pero no va a funcionar. Si uno de los dos guarda alguna conexión con la divinidad, eres tú, no yo. Mi alma está destinada al infierno. Pero antes de marcharme, te enseñaré las estrellas.

Kate se lamió los labios. Abrió la boca para protestar que él no estaba destinado al infierno, que era alguna especie de dios celta, una llama con vida propia, caliente, poderosa y devoradora.

Y antes de que pudiera decir algo, él añadió:

—Estás pensando demasiado.

Tras sostener eso, la atrajo hacia él y la besó.

Aunque su cuerpo duro se apretó contra el de ella, sus labios eran lo más suave que la había tocado. Ian le deslizó la lengua entre los labios y comenzó un juego de provocación: la lamió, la acarició, la succionó y la mordisqueó con dulzura. Los huesos de Kate se redujeron a polvo, y se le escapó un gemido gutural de la garganta.

—Sí, eso está mejor —murmuró Ian con aprobación.

Le desató la faja de la cintura, tomó el borde de la túnica sin mangas de Kate y se la quitó por la cabeza. Sin detenerse, repitió la operación para deshacerse del vestido de lino suave que llevaba debajo de la túnica. El cosquilleo que sentía Kate se fue intensificando cuantas más capas quitaba Ian y cuanto más se acercaba a estar en contacto directo con su piel.

¿Estaba lista para eso? ¿Cuándo había sido la última vez que había tenido relaciones sexuales? Debía haber sido hacía cinco años aproximadamente, con su último novio, Jim. Ni siquiera se había depilado... aunque dudaba de que eso importara en la época medieval.

Cuando por fin quedó de pie con solo el blusón puesto, Ian se inclinó una última vez para quitarle la tela por la cabeza.

Kate contuvo el aliento y se contuvo para no cubrirse. Allí se encontraba, delante de él, con cada curva y cada poro de su ser expuestos para que él los viera.

Y él, un dios griego, un gladiador en carne y hueso, era tan hermoso que dolía ver su forma perfecta. Si existía algún tipo de modelo de belleza masculina, se encontraba de pie delante de ella.

Kate bajó la mirada sin atreverse a verlo a los ojos, pero anhelando hacerlo más que ninguna otra cosa. ¿Qué vería en sus ojos? ¿Asco? ¿Una sonrisa amable? ¿Deseo? Bien podría ser que le gustaran las mujeres algo rellenas. Si ese fuera el caso, estaba de suerte.

Ian se arrodilló delante de ella y le pasó las manos por la cintura, le apretó las nalgas y le besó el estómago. Luego, elevó la mirada hacia ella.

—Nunca había visto a una mujer más linda que tú, Kate —susurró—. Quiero adorar cada centímetro de ti. ¿Me dejas?

¿Adorarla? ¿A ella?

Kate estaba demasiado desorientada, tanto por el deseo que le circulaba por las venas como por su belleza masculina, como para pensar en el asunto, pero una parte lejana de su mente negó con la cabeza sin poder creérselo.

Tras acallar a esa parte de su ser, permitió que su cuerpo y su corazón asumieran el control de la situación.

—Sí —respondió en un susurro.

—Ven —le dijo.

Se puso de pie y le tomó la mano. Se paró sobre un pequeño banco que había frente a la tina de madera y luego de meterse en el agua la ayudó a entrar. El agua estaba cálida, tenía la temperatura ideal, y Kate gimió al sentir la humedad contra su piel sensible.

Ian se sentó en la tina y se apoyó contra la pared.

—Ven aquí —le pidió.

Kate avanzó hacia él y se acomodó entre sus piernas. Su erección estaba más caliente que el agua y se le apoyaba contra la espalda. Ian estiró una mano y tomó un trozo de jabón de un estante de la tina. Tenía una esencia floral.

—Es jabón de Castilla —le informó—. Lo hacen con aceite de oliva y no con sebo como aquí. Mi padre lo debe haber comprado hace bastante. No me imagino que hubiera gastado dinero en un producto exótico en los últimos años.

Se enjabonó las manos, colocó el jabón sobre la repisa, y comenzó a masajearle los hombros. Kate relajó la cabeza y se acurrucó contra él. Sus manos descendieron hasta sus pechos y comenzaron a masajearlos, a deslizarse por la piel y a jugar con los pezones que se le estaban endureciendo.

—Oooh... —gimió—. Eso se siente maravilloso...

—No podría estar más de acuerdo, muchacha —repuso Ian.

La enjuagó, le frotó y le acarició los pechos y, a continuación, le bajó las manos por el estómago hasta alcanzar a las caderas.

Al llegar allí, se movió más lento. Le recorrió los muslos y le separó las piernas. El gesto era tan atrevido, tan excitante, que Kate se mordió el labio inferior. Con lentitud, se abrió paso hacia su sexo y, con cada roce, la elevaba más y más en una nube de felicidad delirante.

De pronto, sus dedos se hallaban en su sexo. Le abrió los pliegues y la acarició con suavidad. Kate arqueó la espalda al sentir una intensa ola de placer. Comenzó a explorarla allí, a frotarla, a palparla y a estirarla con delicadeza.

Kate se retorció, gimió y se estremeció mientras él le exploraba el cuerpo.

—Eso te gusta, muchacha —murmuró Ian—. ¿Qué me dices de esto?

Cuando le apretó la mano contra el clítoris, Kate sintió un temblor en las piernas. Lo único que logró responder fue un sonido parecido a un maullido.

—Ah, sí, creo que te gusta.

Continuó el juego mientras Kate se ponía más y más tensa.

De repente, retiró las manos, la levantó para hacerla voltear y la acomodó de modo que lo mirara. Kate le pasó las piernas por la cintura, y el miembro de Ian quedó apretado contra su estómago.

Ian le desató el cabello, y las largas trenzas cayeron en el agua y nadaron alrededor de ella como rayos de sol.

—Eres muy hermosa, muchacha. ¿Qué habré hecho para merecerte? —preguntó.

Le sostuvo la mirada, y en sus ojos había una pregunta: quería saber si de verdad estaba lista. Ella se mordió el labio inferior y asintió. No solo estaba lista, sino que también lo necesitaba.

Con un movimiento rápido, la levantó y se introdujo en su cálido centro. Soltó una maldición por lo bajo, y Kate casi se desmaya del placer intenso que le hizo sentir. Ian se retiró y la volvió a embestir, se introdujo más profundo y la estiró a un límite delicioso. Le pasó un brazo por la cintura para mantenerla en su sitio y aumentó el ritmo. Con cada embestida, soltaba gemidos guturales y primitivos.

Acercó la otra mano a su clítoris sensible. En cuanto lo tocó, Kate estuvo al borde de un orgasmo. Ian la devoraba con la mirada, como si estuviera viendo el cielo por primera vez luego de pasar años encarcelado.

En sus brazos fuertes y bajo su dulce asalto, Kate comenzaba a desenvolverse, a abrirse hasta dejar expuesto el centro de su alma. Sus miradas se encontraron. Ian la miraba como si fuera a morir de no hacerlo.

El orgasmo la arrasó como un huracán, se tensó y convulsionó alrededor de él. Ian también se tensó y le clavó las manos en la cintura para mantenerla sobre él cada vez que la embestía.

Kate se elevó más y más hasta que se dejó ir, ola tras ola, en una eternidad de placer arrollador. El orgasmo la recorrió como un fuego incontrolado y, cuando pasó, se dejó caer sobre él, directo en sus brazos. Ocultó el rostro en el cuello de Ian e inhaló su delicioso aroma masculino.

Cuando los efectos del acto que acababan de compartir comenzaron a disiparse, Kate se puso tensa.

Quería quedarse en sus brazos y tenerlo a su lado para siempre. Se estaba enamorando cada vez más de él.

Amarlo le causaría dolor. Amarlo le rompería el corazón. Porque sin importar cuánto quisiera quedarse con él, nunca tendrían un final feliz.

Su hermana y su sobrino la necesitaban. Sin Kate, terminarían en la calle.

Cuando más lo amara, más sufriría cuando tuviera que marcharse. Y, con cada minuto que pasaba, lo amaba cada vez más.

CAPÍTULO 21

Completamente limpio y satisfecho, Ian sostuvo a Kate en sus brazos. Se acostaron en la cama luego de hacer el amor dos veces más. Ian inhaló el aroma de su piel y su cabello mojado.

«Gracias, Dios, Jesús y María por traerme a Kate».

Ian nunca había estado más feliz en su vida. Sentía el cuerpo expandido y liviano, y la sangre le fluía con facilidad en las venas. La intensidad con la que ella se había entregado a él y la respuesta de su hermoso cuerpo lo hicieron amarla aún más.

Le acarició el brazo.

—Eres una bendición, muchacha —le dijo.

Ella elevó la mirada hacia él.

—¿Yo? ¿Una bendición? —Soltó un bufido.

—Sí, y me duele que lo dudes.

Kate ocultó el rostro en el pecho de él, y su cabello le dio cosquillas.

—Solo te gusta mi comida.

—Sí, pero no es solo eso. —Le colocó un dedo bajo el mentón y le elevó el rostro para que lo mirara. La garganta se le cerró cuando vio los ojos grandes, azules y bonitos de Kate—. Llegaste a mi vida sin advertencia y lo iluminaste todo. Como una luz en la oscuridad. Antes de conocerte, no tenía esperanza.

Solo desesperación. Pero tú... Tu mera presencia, el verte caminar por mi casa y hacer las cosas más simples, las cosas hogareñas, me llena el corazón.

Los ojos se le llenaron de lágrimas.

—Nunca nadie me había dicho eso.

—Pues, son unos tontos.

Kate respiraba sobre su piel, y sus senos lo acariciaban con suavidad. Le acarició el pecho con un dedo.

—Háblame de tu hogar —le pidió—. Cuéntame de ese sitio tan lejano.

Los pulmones de Ian dejaron de trabajar mientras esperaba que ella hablara. Todo eso se sentía demasiado bueno para ser cierto. Tendría que llevarla de regreso a Inverlochy. El destino no le permitiría tenerla a su lado para siempre. Dios mediante, Ian podría defender sus tierras de los *sassenach*. Pero luego ella se marcharía.

Y ese sería su castigo por las muertes innumerables que había causado para poder vivir. Por mantener a la muchacha allí, a pesar de que el enemigo se acercaba. Por sus actos egoístas.

KATE CERRÓ LOS OJOS UN MOMENTO PARA REUNIR FUERZA interior. Tenía que regresar para salvar Deli Luck, así como también para cuidar de su hermana y su sobrino. Necesitaba aparecer en ese programa de televisión si aún no era demasiado tarde.

Tarde o temprano, ese sueño mágico en el que se enamoraba de un *highlander* llegaría a su fin. Ian le había contado la verdad de su pasado. Le había contado lo más difícil que había hecho.

Ella también le quería contar la verdad, sin importar cuán descabellada sonara, sin importar que le creyera o no. Lo importante era ser honesta con él.

Porque ellos eran así: honestos el uno con el otro.

¿Le creería? Los ingleses tenían la bolsa y los únicos objetos que tenía de su época; de lo contrario, se los podría haber mostrado para que viera la fecha en la botella, el dinero y las tarjetas de crédito. Luego de ver sus pertenencias, él no tendría dudas.

Sin embargo, él le había hecho una pregunta, y ella se la respondería.

Kate se apartó de su pecho y apoyó las manos en la cama para incorporarse. Se envolvió la manta en el pecho no solo para cubrir su desnudez sino también en señal de protección, para escudarse del dolor que estaba a punto de causarles a los dos.

—Debo decirte de dónde vengo, Ian —comenzó—, pero es posible que no me creas. De hecho, lo más probable es que no lo hagas.

Ian frunció el ceño y se sentó en la cama; toda la soltura que había sentido hacía tan solo un instante se había desvanecido.

—¿Recuerdas que te dije que venía de un sitio tan lejano que no te lo creerías?

La mirada de Ian se volvió más intensa, sus ojos eran como carbones negros en la penumbra de la habitación.

—Sí.

Kate tragó con dificultad.

—Lo que lo vuelve lejano no es la distancia, sino el tiempo.

Él negó con la cabeza.

—¿El tiempo?

—Cuando me encontraste en Inverlochy, acababa de viajar en el tiempo. Nací en 1989, en otro país, que se llama Estados Unidos de América.

Ian entrecerró los ojos y la estudió como si estuviera teniendo problemas para comprender sus palabras.

—¿Qué estás diciendo, muchacha?

—En Inverlochy hay una piedra... que tallaron los pictos, y tiene algún tipo de magia que permite que la gente viaje en el tiempo.

Él volvió a negar con la cabeza sin creerle.

—Muchacha...

—Ya sé que suena descabellado. Pero es cierto. Cuando aún me encontraba en el año 2020, conocí a una mujer: Sìneag. Ella me contó acerca de la leyenda de una piedra que abre un túnel bajo el río del tiempo. En el 2020, el castillo de Inverlochy es tan solo una ruina, y yo...

Recordó los avances indeseados de Logan Robertson.

—Me trastabillé, me caí y me golpeé la cabeza. Creo que tenía un traumatismo cerebral y es probable que por eso haya perdido la memoria. Pero recuerdo que me arrastré en la oscuridad; estaba desorientada y asustada y buscaba la manera de salir de allí. Y entonces, en medio de la oscuridad, vi el brillo de un tallado de un río, un túnel y la huella de una mano en una piedra. Apoyé la mano allí y la toque. Literalmente sentí que me caía dentro de la piedra.

Kate soltó un suspiro.

—Lo siguiente que recuerdo eres tú.

Con lentitud, exhaló.

Listo. Todas las cartas estaban sobre la mesa, y dependía de él recogerlas o no.

Ian parpadeó.

—Te quiero creer, de verdad. Y tienes razón, suena descabellado. O quizás te golpeaste la cabeza muy fuerte. Pero yo... —Se enterró los dedos en el cabello—. Tú no me has juzgado ni me has rechazado luego de que te contara la peor parte de mi vida. Y yo tampoco lo haré. Me doy cuenta de que crees que vienes del futuro, de modo que voy a asumir que es cierto... al menos por el momento.

Kate le apretó la mano.

—Creo que las Tierras Altas están llenas de magia y gente supersticiosa. Después de todo, creemos en las hadas, los *kelpies* y los monstruos que viven en los lagos. Quizás exista una piedra para viajar en el tiempo en alguna parte de Inverlochy.

Kate sonrió sintiendo que una carga pesada le desaparecía del pecho. ¿De verdad le creía?

—Gracias.

—Sí, bueno, no se puede obviar tu extraño modo de hablar, tus habilidades extraordinarias en la cocina o los objetos extraños que llevabas en la bolsa.

Ella asintió.

—Sí, son cosas modernas. No puedo evitarlo, son cosas que aprendí en casa.

El rostro de Ian perdió el color.

—En casa...

La sonrisa de Kate se desvaneció.

—En casa.

—Cuéntame de tu casa.

Kate se miró las manos.

—En casa, viven mi hermana, Mandy, y mi sobrino, Jax...

Se lo contó todo. Incluso le habló de su madre adicta al trabajo, su infancia llena de negligencia y problemas, la depresión de Mandy y Deli Luck.

Kate recordó el día en que Mandy y ella compraron el restaurante. En el momento en que entraron en el edificio, Kate se sintió mareada de felicidad. En el lugar no había nada más que paredes peladas, ventanas grandes y pisos de madera. Olía a polvo.

—Me gustan las persianas —dijo Mandy con la vista clavada en las ventanas. Jax, que entonces tenía tres años, estaba sentado en el cochecito, jugaba con una patrulla de juguete y hacía ruidos de sirenas.

El sol se colaba por las ventanas y las persianas proyectaban sombras a rayas sobre la pared y el suelo.

—Parecen de estilo retro —señaló Kate—. Como de cafetería. Queremos algo fuera de lo convencional.

—Pero este barrio quiere una cafetería retro.

—No, aquí abundan esos lugares. Ya sabes que quiero cocinar algo más creativo que hamburguesas y costillas de cerdo.

—Lo sé, cariño. —Mandy negó con la cabeza y se encogió de hombros—. Pero no me imagino a ninguno de nuestros clientes ordenando un bol vegano de quinoa con aguacate.

A Kate se le hizo un nudo en el estómago. A pesar de que una parte de ella estaba de acuerdo con Mandy, no quería caer en la negatividad. Mandy parecía haberse sentido bien en el transcurso de las últimas semanas. Tomaba sus medicamentos a diario y no faltaba a ninguna sesión de terapia. No obstante, no había forma de saber con certeza si estaba pensando con claridad.

—Eso es porque nunca lo han probado —afirmó Kate.

—Y no lo han probado porque no quieren probarlo.

Kate no quería estresar a Mandy con discusiones innecesarias. Sería mejor cambiar de tema. Avanzó hasta la parte posterior.

—Este es un buen sitio para poner la puerta de la cocina.

—Sí, está bien. Es un buen sitio, centralizado para que los camareros se puedan mover con rapidez. Eso es necesario.

Kate sonrió.

—Sí, estoy de acuerdo. Y hay unas escaleras que llevan al primer piso. Podemos vivir allí. ¿Quieres verlo?

Mandy le ofreció una sonrisa entusiasmada.

—¡Claro!

Sacó a Jax del cochecito, y los tres fueron a ver el apartamento que se encontraba arriba del restaurante. Al igual que la planta baja, era grande y estaba vacío. A Kate, las ventanas viejas, los pisos de madera y las paredes empapeladas con estampados florales le remitieron a viejas épocas.

Cuando Kate terminó de examinar el apartamento, regresaron a la sala de estar.

—No necesitamos mucho. Con dos habitaciones nos bastará, ¿verdad?

—Claro. Yo compartiré mi habitación con Jax. Además, es muy conveniente vivir en el mismo edificio del restaurante.

Kate abrazó a su hermana, y su cuerpo pequeño se sintió frágil en sus brazos.

—Me alivia mucho que te guste. —Se arrodilló y le pellizcó una mejilla a Jax. El niño se rio—. Y no te preocupes. Yo los voy a cuidar. Cuando comencemos a tener ingreso de dinero, Jax podrá ir al preescolar, y tú podrás estudiar en la universidad, como querías.

Recogió a Jax, se lo acomodó contra la cadera y le dio un beso en la suave mejilla regordeta.

—De hecho —comenzó Mandy, y se le iluminaron los ojos por primera vez en mucho tiempo—, ¿qué te parece si te ayudo con el restaurante?

—¿Me quieres ayudar?

—Sí, con lo que sea. Puedo ser camarera, o limpiar o ayudarte con la parte administrativa.

Kate frunció el ceño.

—¿Estás segura de que te encuentras bien para trabajar? ¿Qué hay de la universidad?

—Quiero ir a la universidad para poder administrar mi propio negocio algún día. Pero ahora tendremos un negocio. Además, puedo tomar clases en línea a medio tiempo para obtener un diploma.

Kate se mordió el labio.

—Nada me haría más feliz que compartir esto contigo, pero no quiero sobrecargarte. No te preocupes, yo me haré cargo de todo.

La sonrisa de Mandy se desvaneció.

—No estoy preocupada. Es solo que quiero hacer algo y sentirme útil.

—¿La doctora Lambert cree que es una buena idea?

—Todavía no lo sé.

—De acuerdo, hablaremos con ella para ver si te permite trabajar. Ya le encontraremos la vuelta, *¿okey?*

Aunque la doctora aprobó la idea de que Mandy trabajara, Kate tenía problemas para delegar y pedirle a su hermana que hiciera cosas por temor a que algo le desencadenara algún episodio de depresión. Sin embargo, con el transcurso del tiempo, los episodios se fueron volviendo cada vez menos frecuentes, y Mandy se convirtió en una gran ayuda para Kate.

Kate le contó a Ian que Mandy había logrado captar el interés de una celebridad para su restaurante. Le llevó bastante tiempo explicarle qué era la televisión y lo popular que se habían vuelto los programas de cocina. Ian parpadeó lleno de incredulidad, pero no la interrumpió.

Luego le dijo cómo había terminado en Escocia y que esa era la última oportunidad de salvar el restaurante. Ian no le hizo ninguna pregunta, se limitó a escucharla con atención. Tenía el rostro sombrío y asentía de vez en cuando.

Hablarle a alguien de su vida era extraño. Kate no tenía la costumbre de hablar de sí misma o de su pasado, pero compartir todo eso con Ian le resultaba liberador y, para su sorpresa, fácil.

Cuando terminó, la última palabra quedó colgando en el aire, como una gota de agua secándose al fuego. Ian la observaba con los músculos del mentón tensos.

—Di algo —le pidió Kate sin poder soportar un segundo más sin oír qué pensaba.

—Entonces, ¿quieres regresar al... 2020? ¿Entendí bien?

Kate apretó los dedos hasta que los nudillos se le pusieron blancos y le dolieron. No quería regresar. Lo que quería era quedarse con él para siempre. Pero tenía que marcharse.

—Sí, Ian —respondió con dolor en la garganta.

Él asintió.

—Sí, ahora tiene sentido.

—¿Qué tiene sentido?

—Dios nunca me enviaría a una mujer como tú para que me haga feliz. Te envió para castigarme. Para brindarme la mayor felicidad de mi vida y luego arrebatármela.

Kate sintió un dolor cegador en el estómago.

—No, no. Nadie te está castigando. Ya has sufrido suficiente. Deberías dejar de culparte por algo que te hicieron. Por algo que escapó de tu control.

—Está bien, muchacha. Al menos sé que estarás viva y a salvo, aunque te encuentres en el futuro. Nunca esperé terminar felizmente casado. Mi vida está destinada a la soledad, muchacha.

A Kate se le cerró el pecho de dolor. Oír a un hombre como él decir eso era muy triste.

A la vez, reflejaba sus propios pensamientos acerca de su futuro. Ella nunca había creído que sería una de esas mujeres que encuentran a su alma gemela. De algún modo, en su subconsciente, siempre supo que no era digna de amor. No era alguien a quien adorar.

Quizás por eso su mamá nunca la había cuidado. Había algo en ella que no la hacía digna de eso.

—La mía también —dijo.

—¿La tuya? —Ian se rio—. Tú deberías ser alabada, adorada y amada cada día de tu vida, por un hombre que sea digno de ti. Y yo no lo soy...

Sí que lo era. Kate lo sabía con la misma certeza que sabía su propio nombre: si alguien podía hacerla feliz, ese era Ian.

—Te prometí que te llevaré a Inverlochy —continuó—. Y me aseguraré de que regreses a tu tiempo.

A Kate le tembló y se le sacudió el corazón, que estaba a punto de rompérsele en mil pedazos. Lo amaba por prometerle que la llevaría de regreso, pero la idea de dejarlo le desgarraba el alma.

—Bueno, aún no me iré. —Se acercó a Ian y se montó sobre él.

Cuando la manta se cayó, Ian la recorrió de arriba abajo con los ojos de un depredador voraz.

—No, no lo creo. No si yo tengo algo que decir al respecto.

La atrajo hacia su pecho y la besó con intensidad. Kate se olvidó de todo, excepto de su cuerpo y de la necesidad estremecedora de tenerlo.

Sin embargo, supo que nunca sería suficiente. Dejar a Ian equivaldría a dejar una parte de su alma allí.

CAPÍTULO 22

Al día siguiente...

¡Bam! ¡Bam! ¡Bam!

Ian golpeaba la espada de su padre en el taller que había al lado de la casa principal. Los bordes brillaban en un rojo anaranjado, y el calor que emanaba del arma hizo que unas gotas de sudor le cubrieran la frente, así como también la espalda y el torso que llevaba al descubierto. El olor a hierro ardiente flotaba en el aire.

Muy pronto necesitaría la espada, y, como la hoja tenía raspones y marcas, Ian había decidido arreglarla.

Esa mañana había tomado la *claymore* de su padre del sitio de honor del que colgaba orgullosa en el gran salón y había acariciado la longitud de su hoja con delicadeza. Era una espada simple. Tenía una empuñadora de cuero, un pomo en forma de esfera, y los dos extremos de la guarnición tenían unos anillos que formaban dos tréboles de cuatro hojas.

Y su padre había bendecido esa espada. Ian honraría a su padre y a todo el clan si la usaba para bien.

No había bebido nada de *uisge* desde el día anterior a salir a cabalgar con Thor. No lo necesitaba. La noche que había pasado con Kate lo había hecho sentir ebrio de felicidad, a pesar de la amenaza que se aproximaba.

—¡Señor! ¡Señor! —lo llamó una voz masculina que provenía del exterior de la herrería.

Ian elevó la cabeza.

—Estoy aquí.

Los pasos resonaron contra el suelo del patio de tierra. Una figura delgada apareció en la puerta. Era Frangean MacFilib, a quien Ian había visitado hacía unos días. El muchacho llevaba las prendas desgarradas y manchas de sangre seca en el rostro.

Ian se enderezó, y el martillo quedó suspendido en el aire.

—¿Qué sucede?

El muchacho se apoyó las manos en las rodillas y respiró entre jadeos.

—Los *sassenach* atacaron la granja. —Bajó la cabeza—. Mataron a mi papá.

Ian apretó los puños. Había cometido un gran error al subestimar el paso al que podía avanzar el ejército.

—¿Manning no les advirtió?

—Esta mañana. Intentamos defendernos, pero eran muchos. Nos atravesaron como un cuchillo a la mantequilla.

A Ian le latió el pulso en la sien, y la oscuridad se le asentó en las entrañas.

—¿Cuántos eran?

—Creo que cien.

—Cien...

Debía tratarse de la misma guarnición con la que Kate y él se habían encontrado. Se habían movido muy rápido. Demasiado rápido. Cien hombres no eran demasiados para una guerra, pero para un terrateniente como Ian, que contaba con alrededor de setenta arrendatarios, era una fuerza avasalladora.

Y ahora acababan de comenzar a matar a su gente...

Una mezcla de culpa y terror se le asentó en el pecho. Ya había roto la promesa de no volver a matar. Y Dios lo castigaría por eso. Pero, sin importar lo que el futuro le aguardara, Ian no podría vivir consigo mismo si seguía permitiendo que su gente sufriera.

Quizás todo lo que había vivido en el pasado lo había estado preparando para ese momento. A lo mejor se había convertido en un asesino despiadado porque su gente necesitaría que los liderara. Tal vez debía hacerse responsable de su clan para que su gente no perdiera la libertad, aunque eso significara renunciar a la suya.

Ian bajó el martillo y se secó la frente con el antebrazo.

—¿Qué está pasando en tu granja ahora, muchacho?

—Me escabullí sin que nadie me viera. Los oí hablar de ocupar la granja y luego avanzar hacia el sur.

Ian anduvo hasta el muchacho.

—Lamento la pérdida de tu padre, Frangean.

—Y yo la suya, señor.

—Gracias. ¿Tienes una espada?

—No.

Ian asintió.

—Te daré una. Es hora de alzar la cruz. ¿Vendrás conmigo?

La nuez de Adán del muchacho se movió en su delgado cuello cuando tragó. Los ojos se le enrojecieron y se le llenaron de lágrimas, pero alzó el mentón.

—Sí, señor.

Ian le dio una palmadita en el hombro.

—Muy bien. No permitiré que otro maldito *sassenach* vuelva a ponerle un dedo encima a mi gente mientras me quede aliento. Ven. Vamos a mostrarles de quién son estas tierras.

Frangean siguió a Ian al interior de la casa, e Ian le dio la espada que le había quitado al soldado inglés.

—Iré con ustedes —dijo Kate a sus espaldas.

Cuando Ian se volvió, el corazón le brincó en el pecho, como siempre que la veía. Ese día se había trenzado en cabello, lo que le dejaba expuesto el bonito rostro y los ojos grandes y resaltaba los labios más tentadores que había visto en su vida.

—Van a algún lado, ¿verdad? —preguntó con la vista fija en la espada.

—Sí, muchacha. Los ingleses atacaron y ocuparon la granja de los MacFilib.

Ella asintió.

—Sé que no puedes quedarte parado viendo cómo tu gente pierde su vida y su hogar. Tú no eres así.

—Voy a alzar la cruz y recorreré todas las granjas y aldeas para llamar a mi gente a la batalla. Solo podremos derrotar a los ingleses si nos unimos.

—Yo también iré —anunció Kate.

—No.

—Sí, cocinaré, limpiaré y haré cosas de utilidad, pero no me quedaré aquí a esperar. No quiero estar sin ti.

Sus palabras le hicieron sentir calidez en el corazón.

—Iré —repitió con determinación.

¿Quién era él para contradecirla? Ian estaría lejos de casa durante varios días para visitar todas las aldeas y granjas. Además, ella estaría más segura con él que allí, sola, sin nadie que la protegiera.

Sin embargo, el motivo principal de su decisión era que él tampoco soportaba la idea de separarse de ella.

—Está bien—acordó—. Vendrás conmigo.

Con la ayuda de Frangean, Ian construyó la cruz de fuego. Tomó dos palos derechos y los unió para luego encenderlos y quemarlos.

Mientras veía cómo ardía la cruz, recordó la última vez que había visto una. Había sido cuando su abuelo, *sir* Colin, aún estaba vivo y era el jefe del clan. Se habían parado ante el castillo de Dunollie listos para luchar por Marjorie, la prima de Ian, a quien Alasdair MacDougall había secuestrado.

En el pasado, la cruz les había concedido la victoria y habían recuperado a Marjorie, luego de que fuera golpeada y violada. La cruz era el llamado a guerra, a derramar sangre, a ponerse de pie y proteger sus tierras y a sus familias.

Setenta granjeros y un guerrero contra cien caballeros y soldados entrenados. Las posibilidades de ganar eran casi nulas. Solo podrían lograrlo si Craig y sus hombres venían a ayudarlos. De lo contrario, Ian terminaría siendo responsable de la muerte de muchas personas inocentes.

CAPÍTULO 23

KATE REVOLVIÓ la sopa en el caldero que colgaba sobre la fogata del campamento. La noche le hizo sentir un escalofrío en el cuerpo. En la oscuridad se veían las fogatas que ardían en varios puntos de la granja. En el aire se oían los ruidos metálicos de las espadas y los gruñidos y maldiciones que soltaban los hombres mientras entrenaban.

Kate elevó la mirada y encontró a la figura más alta de todas. Allí estaba, el hombre al que amaba, luchando como un león con el cabello resplandeciendo en tonos dorados y rojizos a la luz de las fogatas. Él era el baile. El baile de la batalla, el baile de la guerra. El baile de la muerte.

Los movimientos de sus brazos, así como las líneas y ángulos de sus piernas al pararse, girar y blandir la espada, eran hermosos. Hipnotizantes.

Él era la personificación de las Tierras Altas. Un atractivo guerrero lleno de poder y valor. Y corazón.

¿Cómo no se iba a enamorar de él? Además, como si fuera poco, él le creía. ¿Quién podía creerse una historia descabellada acerca de viajes en el tiempo? Lo cierto era que, si los papeles hubieran estado invertidos, Kate no se lo hubiera creído.

Y, al igual que ella, él estaba dañado.

Le había dicho que nunca volvería a estar entero. Así era como se sentía ella.

Ahora el dolor era incluso peor, porque Ian estaba cumpliendo su deber de cuidar a su gente. ¿Y ella? Había actuado de modo egoísta, había abandonado su deber para quedarse con el hombre al que amaba en un sitio donde podían matarla.

Si eso sucedía, ¿qué sería de Mandy y Jax?

Nunca debería haber regresado a Dundail con Ian. Debería haber insistido en que debía marcharse.

Sin embargo, había sido un día muy ocupado. Luego de marcharse de Dundail, visitaron tres granjas. Ian había estado maravilloso sobre el lomo de su caballo negro, con la cruz carbonizada en una mano y el cabello que parecía una llama. Había llamado a su gente. Los había llamado a levantarse en armas unidos a él hasta la muerte para proteger a sus familias y lograr la victoria.

Había dicho una plegaria en gaélico, y todos habían respondido. El fuego ardía en los ojos de los miembros del clan, que tenían los pechos inflados, los mentones elevados y los hombros erguidos.

—¡*Cruachan*! —gritó Ian—. ¡Por nuestra tierra! ¡Por Escocia!

Kate aprendió que «*cruachan*» era el llamado a guerra del clan Cambel.

—¡*Cruachan*! —repitieron todos.

Y de ese modo habían reunido a las veinte personas que se hallaban allí. Ian los había estado entrenando con espadas y arcos desde que llegaron, tras conocer que ninguno tenía entrenamiento para una batalla. La mitad de ellos ni siquiera tenía una espada, de modo que les tuvieron que asignar un arco y flechas.

Pasado un tiempo, Kate vio que todos parecían cansados. De a uno, se fueron acercando a ella, que se apresuró a servirles sopa.

A Kate le gustaba sentirse útil y ver la gratitud en los ojos de los hombres.

Ian se acercó y se sentó al lado de ella frente a la fogata. Tomó el cuenco con sopa que le ofreció Kate y le besó la mano.

—Gracias —le dijo.

Tenía unas gotas de sudor que le brillaban en la frente y la túnica humedecida a la altura de las axilas y el pecho. A pesar de que tenía la respiración entrecortada, una chispa de satisfacción le destellaba en los ojos.

—De nada —repuso Kate—. Come.

—Mmm. —Ian cerró los ojos y movió la cabeza en señal de gratitud—. La sopa está deliciosa, muchacha. Mucho mejor que cualquier cosa que haya comido en un campamento.

Kate sonrió, y el pecho se le llenó de alegría ante el cumplido.

—¿Cómo van las cosas?

El rostro de Ian se ensombreció.

—No son guerreros, sino granjeros que se ganan la vida de forma honesta. Necesitarían meses de entrenamiento para que tengamos una oportunidad contra un ejército entrenado como el inglés. En el mejor de los casos, solo tenemos unos días para prepararnos.

La realidad de la guerra se materializó por primera vez ante los ojos de Kate. Se enfrentarían a la muerte y a los verdaderos horrores de la violencia. Era el tipo de escenario del que solo había oído hablar o que había visto en la televisión o en las películas en el siglo XXI. Kate sintió un escalofrío.

A pesar de eso, no podía ser cobarde. No le haría la vida más difícil de lo que era a Ian.

—Oye —comenzó—, estaba pensando que quizás sea mejor que me marche ahora considerando que necesitas todas tus fuerzas para tu gente. Ya tienes suficientes personas en las que pensar y no quiero sumarte problemas. Además, necesito regresar a ayudar a mi familia.

El rostro de Ian se puso tenso.

—¿Marcharte ahora? Dejando de lado el hecho de que no quiero que te vayas, es muy peligroso.

Kate clavó la mirada en el fuego.

—Pero no quiero...

Ian hizo a un lado el cuenco de sopa y le tomó las manos entre las de él para que lo mirara a los ojos. Los suyos tenían un tono café oscuro en la luz tenue, estaban enmarcados por unas pestañas largas y livianas, y registraban deseo y preocupación.

—Tú no me sumas problemas —le aseguró lenta pero firmemente—. Jamás.

A Kate le picaron los ojos.

—Pero no... no funciono en este siglo. No sé cómo funcionan las cosas. Ni siquiera sé cómo encender el horno del pan, por todos los cielos. Si tú no hubieras encendido la fogata, no hubiera podido cocinar... Y ahora me preocupa que siempre tengas que mirar hacia atrás para asegurarte de que no necesito protección en lugar de concentrar toda tu atención en proteger tu vida.

Ian se rio.

—Las mujeres que han nacido en mi siglo tampoco saben encender una fogata. Las damas nobles no saben cocinar. Y te puedo asegurar que no hubieran acompañado a un hombre a la guerra por temor a la falta de comodidades. Y si te preocupa la protección... —se puso de pie y le ofreció la mano—, te enseñaré a protegerte.

Kate tomó la mano de Ian y se incorporó. Ian se llevó una mano a la espalda y extrajo una daga larga y afilada.

—El cuerpo de un hombre tiene seis zonas vulnerables —le explicó—. Los ojos, la garganta, la nariz, el plexo solar, la entrepierna y las rodillas. Sin embargo, es probable que lleven armadura, de modo que no será fácil alcanzar todas esas zonas.

Dio vuelta la daga y se la ofreció a Kate desde la empuñadura.

—Esta será la mejor forma de protegerte. Toma el puñal.

—Ian, no. Es tu arma.

—Sí, muchacha, tómala. Yo tengo mi espada. Estaré más tranquilo sabiendo que tú tienes el puñal.

Kate tragó saliva y tomó el puñal. Tenía una empuñadura de cuerno y se sentía cálido contra su piel.

—Debes apuntar a las hendiduras de la armadura. Como te dije: ojos, garganta, nariz, entrepierna y rodillas. El plexo solar será imposible de alcanzar si llevan armadura. ¿De acuerdo?

El rostro de Kate perdió el color. ¿De verdad iba a apuñalar a un ser humano? Por otra parte, algunos de esos individuos no habían tenido ningún problema en golpearla o casi violarla.

—El truco que te voy a enseñar será de utilidad si tu enemigo no lleva puesta la armadura, ¿de acuerdo?

Con las manos temblorosas, Kate asintió.

—Si tu enemigo te sujeta de la muñeca, recuerda la regla de oro. Rota el brazo hacia el pulgar de tu enemigo. Luego jala del brazo hacia atrás y quedarás libre. Intentémoslo.

Ian tomó la muñeca de Kate, que entró en pánico y se olvidó en qué dirección debía mover la mano.

—Hacía allí. —Ian señaló hacia la izquierda de Kate.

—Ah. —Rotó el brazo sintiéndose incómoda e inútil.

—Bien. Ahora jala.

Kate hizo lo que él le indicó y liberó su mano.

—Muy bien —la felicitó Ian—. No te preocupes. No te convertirás en una guerrera de la noche a la mañana. Pero aprenderás algunos movimientos que te ayudarán.

—*Okey*.

Continuaron entrenando e Ian le mostró cómo podía golpear a un atacante con el codo si se encontraba a su lado o cómo golpearlo con la frente y luego en el plexo solar si se encontraba delante de ella.

—Debes flexionar las rodillas así, jalar de tu brazo en forma vertical para liberarlo, así, delante de tu cuerpo para proteger tus órganos vitales. Además, te podrás mover más. —Saltó hacia atrás y a un costado para demostrárselo—. ¿Recuerdas los puntos débiles? ¿La garganta, los ojos y la entrepierna?

Flexionó las rodillas y lanzó el puñal hacia adelante estando acuclillado. Acto seguido, le pidió que lo intentara. Todo en su interior protestaba contra la idea de lastimar a otra persona.

«Ellos no dudarán en ir tras de ti. O, peor todavía, tras Ian. Sé fuerte».

Kate repitió los movimientos con esmero y rogó que no necesitara usarlos. Ian le mostró qué hacer si alguien la pateaba, se lanzaba sobre ella o intentaba apuñalarla desde arriba.

Cuando terminaron, Kate estaba exhausta, no solo del ejercicio físico, sino también de las imágenes mentales de lo que significarían esas patadas, esos cortes y esas puñaladas.

En pocas palabras, acabar con la vida de alguien.

Sin embargo, a pesar de lo espantosa que le resultara esa noción, Kate respiraría más tranquila sabiendo que podía hacer algo para defenderse y que Ian no tendría que correr ningún riesgo ni preocuparse por ella. Y quizás hasta podría defender a Ian de ser necesario.

CAPÍTULO 24

IAN SINTIÓ *una salpicadura de agua helada en el rostro, acompañada del olor intenso del mar. Las gotas frías le perforaron la piel ardiente, y abrió los ojos para ver un cielo gris. Yacía envuelto en pieles y mantas. El suelo debajo de él se hundía y se alzaba sin cesar. A su alrededor, había hombres sentados sobre barriles que miraban la costa.*

Sentía el pecho desgarrado y le dolía.

Supo que lo iban a vender a la esclavitud.

Iba a matar a muchos hombres para sobrevivir. Muchísimos. Lo iban a convertir en un monstruo.

No.

Debía detenerlos antes de llegar a la costa.

Con un gran esfuerzo, estiró los brazos y un dolor cegador lo atravesó, pero el peso de las pieles y las mantas lo mantuvo en su sitio, como si estuviera dentro de un capullo. Se retorció y se contuvo de emitir gruñidos de agonía. Cuando la venda del pecho se le deslizó, una manta de lana se frotó contra la herida. Sintió como si un enjambre de avispas furiosas lo hubieran picado.

Sin embargo, el dolor era lo que le daba fuerza y lo liberaba.

Rugió y desgarró el capullo. Los hombres lo miraron sorprendidos.

No obstante, Ian decidió no preocuparse por ellos. Solo por el capitán.

Ian se puso de pie en el fondo del barco. El mar enfadado empujaba y jugaba con el navío. Se aferró al mástil principal y vio al capitán.

Se encontraba en la proa, observando y aguardando. Ian avanzó con las piernas débiles entre los sacos, los barriles y los baúles, así como también entre otros esclavos que yacían casi inmóviles.

Si al menos pudiera matar al capitán, solo a él, nunca iría a Bagdad y nunca se convertiría en un asesino a sangre fría. Y cuando conociera a Kate, podría limitarse a ser feliz con ella.

Si matara a una sola persona, toda su vida sería diferente.

El barco se inclinó hacia la derecha, luego hacia la izquierda, y las salpicaduras de agua de mar lo asustaron.

—Bastardo —escupió Ian al tiempo que intentaba mantenerse equilibrado sobre el suelo movedizo—. No me venderás como esclavo.

El capitán extrajo la daga, la misma que Ian le había dado a Kate.

—Te voy a matar, aunque esté desarmado.

Rugió y se lanzó hacia adelante. La daga le pasó por un lateral. Ian bloqueó la mano del capitán y lo pateó al suelo. La daga se cayó y se deslizó hacia el centro del barco. Ian inmovilizó al capitán y le cerró las manos sobre la garganta.

Para su sorpresa, el cuello del hombre era muy delgado, y su piel suave. Apretó los dedos alrededor de él. Los ojos del capitán comenzaron a sobresalir.

—Ian —logró decir casi sin aliento—. Ian...

La barba desapareció. El cabello gris quedó reemplazado por unas sedosas trenzas largas de color dorado. La piel curtida y rojiza se volvió suave y blanca.

—Ian —dijo Kate con la voz ronca—. Detente. Despierta.

Él parpadeó.

Ya no se encontraba en el mar. No estaba a bordo del barco. La tela de la pequeña tienda de campaña se erguía a ambos lados de él. La luz de la fogata proyectaba sombras sobre ella.

Sus manos no estaban envueltas alrededor del cuello del capitán. Estaba estrangulando a Kate.

~

CON UNA EXPRESIÓN HORRORIZADA, IAN SE CIÑÓ SOBRE ELLA. Retiró las manos y rodó para alejarse de ella.

—Katie. —Se arrodilló delante de ella—. Por todos los cielos, ¿te encuentras bien?

Con la garganta cerrada y el horror de sofocarse provocándole escalofríos en todo el cuerpo, Kate se arrastró hacia el otro extremo de la tienda de campaña, lo más lejos posible de él. El cuello y la garganta le dolían y se sentían magullados. Se frotó el cuello.

—Estoy bien —respondió con la voz ronca—. ¿Qué fue eso? ¿Estabas teniendo una pesadilla?

Ian se veía muy perdido y desolado. Aun así, nada de eso disminuía el hecho de que Kate se había enfrentado a la muerte cuando de pronto se colocó sobre ella con una mirada salvaje y le apretó la garganta con las manos.

—Creo... creo que sí. He tenido pesadillas desde que escapé.

Kate tomó una profunda bocanada de aire y disfrutó de la libertad de poder llenar los pulmones de aire. Él la observaba con tanto remordimiento que a Kate se le rompió el corazón.

—Si te hubiera pasado algo, si te hubiera... con mis propias manos... A ti, la mujer que amo... No podría vivir con eso en mi consciencia...

La mujer a la que amaba... De pronto, se evaporó toda la tensión que Kate sentía en el cuerpo, y suspiró.

—Lo sé, Ian. Sé que no fue adrede. Creo que es un TEPT.

—¿Un qué?

—Un trastorno de estrés postraumático. No lo puedes evitar. Es una especie de enfermedad mental, pero se puede tratar. No es tu culpa, Ian. Muchos soldados sufren de ello luego de una guerra. No es de sorprender que tú también lo estés experimentando.

Aunque aún tenía el cuello y la garganta algo adoloridos, ya se sentía mucho mejor. Kate avanzó hacia él, pero Ian se apartó.

—No, Katie, será mejor que te alejes.

Ella se rio.

—No me vas a lastimar ahora que estás despierto.

Se sentó sobre una manta con las piernas cruzadas y abrió los brazos.

—Ven aquí.

Ian dudó unos instantes.

—¿Estás segura, muchacha?

—Sí, estoy segura. Ven.

Ian exhaló y se acercó a ella. Se acostó sobre la manta y le apoyó la cabeza en el regazo. El peso de su cabeza se sentía agradable sobre las piernas de Kate, que comenzó a acariciarle el cabello y el rostro con la mano. Ian cerró los ojos.

—Cuéntame del sueño —le pidió.

—Estaba en el barco y tenía que matar al capitán para que no me llevara a Bagdad. Creí que, si nunca llegaba allí, nunca me convertiría en un esclavo. Tendría una oportunidad contigo, la oportunidad de pasar toda la vida contigo.

A Kate se le expandió el corazón en el pecho. Ian quería pasar toda la vida con ella. Y ella quería pasar la suya con él.

—Creí que, si mataba a una persona, solo a él, no tendría que matar a tantos inocentes. No tendría que convertirme en un monstruo.

Kate negó con la cabeza.

—No eres un monstruo.

—Casi te mato. Maté a ese muchacho desarmado en el intento de alejarte de esos malditos *sassenach*, y ni siquiera recuerdo haberlo hecho. ¿Cómo podría no ser un monstruo?

—Tan solo tienes una herida en el alma y estás sanando. Eres un buen hombre. El mejor hombre que he conocido.

Él le acarició el muslo.

—Eres muy amable por decir eso, muchacha. No te merezco.

Ella negó con la cabeza.

—No, eso no es cierto. Te mereces todo lo bueno que te pase en la vida y más también. Ya has sufrido suficiente.

Ese no era el caso para ella. O, al menos, eso era lo que creció creyendo.

Kate le acarició la barba.

—¿Te sentirías mejor si te contara mis pesadillas?

—No quiero que revivas algo que te asusta.

—No se parece en nada a lo tuyo. —Se rio—. En comparación con tus problemas, mis luchas son insignificantes.

Él elevó la mirada hacia ella.

—Quiero saber todo acerca de ti.

—*Okey*. Bueno, en mi siglo la gente ha creado vacunas. Es una especie de medicina que ayuda a prevenir ciertas enfermedades peligrosas. Los padres deben llevar a sus hijos a un médico para que los vacunen. Algunos escogen no hacerlo, y eso ha generado grandes debates... Como sea, mi mamá no se oponía a las vacunas. El caso es que ella... no tenía tiempo para llevarnos a mi hermana y a mí.

—Sí, dijiste que trabajaba mucho.

—Sí. Un día, cuando tenía siete u ocho años, me enfermé con tos convulsa. Es una enfermedad que se puede prevenir con una vacuna. Y mi hermana de dos años también se enfermó. Aún recuerdo yacer en la cama a la noche con fiebre muy alta y tosiendo sin parar. Esperaba a mi mamá. Y me di cuenta que ella no me quería. No le importaba. No me amaba.

Y Kate supo que nadie la amaría. Que no era digna de amor ni de cuidados. Aunque Ian dijera que la amara, él llegaría a la misma conclusión. Por eso era bueno que su relación pronto llegara a su fin, sin importar lo maravillosa que fuera en ese momento.

—Ella no debió ser tu madre. Que no le importaran sus hijas... No hay nadie más cariñosa y afectuosa que tú, Katie.

Ella se sonrojó.

—No estoy de acuerdo. A menudo creo que hay algo en mí que incomoda a la gente. Al final, se dio cuenta de que tenía que llevarnos al hospital. Pasamos unos días allí, pero luego nos llevó a casa porque no podía pagar los gastos médicos. Los doctores habían dicho que la enfermedad estaba tan avanzada que no había nada que pudieran hacer para sanarnos que ella no pudiera hacer en casa: vapor, sopa y un humidificador de aire. Mi mamá perdió un trabajo porque tuvo que quedarse en el hospital y en casa a cuidarnos y luego tuvo que buscar dos trabajos más para pagar todos los gastos que tuvo por nuestra culpa. Ahora sé que estaba haciendo lo mejor que podía. Yo cuidé de mi hermana durante toda mi vida. Sé lo que es tener a alguien que depende de ti para todo. En especial, cuando eres madre soltera y nadie te ayuda. De todos modos... a veces sueño con ese hospital, sueño que estoy allí sola. Mi mamá no está, y los doctores y las enfermeras me ignoran. Toso y toso sin cesar, y nadie me oye, nadie me quiere ver.

Ian se incorporó y la atrajo hacia sus brazos.

—Muchacha...

Los brazos de Ian eran pesados y cálidos y la envolvían como un escudo protector.

Kate se apoyó sobre su pecho.

—¿Ves? Yo también tengo pesadillas, al igual que todo el mundo.

—Sí, pero no todos intentan matar a otro ser humano.

Ella alzó la mirada hacia él y le tomó el rostro entre sus manos.

—Se van a pasar, Ian. Si te puedes perdonar y te permites vivir. Al menos por ahora. Por esta noche.

—Sí. —La besó—. Por esta noche. Y cada noche que tenga contigo.

Su rostro se tornó sombrío, y esa oscuridad con un tinte de desesperación que ella le había visto en sus momentos más violentos lo cubrió.

—Pero si intento lastimarte otra vez, quiero que uses el puñal y hagas lo que te enseñé, ¿de acuerdo?

Kate se estremeció de solo pensarlo. Nunca haría algo semejante.

—Prométemelo —le pidió—. Eso me dará paz mental.

Kate tragó saliva. Él la miraba con intensidad y aguardaba. Si con eso le daba paz mental, entonces se lo prometería, aunque nunca pudiera llevar a cabo su promesa.

—*Okey*, Ian —dijo—, lo haré.

Él la volvió a besar, con profundidad y hambre y le hizo sentir deseo en la sangre. Oh, sí, para eso eran buenos: para olvidar el dolor que llevaban en el alma a través de sus cuerpos.

Por esa noche, olvidarían y serían felices.

Aunque Kate no supiera qué les traería el futuro.

CAPÍTULO 25

EL GRAN SALÓN DE DUNDAIL ESTABA ABARROTADO DE GENTE. Estaba oscuro otra vez, el color índigo de la noche en el exterior luchaba contra la luz cálida de las velas en el interior.

Sin embargo, no era una atmósfera relajada. Los hombres tenían los ceños fruncidos, hablaban en voz baja y sostenían copas de cerveza y vino. La comida que había sobre las mesas era modesta pero deliciosa. Kate y Manning habían preparado un exquisito estofado de verduras y aves de caza que Ian les había llevado ese día más temprano.

No era un banquete de victoria. Era un encuentro de guerra. Al día siguiente lucharían.

Tras pasar tres días de campaña con la cruz de fuego, cada uno de los arrendatarios de Ian había respondido al llamado. Alan Ciar se encontraba entre los que más apoyaban la causa y llevó a veinticinco personas más. El hombre tenía experiencia de guerra y se hallaba sentado al lado de Ian en la mesa del señor. Los ojos de Alan brillaban con intensidad.

—Lograremos que los malnacidos se marchen —aseguró—. Tenemos un buen plan, señor.

Ian asintió recorriendo el gran salón con la mirada. Había más personas de las que había esperado reunir. Ochenta hombres, incluyendo jóvenes y ancianos que aún podían sostener una espada. Ian se dio cuenta de que eso podría ser lo que les había hecho falta: unirse por una causa común, hacer algo para proteger a sus familias y sus posesiones.

Ian se incorporó de su silla y, por el rabillo del ojo, notó que un hombre más había llegado al gran salón: Demente Mary. A pesar de que se había estado mostrando distante y observaba todo con ojos escépticos, ahora se hallaba de pie contra la pared de la entrada al gran salón. Cruzado de brazos, miraba a Ian con el ceño fruncido.

Pero estaba allí.

—Mi padre hubiera estado orgulloso de todos ustedes —comenzó Ian, y todos los pares de ojos se volvieron hacia él—. Se hubiera sentado donde me encuentro yo, en su lugar por derecho. Hubiera bebido y comido con ustedes. Y hubiera considerado un gran honor luchar en una batalla con todos ustedes.

Los hombres asintieron, enderezaron las espaldas e irguieron los mentones.

—Y sé que en espíritu se encuentra con nosotros. ¿Cuál es una mejor forma de morir que protegiendo a aquellos a quienes amamos...? —Un movimiento le llamó la atención, y vio a Kate al lado de Manning. Llevaba el pañuelo que se ponía cuando cocinaba. Le enmarcaba el bonito rostro y le daba un aspecto de lo más dulce. A Ian se le cerró la garganta.

Cuando la miró a los ojos, la felicidad le floreció en el pecho de solo verla.

—¿... que protegiendo a quienes amamos del enemigo que nos lo quiere quitar todo? —concluyó.

Volvió a mirar alrededor del gran salón.

—Oí que nuestro rey por derecho, Roberto I, se encontraba en una posición similar a la nuestra: tenía poca gente, no contaba con recursos ni esperanza contra un enemigo poderoso, el rey *sassenach*. Pero mírenlo ahora. Está ganando. Y nosotros también venceremos.

Tomó su *claymore*, la colocó sobre la mesa y, apoyando las manos sobre la superficie de madera, se inclinó hacia adelante.

—Él utiliza tácticas astutas: movimientos rápidos, encubrimientos apropiados, acechos ingeniosos y ejecuciones silenciosas. Y nosotros también. Él usa el terreno de las Tierras Altas para su ventaja, conoce las tierras como ningún inglés lo hará jamás.

Miró todos los ojos que pudo.

—Y nosotros también.

Con el corazón acelerado, enderezó la espalda.

—Los ingleses siguen acuartelados en la granja MacFilib, y Frangean, que es nuestro espía allí, me dijo que aguardan la llegada de refuerzos en unos días. No saben que nos hemos unido en un ejército. Debemos actuar ahora, antes de que lleguen más hombres. Es nuestra única oportunidad.

Los hombres alzaron los puños en el aire y gruñeron.

—Pero, señor —comenzó un hombre mayor cuando los gritos concluyeron—, muchos de nosotros no tenemos espadas o arcos. No podemos luchar contra el acero con horquetas.

Estaba en lo cierto. Eso era lo único para lo que Ian aún no había encontrado una solución.

—No tenemos solo horquetas —interrumpió Demente Mary.

Todos se volvieron a observarlo. Ian frunció el ceño. Manning miró a Ian a los ojos y, con lentitud, se apartó de la pared y se acercó a los hombres.

—Tu padre tenía armas. Estaba guardando muchas espadas por si alguna vez se presentaba una ocasión como esta. Ian no lo sabe, pero yo sí.

El gran salón se llenó con murmullos de muchas voces al tiempo que la gente intercambiaba miradas anonadadas. Su padre era un zorro astuto. A pesar de que había dejado que su hogar y sus tierras cayeran en la ruina, no había dudado a la hora de prepararse para los problemas.

—¿Cuántas? ¿Dónde están? —preguntó Ian.

—Están escondidas. Te las mostraré, pero te recomiendo que nadie más nos siga.

Ian siguió a Manning a la cocina, quien empujó un gran barril para hacerla a un lado. En el piso, había un pomo redondo de hierro. Manning lo jaló hacia arriba, y se abrió lo que parecía una pequeña despensa. Sin embargo, no estaba llena de nabos y coles.

Había un sinfín de *claymores*.

—Es suficiente para todo un ejército —murmuró Ian.

Manning asintió, se inclinó y tomó una espada.

—Sí, y ya es hora de que tu ejército sume un soldado más.

CAPÍTULO 26

MÁS TARDE ESA NOCHE, luego de que la cena había terminado y mientras los hombres dormían en el gran salón, Ian y Kate se encontraron en su recámara. Tras hacer el amor, se recostaron en la cama, e Ian sintió el cuerpo cálido, suave y flexible de Kate en sus brazos. Si al día siguiente ganaban, ella tendría el camino despejado para regresar a casa. Si Ian moría, esperaba que fuera luego de eliminar a la mayoría de sus enemigos.

Fuera cual fuese el caso, esa podría ser la última noche que pasaran juntos.

Y nunca sería suficiente.

—Quiero saber todo de ti, muchacha —dijo—. ¿Cómo es tu mundo en el futuro?

Kate se rio.

—Bueno, al menos donde yo vivo, mi mundo es más seguro que el tuyo en términos generales. Es más cómodo. Tenemos electricidad, que nos ayuda a ahorrar muchísimo trabajo, y también nos da iluminación, calor y nos ayuda a cocinar sin fuego. En el futuro, mucho de lo que ahora se hace a mano se hace con máquinas.

—¿Máquinas? —preguntó Ian—. Es como oír un cuento de hadas. Suena mágico.

—Lo sé, y sí que suena mágico. Ya me he olvidado cómo se siente tener un lavarropas que haga el trabajo por mí. La medicina ha avanzado mucho. Se han curado muchas enfermedades. La mayoría de los países desarrollados no tienen ni plagas, ni brotes de cólera o viruela, aunque tenemos enfermedades nuevas. La cirugía también ha avanzado mucho. Ahora se pueden hacer operaciones en los ojos para mejorar la visión.

Ian negó con la cabeza.

—Parece un sitio mucho mejor para vivir que aquí.

El mundo que describía Kate parecía un lugar mágico. Estaba contento de que en setecientos años la vida fuera tan distinta. Que lucharan contra las enfermedades y la muerte y que el trabajo duro fuera mucho más fácil.

—Lamentablemente, sigue existiendo la esclavitud —agregó Kate con detenimiento—. Pero es ilegal.

Algo se tensó en el estómago de Ian.

—Qué bien. Me alegro. Un mundo sin esclavitud es un mundo mejor.

—De cualquier manera, las cosas no son perfectas. Aún hay guerras. Por los mismos motivos: poder, dinero, territorios y recursos. Para ser honesta, en muchos aspectos, tu vida aquí es más sencilla y más fácil. A nivel físico, es demandante, pero cocinar desde cero te llena de satisfacción, al igual que trabajar en la tierra, cuidar de los arrendatarios...

—Luchar contra los ingleses —añadió Ian—. Luchar por la libertad. No es simple ni fácil.

—No —acordó—, pero vale la pena luchar por eso.

Ian no creía que pudiera amarla más en ese momento. Valía la pena luchar por algunas cosas. Por su gente. Por ella.

—Las mujeres y los hombres tienen igualdad de derechos donde vivo. Sin embargo, eso no sucede en todo el mundo. En Occidente, las mujeres ganan dinero, van a trabajar y pueden escoger vivir sus vidas sin tener niños.

Ian frunció el ceño.

—El lugar de una mujer está con su esposo —afirmó—.

Aprecio que una mujer tenga libertad, pero es su marido o su padre quien debe...

—En el futuro, no. Ese es un punto de vista muy conservador. Las mujeres son sus propias jefas.

—No sé si estoy de acuerdo con eso. Si tú fueras mía... —De pronto, se tragó sus palabras. Hablar de un futuro con Kate, uno que jamás podría tener, era difícil. Era doloroso.

Ella lo miró con esos ojos grandes, bonitos, amables y llenos de esperanza.

—Si yo fuera tuya, ¿qué? —le preguntó.

—Si tú fueras mía, querría protegerte. Querría darte órdenes todo el día para que no trabajes tanto. Y me sería difícil compartirte con alguien. Te querría solo para mí.

Ella se sonrojó.

—Hay muchas cosas erróneas en esa afirmación para una mujer moderna. No me puedes dar órdenes, ni me puedes tener solo para ti. —Escondió el rostro en el pecho de Ian—. Pero a la vez, eso suena increíblemente *sexy*...

Él la besó, le devoró la boca con un hambre que llegaba a un nuevo nivel. Ella apoyó todo el cuerpo contra el de él y le redujo las venas a un fuego arrebatador en cuestión de segundos. Ian se endureció de inmediato, su miembro estaba cálido, firme y demandante.

Esa podría ser la última vez que la tuviera. «La última vez...».

El dolor le atravesó el estómago y le abrió un hueco oscuro y sin fondo.

«Aún no. Aún no se ha marchado».

Le pasó la pierna por la cadera y acercó su sexo humedecido a su erección. Con la piel ardiendo y sonrojada, Ian la apretó contra su cuerpo.

—¿Qué me haces, muchacha? —le susurró excitado.

—¿Qué me haces «tú»? —repuso Kate.

Ian le cubrió el cuello de besos, y la piel de Kate se sentía como la seda más fina contra sus labios. Fue bajando, se detuvo en sus pechos exuberantes y se los tomó con las dos manos. Se introdujo un pezón en la boca y lo succionó con delicadeza. Kate lo recompensó con un gemido al tiempo que arqueaba la espalda, e Ian se movió al otro pecho para repetir los movimientos. El pezón se endureció de inmediato en su boca. Se tomó su tiempo para jugar con los pechos porque sabía que eso le daba mucho placer a Kate.

—Estos senos deberían ser adorados y amados a diario —sostuvo—. Deberían ser acariciados, lamidos y succionados.

—Oh... estoy de acuerdo contigo.

Ian siguió bajando hasta llegar a su lugar favorito, aunque le encantaba cada centímetro de su cuerpo. El aroma de ella, tan femenino y lascivo, lo volvía loco de deseo. Le separó los delicados pliegues del sexo y colocó la boca contra su centro. Kate se estremeció. Cuando le apoyó las manos en la cabeza y le enterró los dedos en el cabello, Ian sintió que lo recorrían varias olas de placer.

La besó allí, en su punto más sensible. Ella estaba cálida, sedosa y suave contra su boca. Era el postre más dulce que alguna vez probaría. Le lamió los pliegues y sintió el temblor de sus piernas contra su cuerpo. Continuó provocándola, en el punto exacto que tanto le gustaba, y ella lo recompensó con un gruñido gutural de satisfacción.

Ella era su hada, su diosa del verano, Bride. Y él estaba congelado y desgarrado y necesitaba calor.

Le introdujo un dedo, y su entrada estrecha lo acogió con delicadeza, haciéndole sentir deseo en las venas. Ella inspiró hondo cuando él le introdujo otro dedo y alcanzó un punto sensible en su interior que comenzó a masajear. Kate se retorció y se movió para frotarse contra él al ritmo de sus movimientos. Ian la lamió, la humedeció y le tocó el capullo hinchado de su sexo.

Kate se tensó más y más al tiempo que se le aceleraba la respiración. Sus gemidos fueron en aumento, al igual que su necesidad.

Estaba cerca del orgasmo. E Ian quería darle más placer. Quería mostrarle todas las estrellas que había en el cielo.

Ella había dicho que un hombre dominante le parecía atractivo...

Ian se retiró y, con un movimiento rápido, le dio la vuelta para que yaciera sobre el estómago, le levantó ese delicioso trasero y la mordió juguetón.

—Este trasero es mejor que tu comida —murmuró antes de apretarle las nalgas y masajear la carne abundante.

Kate tomó una bocanada de aire. Ian la volvió a morder y no pudo contener un gruñido de placer cuando ella acercó su piel sedosa a él.

A medida que continuaba mordisqueándola con suavidad en diferentes sitios, se fue endureciendo cada vez más. No creía haber estado tan excitado nunca antes. Sentía que los testículos le iban a explotar si no la tenía urgente.

Sin embargo, esa noche no buscaba su propio placer, sino el de ella.

Su diosa dorada, hermosa y bondadosa del futuro. Tan desgarrada como él.

Deslizó los dedos entre sus muslos y volvió a acariciarle el sexo. Ella se retorció, y él le separó los pliegues y la volvió a mordisquear.

—¿Te gusta eso, muchacha?

—Oh, cielos, sí —respondió con la respiración entrecortada.

—Esto te gustará mucho más —le prometió.

Se incorporó sobre las rodillas y colocó la erección palpitante contra la entrada de su sexo humedecido y cálido. Ella jadeó y movió el trasero en círculos para frotarse contra él, lo que a Ian le causó una profunda dicha.

Emitió un sonido similar al rugido de un oso y se introdujo en ella.

Oh, cielos. Ella era estrecha y suave y lo acogió como si hubiera estado hecha para él. Con una mano, le cogió el cabello con cuidado de no lastimarla. Con la otra, se aferró a sus caderas. Kate era hermosa y toda suya, al igual que él era todo suyo.

Cómo deseaba que esa no fuera la última vez. No obstante, haría que la ocasión fuera memorable para toda la vida. Un recuerdo al que pudiera aferrarse en las noches que pasaría sin ella.

Cuando se retiró y volvió a embestirla, una explosión de rayos solares se expandió por todo su ser. Repitió los movimientos una y otra vez. Se inclinó y comenzó a frotarle el capullo hinchado. Kate gimió y soltó unos ruiditos que lo hicieron embestirla a un ritmo salvaje.

Ian aceleró el ritmo al tiempo que la necesidad de tenerla, de ser su dueño y pertenecerle a la vez lo arrasaba como un fuego incontrolable. Cuando lo apretó, supo que estaba al borde del abismo, a punto de alcanzar el orgasmo.

Como la excitación de Kate siempre desencadenaba la suya, Ian se tensó. Tras una violenta ola de éxtasis que lo hundió como una marejada ciclónica, se derramó en su interior. Se aferró a sus caderas para mantenerse en equilibrio y la siguió embistiendo para entregárselo todo.

Hasta la última gota.

El cuerpo de Kate se estremeció, mecido por unas deliciosas olas de placer, y gritó su nombre sin cesar.

Luego se quedaron quietos, respirando entre jadeos.

Kate se inclinó hacia adelante y luego se volvió para yacer boca arriba en la cama y lo atrajo hacia ella. Lo envolvió con los brazos y las piernas y acercó la boca a sus labios para darle el beso más dulce. Permanecieron así, respirando juntos, como si fueran un todo unificado. Aunque solo fuera durante unos instantes.

Transcurridos varios minutos, Kate lo miró.

—No me quiero marchar —le dijo—. Y tampoco quiero que luches en una guerra. Quiero que esto dure para siempre.

Ian le acarició la cabeza con la mano.

—Yo deseo lo mismo, muchacha. Yo deseo lo mismo.

Y mientras la apretaba más contra él, deseando que los límites de sus cuerpos pudieran disolverse, supo que toda su vida había valido la pena por ese día. Simplemente por esa noche.

Sin embargo, a medida que pasó el tiempo y los primeros rayos de sol comenzaron a iluminar la habitación, supo que el cuento de hadas había llegado a su fin y que cuando Kate se marchara, volvería a su viejo destino.

El que le aguardaba a un hombre desgarrado.

CAPÍTULO 27

En la oscuridad de la noche, la granja MacFilib estaba serena. Había tiendas de campaña alrededor de la casa y en los campos de avena que se extendían como unas gigantes mantas plateadas sobre el suelo. Dos fogatas ardían, e Ian supuso que allí se encontrarían los centinelas. El resto debía estar durmiendo.

Los bastardos arrogantes debían estar seguros de que no encontrarían oposición alguna.

Craig y Owen aún no habían aparecido. Era posible que Craig no hubiera recibido el mensaje o no pudiera acudir si estaba lidiando con sus propios problemas. De cualquier modo, Ian no podía aguardar más, pues de lo contrario también tendría que lidiar con los refuerzos ingleses.

—¿Frangean está listo? —preguntó Alan inclinándose al lado de Ian detrás de un peñasco.

—En cuanto le dé la señal —respondió Ian.

—De acuerdo.

Las tropas se hallaban escondidas en el bosque que rodeaba la granja, con las espadas y los arcos listos para atacar.

Ian echó una mirada hacia el bosque. En algún sitio, Kate se hallaba escondida. Se había negado a quedarse en Dundail y le había asegurado de que, de algún modo, podría ayudarlos.

Cuidaría a los heridos, o al menos les daría agua y les pondría vendas, o conduciría la carreta que habían dispuesto para trasladarlos; Ian le había enseñado cómo hacerlo.

A Ian le palpitaba el corazón en el pecho. Esa no sería una batalla honesta ni justa. Mientras los ingleses eran una fuerza poderosa, entrenada y armada, la mayoría de los *highlanders* carecían de experiencia y armadura. Por eso, atacar en la oscuridad y recurrir a la astucia era la única forma de equilibrar las posibilidades de lograr una victoria.

Ahora, había una pregunta flotando: ¿Ian volvería a matar? ¿A cortar las gargantas de los hombres distraídos a sangre fría?

Sí, sin lugar a dudas. Porque ellos habían venido por sus tierras y por las tierras de su gente. Habían venido a matar.

Porque estaban a punto de quitarle la libertad no solo a Ian, sino también a muchos otros *highlanders*. Y él no permitiría que eso ocurriera.

Si iba a ser un monstruo, la libertad era una de las causas por las cuales estaba dispuesto a adentrarse en lo más profundo de la oscuridad.

Con el estómago duro como una piedra y la sangre pulsándole en la sien, murmuró una plegaria de victoria:

DIOS QUE TODO LO VE,
  Darme fuerzas y valentía;
  Ciega, ensordece y entumece por siempre
  A mis contrincantes y enemigos...

LA VOZ DE ALAN SE UNIÓ A LA DE ÉL, Y LUEGO MÁS Y MÁS hombres se fueron uniendo hasta que todos susurraron al unísono:

QUE LA LENGUA DE SAN COLUMBA EN MI CABEZA,

La elocuencia de san Columba en mi habla,
Y el autocontrol del victorioso Hijo de la gracia
Sean míos antes que del enemigo.[1]

CONCLUYERON COMO UNA SOLA VOZ. UN CLAN. UNA plegaria. Todos unidos como una espada. El silencio reinó en el bosque. Solo se oía el viento que movía las hojas y las ramas y parecía transportar las últimas palabras de unos hombres a otros. Era como si la misma tierra estuviera de su lado. Los árboles, las piedras y el cielo observaban la granja preparados y a la espera. Al igual que Ian.

Se llevó las manos a la boca y ululó como un búho:

—¡Uuuh! ¡Uuuh! ¡Uuuh!

Ululó seis veces y volvió a repetir el llamado.

Los *highlanders* alrededor de él se incorporaron de sus posiciones agachadas. Ian entrecerró los ojos intentando ver en la oscuridad si había algún movimiento o acto repentino que pudiera indicar que habían descubierto a Frangean.

Sin embargo, todo permaneció en silencio.

Y, de pronto, una nube espesa de humo gris se elevó de la edificación hacia el cielo negro. Acto seguido, unas llamas de color dorado y anaranjado brillaron detrás del techo de paja. Unas chispas volaron como luciérnagas con alas fugaces hacia la oscuridad y se desvanecieron.

Muchos ingleses comenzaron a correr alrededor del campamento. Unos gritos de preocupación se oyeron en el aire. Varios corrieron hacia el pozo y se empezaron a pasar la cubeta de agua hacia la casa.

Alan se volvió hacia Ian.

—¿Ahora?

—Aún no —respondió Ian—. Aguarda.

La tensión se desató sobre los *highlanders* como una suerte de tormenta eléctrica. Se inclinaron hacia adelante con las posturas rígidas como lobos a punto de atacar, los rostros tensos y los ojos destellando fuego.

Ian apenas podía mantener su cuerpo en su sitio, tenía las piernas tirantes como la cuerda de un arco.

De pronto, llegó el momento. No había ni un solo hombre en la granja que no estuviera intentando apagar el incendio.

Ian alzó el brazo alto para que todos lo vieran y luego lo bajó.

—¡*Cruachan*! —exclamó, pero no fue ni un grito, ni un susurro.

El llamado tuvo la fuerza y el poder necesarios para que sus hombres lo repitieran, pero lo hicieron en voz baja para que el enemigo no los oyera.

Como lobos, se movieron con agilidad en la noche. Las *claymore* brillaban a la luz del fuego.

Ian desgarró al primer hombre que dormía y emitió el único sonido de una garganta que gorgoteaba sangre. Ignoró la punzada de culpa en el pecho. Atravesó al segundo, que yacía al lado del primero. Los hombres a su alrededor hacían lo mismo y, pronto, el aire se llenó de sonidos de muertes rápidas.

Un tercer hombre alzó la cabeza y abrió los ojos, pero Ian le cortó la cabeza. El dolor y la epifanía de muerte que reflejaron los ojos del soldado marcaron a Ian.

Más y más enemigos se fueron despertando. Las espadas brillaban en tonos anaranjados a la luz de las fogatas. El aire se llenó de los gritos que soltaban los hombres antes de que el acero les cortara las gargantas y se les hundiera en la carne. El sonido metálico que producían las espadas al chocar y el rugido de las llamas consumían la granja al tiempo que las figuras oscuras luchaban en medio de una tormenta roja y anaranjada.

Cuando Ian tomó una bocanada de aire, los pulmones se le llenaron de aire acre y lleno de humo. El caos reinaba en todo su alrededor. Había muchos más ingleses que *highlanders*, e Ian solo podía esperar que el coraje y el espíritu de su gente los ayudara a ganar considerando todo lo que tenían en su contra.

Un hombre emergió de la oscuridad y el humo y se lanzó

hacia él: un caballero cuya única armadura era una cota de malla. Las llamas resplandecían contra el metal brillante a medida que el inglés alzaba la espada. La *claymore* de Ian chocó contra la del enemigo con un estrépito, y el impacto le recorrió los músculos como las olas en el agua. El hombre retiró el arma para volver a embestirlo, pero Ian giró para apartarse y descargó su espada contra la cota de malla. El inglés gruñó, e Ian aprovechó el momento para embestirlo en el rostro. En el último instante, el hombre bloqueó la *claymore* y lo golpeó en la mejilla con el codo.

Ian sintió el impacto metálico en los huesos, y unos puntos blancos le nublaron la vista. Mientras la cabeza le daba vueltas, el soldado le dio otro golpe que le hizo perder el equilibrio.

No, así no.

Ian recurrió a toda la fuerza y la furia que le quedaban. Rugió más alto que los gritos que lo rodeaban. Más alto que el aullido de las llamas. Se abalanzó contra el soldado moviendo la *claymore*; tenía los músculos tan livianos que casi cantaban su objetivo. Con un último golpe, logró desgarrar la cota de malla y enterrarle la espada en el pecho. El caballero cayó, pero Ian no se detuvo a observar el momento en que la muerte se reflejaba en sus ojos.

No necesitaba hacerlo.

A continuación, miró alrededor y vio muchos más *highlanders* heridos que ingleses. Una mezcla de temor y furia lo salpicó como veneno.

No, no podía permitir que el temor lo poseyera, ni sentir culpa o compasión por el enemigo. Ellos no sentían nada de eso, ni por él, ni por su gente. Ni tampoco por Kate.

Volvió a gritar:

—*¡Cruachan!* —Así invocó el coraje y la fuerza que les quedaban tanto a él, como a sus guerreros.

Su espada resplandeció en tonos rojizos mientras corría hacia la refriega.

—¡Aquí! —gritó—. Aquí estoy, malditos ingleses. Bastardos. ¡Aquí! ¡Vengan por mí!

Cuando tres cabezas se giraron hacia él y tres hombres

echaron a correr en su dirección, Ian se retiró a otro sitio: allí donde su cabeza se vaciaba. Donde su cuerpo y sus instintos reinaban, donde su *claymore* cantaba una canción desafinada y mortal. Era un sitio donde no existían ni los pensamientos ni las dudas.

Ian liberó al asesino que llevaba dentro.

Uno a uno, los cuerpos comenzaron a caer. Su espada salpicaba sangre. Ian estaba cubierto de sudor, y le dolían los músculos, pero su espada quería más.

No supo cuánto tiempo luchó antes de que un rostro familiar con la vista perdida en el cielo lo hiciera detenerse. Alan. Muerto. Con una herida abierta en el estómago.

Ian se volvió y vio más *highlanders* heridos o muertos. Alpin Mac a'Bhàird, Caden Rosach, Donal Umphraidh... y muchos, muchísimos más. Tomó conciencia del olor a carne y madera quemada que flotaba en el aire, tan denso que lo podía saborear en la lengua. Sintió náuseas en la garganta.

Estaban perdiendo.

Ya habían perdido. Solo veía a la mitad de sus hombres de pie, y muchos más ingleses.

Se le hundió el estómago. ¿Qué había hecho? Había sentenciado a su gente a una masacre. Cuando vio a dos hombres luchando contra Frangean, corrió a ayudarlo.

Ian no vio al hombre que venía tras él, un soldado grande con una gran sonrisa lobuna. Un monstruo gigante de cabello negro. Su espada brilló al caer sobre la garganta de Ian, quien no tendría tiempo de bloquearlo.

«Adiós, Kate».

Cerró los ojos.

Ian oyó un gruñido bajo y doloroso... pero no sintió nada. Cuando volvió a abrir los ojos, vio que una lanza había atravesado la garganta del hombre, quien se aferraba a la extremidad que sobresalía con una mano.

—¡*Cruachan*! ¡*Cruachan*! —se oyeron los gritos de decenas de voces sobre los cascos de caballos.

De la oscuridad del bosque, emergieron jinetes feroces, con las espadas en alto para luchar contra los ingleses anonadados.

«¿Quiénes son?».

El rostro de Craig en la primera línea de jinetes respondió la pregunta. Owen cabalgaba a su lado, atravesando a un inglés tras otro.

«Han venido».

Con la fuerza renovada, Ian gritó:

—¡*Cruachan*! ¡Nuestros hermanos han venido!

Sin embargo, no sabía si eso bastaría o si estaría sentenciando a más gente a morir.

Lo único que sabía con certeza era que no estaba listo para despedirse de Kate. Lo único que podía hacer era seguir luchando.

KATE CAMINÓ DE UN LADO AL OTRO EN EL BOSQUE. CUANDO vio a Ian y sus hombres lanzarse a la batalla, acercó la carreta a la acción por si alguien necesitaba ayuda pronto.

Con la mano sobre la daga de Ian, anduvo entre dos árboles, de un punto a otro, sin apartar la mirada del destello rojo y anaranjado en el pequeño valle que se abría bajo el bosque.

Las sombras y las figuras parpadeaban. Los hombres luchaban con espadas y puños, y empujaban a sus enemigos al fuego. El olor a cabello y carne quemada parecía una barbacoa que daba náuseas. Se oían gritos de dolor, furia y sorpresa.

No supo cuánto tiempo esperó. El tiempo perdió todo significado mientras las imágenes de un Ian herido y dolido le invadían la mente. La dejaron respirando entre jadeos como una persona que padece de asma.

—Oh, Ian —susurró una y otra vez—, por favor ten cuidado.

Luego se sorprendió a sí misma y rezó:

—Dios, por favor, mantenlo a salvo.

Una figura alta y musculosa que provenía de la granja se

dirigió hacia ella sosteniendo una espada en la mano. Aunque no podía ver el rostro del hombre, la postura de sus hombros anchos, como si estuvieran listos para enfrentarse al mundo, solo podía pertenecerle a Ian. La invadió una profunda ola de alivio, y los pulmones se le llenaron de frescura y vida.

—¡Oh, gracias al cielo! —exclamó y se lanzó a sus brazos.

Él la envolvió en un abrazo de oso. Olía a humo, hierro y sudor.

Y estaba vivo.

Kate se echó hacia atrás para observar su rostro sucio con manchas de sangre. Detrás de él aparecieron dos hombres más, y Kate se tensó.

—Hemos vencido, muchacha. —Sonrió—. Mis primos han venido en nuestra ayuda. Owen estaba en Falnaird con Craig y Amy. Hemos vencido.

—Oh, gracias al cielo —volvió a susurrar acariciándole el abrigo que hacía de armadura y estaba cubierto de lodo y sangre.

Ian la besó rápida y duramente. Aún debía sentir la adrenalina de la batalla en las venas. La cabeza de Kate dio vueltas, y el cuerpo se le debilitó. Cuando uno de los hombres se aclaró la garganta, Ian se detuvo y la soltó en contra de su voluntad. Se volvió y, soltando una risa amigable, negó con la cabeza.

Kate observó a los hombres. El parecido entre los tres era innegable, aunque los otros dos se parecían más entre ellos. Los tres eran altos, gigantes comparados con ella. Ian era el más musculoso. Uno de sus primos era un poco más grande y de cabello oscuro, que le llegaba hasta el mentón, mientras que el segundo tenía el cabello de color oro pálido. Los dos tenían ojos rasgados, aunque era difícil ver el color en la oscuridad. Los tres tenían los mismos pómulos altos, mentones cuadrados y narices rectas, rasgos que cualquier estatua romana envidiaría. Los dos primos de Ian eran increíblemente atractivos, pero Kate solo tenía ojos para Ian.

—Craig, Owen, les presento a Kate Anderson —dijo, señalando primero al de cabello oscuro y luego al rubio—. Kate es la mejor cocinera que he conocido en mi vida.

Los primos de Ian la observaron con miradas escudriñadoras, y Kate sintió la necesidad de agradarles. En otra vida, si ella hubiera sido de ese tiempo y no tuviera que marcharse, hubiera esperado que la familia de Ian la aceptara y la acogiera en su seno. Sintió que Ian se enderezaba a su lado y sus hombros se tensaban. ¿Acaso él también anhelaba que les agradara a sus primos? El pensamiento le provocó un rubor en las mejillas.

—Buenas noches, muchacha —la saludó Craig con una sonrisa amable. La observaba con intensidad, y Kate tuvo la sensación de que le estaban haciendo una radiografía de rayos X.

—Buenas noches —la saludó Owen y le ofreció una gran sonrisa—. No veo la hora de probar alguno de esos platos que tanto han impresionado a nuestro Ian.

El rostro de Kate se sonrojó aún más, y les sonrió jugueteando con el borde del vestido.

—Es un placer conocerlos —les dijo—. Ian me ha hablado mucho de ustedes.

La sonrisa de Craig se desvaneció y dio paso a un ceño fruncido. Owen lo imitó. Los hermanos intercambiaron miradas y luego se concentraron en Kate.

—¿De dónde vienes, muchacha? —preguntó Owen.

Oh, no. ¿Qué debía responder? Una vez más, su acento la había traicionado. Le echó una mirada a Ian, pero alzó el mentón. Les daría una respuesta evasiva.

—De muy lejos —respondió.

—¿Qué tan lejos? —Craig dio un paso hacia ella.

Ian se acercó a Kate.

—¿Por qué, Craig? ¿Qué importa?

Craig no dejó de perforar a Kate con la mirada.

—Importa porque la muchacha habla con unas palabras y un acento de lo más peculiares. De hecho, son tan peculiares que solo los oí en una sola persona.

¿En una sola persona? ¿Acaso podría haber conocido a otro estadounidense? ¿A un viajero en el tiempo como ella?

—¿En quién? —preguntó Kate con la garganta seca.

—En mi esposa, Amy.

Kate se aclaró la garganta.

—¿Tu esposa?

—La única que tengo.

—¿Cómo...? ¿Cómo la conociste?

—Es una buena historia que incluye una despensa subterránea en el castillo de Inverlochy. Y un túnel.

—¿El túnel del tiempo? —preguntó Kate casi sin aliento.

Una sonrisa se extendió en el rostro de Craig, quien apoyó una mano en el hombro de Ian.

—No me digas que tú también has encontrado a una mujer del futuro.

Owen observaba a Kate con la boca abierta.

Ian enarcó las cejas.

—¿Y tú te has casado con una?

Craig asintió.

—¿Y ella se quedará contigo... para siempre? —preguntó Kate.

—Sí.

Ian miró a Kate, y ella le devolvió la mirada con los ojos llenos de tristeza.

—Qué envidia —añadió—, yo no puedo quedarme.

A Ian se le tensó el mentón, y una tormenta de dolor se le desató en la mirada.

—Vamos, muchacha. —Se volvió hacia Craig y Owen—. Debo llevarla a Inverlochy. Tiene que regresar a casa.

Los dos hombres comprendieron y asintieron.

A Kate le dolía la garganta.

—¿A Inverlochy? —Tragó saliva para quitarse la sensación de tener un papel de lija en la boca—. ¿Ahora?

—Sí, pronto llegarán los refuerzos, y tendré que regresar para devolver el ataque. Tendremos que llamar a los MacKenzie y otros aliados para que nos ayuden.

La tomó del codo y la condujo hacia el caballo.

—Adiós, muchacha —se despidió Owen a sus espaldas.

—¡Cuídala! —añadió Craig.

A Kate se le hundió el corazón. Había llegado el momento. Tenía que regresar a cumplir con su deber... y sacrificar su felicidad.

Se detuvieron delante del caballo.

—Tienes razón —admitió—. Es solo que creí que tendríamos más tiempo...

Ian negó con la cabeza y bajó la mirada encorvando los hombros.

—Yo también quería pasar más tiempo contigo, Katie. Pero los dos sabíamos que esto no duraría para siempre. Te lo prometí. Llegó la hora.

Oh, diantres, él tenía razón. No cabían dudas al respecto. Ella estaba demasiado sumergida en un océano de dicha y felicidad con él, en una corta luna de miel. Sin embargo, Deli Luck estaba al borde de la quiebra, y Mandy y Jax la necesitaban.

Y, para empeorar la situación, Ian tendría que abandonar a su gente en un momento difícil para ayudarla. Kate no podía darle más preocupaciones de las que ya tenía, de modo que dio un paso hacia atrás.

—Mira, puedo ir sola —le aseguró—, tu gente todavía te necesita.

—La batalla ya casi ha terminado, muchacha. Owen y Craig se harán cargo aquí. Hemos ganado. Los *sassenach* están huyendo.

Kate se retorció las manos.

—Si no hay más peligro, puedo ir sola.

—No te dejaré ir sola. De ningún modo.

—No te quiero cargar con mis problemas. Es evidente que tienes muchas cosas en las que pensar aquí.

—Tú no eres una carga, Katie —le dijo y sonó algo enfadado —. Ya deja de decir tonterías y vamos.

«Y acabemos con esto», decía su tono. Sin dudas, quería librarse de ella, y cuánto antes, mejor. Aunque sintiera algo por ella, los dos sabían que su relación no duraría para siempre. Él podía seguir adelante con su vida. Había regresado de la muerte y tenía una segunda oportunidad de vivir. Ella no formaba parte de esa vida.

De cualquier forma, ella también tenía que seguir con su propia vida. Tenía a su propia gente a la que cuidar y mantener a salvo. Él había cumplido con su deber. Era hora de que ella hiciera lo mismo, sin importar cuánto se le rompiera el corazón.

Kate asintió.

—De acuerdo, Ian. Tienes razón, cuanto antes me vaya, mejor.

---

1. Adaptado del texto en inglés de Alexander Carmichael, *Carmina Gadelica*, vol. 1. https://sacred-texts.com/neu/celt/cg1/cg1025.htm

CAPÍTULO 28

EL CUERPO poderoso de Thor se movía sin cesar bajo Ian. Kate iba sentada delante de él y lo distraía de forma deliciosa. Se sentía cálida y preciosa apretada contra su torso, con el suntuoso trasero entre sus muslos. Cada vez que sus cuerpos se rozaban, se acariciaban o se tocaban, Ian sentía una tortura exquisita.

Luego de la batalla en la granja, viajaron todo el día, durmieron en el bosque y continuaron cabalgando al día siguiente. Tras pasar otra noche en el bosque, habían estado sobre el lomo del caballo durante medio día. Soplaba un viento fuerte que hacía que las ramas de los árboles murmuraran. Unas piedras austeras los observaban. Los pájaros estaban silenciosos, y no había rastros de ningún animal a la vista. Era probable que todas las criaturas que habitaban allí se hubieran espantado por el avance de las tropas inglesas.

Ian se inclinó hacia adelante y, sin tocar la cabeza de Kate, cerró los ojos e inhaló el aroma de su cabello. Intentó grabarlo en su memoria. Esos serían los últimos días que pasaría con ella, aunque nunca serían suficientes.

Durante la mayor parte del tiempo, Kate había estado callada, e Ian no quería obligarla a hablar. La noche anterior, habían dormido bajo el abrigo de él para mantenerse cálidos, pero Ian no se había atrevido a besarla o acariciarla. Apenas había dormido desde la noche en que la había atacado; no quería comenzar a soñar porque la idea de volver a lastimar a Kate lo aterraba. Pasó la noche en pura agonía, acostado al lado de ella, envuelto en su aroma dulce, sin hacer nada.

Mantener la distancia era lo mejor. ¿Qué estaba pensando? Nunca debió enamorarse de ella, nunca debió permitir que se acercaran tanto. Ahora estaba a punto de dejarla en Inverlochy, donde regresaría a su época. Nunca habría un futuro para ellos. Por más que ella no quisiera marcharse, un asesino como él nunca se merecería una vida al lado de ella. Kate no querría atarse a él para siempre, y él nunca le permitiría arruinarse la vida de ese modo.

Aún no se habían detenido a almorzar ese día.

—Muchacha, ¿tienes hambre? —le preguntó Ian.

Kate asintió.

—Sí, me vendría bien comer algo.

—De acuerdo. —Ian vio un pequeño claro entre dos árboles un poco más adelante y se detuvo.

Cuando se desmontaron del caballo, Ian comenzó a armar una fogata. Aún tenían sobras de tortas de avena de Dundail y del pescado asado que Ian había atrapado el día anterior.

—Recalentaré esto —le dijo Ian.

—Lo puedo hacer yo —se ofreció Kate.

—No te preocupes, Katie.

Ella bajó la mirada.

—Gracias, Ian.

Comieron en silencio, rodeados de una atmósfera tensa que Ian detestó. Luego de todo lo que le había contado, y ahora que la conocía mejor, eso no se sentía natural. Quería hacerle más preguntas, quería saber qué le gustaba hacer cuando no estaba trabajando, qué planes tenía para su «restaurante». La idea de una mujer manejando un negocio se sentía extraña, pero Ian respetaba su fuerza y su determinación. Al tener la certeza de lo bien que cocinaba, no entendía cómo podía irle mal.

Ian devoró descaradamente cada movimiento de Kate con sus ojos. Observó su rostro bonito mientras comía y el modo en que sostenía el pescado antes de morderlo. Su postura, las curvas de sus pechos bajo el vestido cuando se reclinaba para evitar que le cayera líquido de la comida en la ropa. Cada uno de sus movimientos estaba lleno de gracia.

—¿Cuánto crees que falta para llegar a Inverlochy? —preguntó Kate cuando terminó de comer y se limpió los dedos con un trapo.

Inverlochy... La palabra lo sacó del dulce trance de contemplarla.

—Llegaremos esta noche —respondió.

—¿Esta noche? —El rostro de Kate registró un espasmo de conmoción.

—Sí, muchacha, nos dirigimos allí. Pareces sorprendida.

—Es que pensé que nos llevaría más tiempo —respondió con frialdad—. Disculpa si no sé calcular las millas que puede recorrer un caballo por hora. —Se puso de pie—. Bueno, emprendamos la marcha. ¿Para qué esperar?

Ian sintió un retorcijón de dolor en el estómago. Ella tenía razón. Por más que él quisiera que cada momento con ella durara una eternidad, ella solo quería marcharse.

Ian se puso de pie.

—Thor necesita descansar. Y tú también. Te debe doler todo el cuerpo luego de pasar dos días a lomos del caballo. ¿Tanto te urge marcharte?

Ella se cruzó de brazos.

—Por supuesto, Ian. No te voy a restringir más de lo necesario. De hecho, ¿por qué no recorro lo que queda del camino sola?

—¿Cómo dices? —Ian frunció el ceño.

Era evidente que Kate no soportaba pasar un segundo más con él. Al final, sus matanzas a sangre fría la habían terminado afectando.

—Mira, te libero de tu obligación de honor o lo que sea que

te retiene a mi lado. Puedo continuar sola, deben faltar unas cuantas horas a pie.

—¿Crees que estoy contigo porque me siento obligado?

—Es obvio que sí.

—Muchacha, me siento obligado a protegerte, pero no es por eso que te llevo a Inverlochy. Si pudiera, te mantendría a mi lado para siempre.

Los ojos de ella se abrieron de par en par.

—No hace falta que seas cortés, Ian. Quizás creas que tienes que proteger mis sentimientos por lo que te conté acerca de mi infancia, pero te aseguro que estoy bien. No es la primera vez que no me quieren. Ya conozco las señales. Estoy bien.

—¿Que no te quieren? No podría querer a nadie ni nada más de lo que te quiero a ti.

Kate se abrazó al tiempo que unas lágrimas le brillaban en los ojos. Ian cubrió la distancia que los separaba con tres pasos y la sujetó de los antebrazos.

—Detente —le ordenó—. Te quiero. Te amo. Eres un tesoro. Eres mi fuente de vida.

Ella parpadeó y lo miró con una mezcla de esperanza e incredulidad.

—Entonces, ¿por qué me estás echando? —preguntó en un susurro.

—Porque no perteneces aquí, muchacha. Perteneces al mundo de los grandes sanadores, al mundo en donde las mujeres tienen sus propias tabernas, donde esas majestuosas criaturas de hierro vuelan en el aire y donde se hace la luz al mover un dedo.

Los pulmones se le cerraron. Ian no dijo el motivo principal, pero le pesaba como un costal de piedras.

—Debo regresar por mi hermana y mi sobrino, no por la falta de comodidades. Eso no me podría importar menos. Si fuera feliz con alguien, dejaría todo eso...

Su voz se fue apagando. Tomó el rostro de Ian entre sus manos, y él se apoyó contra sus palmas cálidas y suaves.

—Lo sabes, ¿verdad, Ian? —le preguntó.

Él tragó el nudo doloroso que se le había formado en la garganta.

—Sí, lo sé. Sin embargo, no te hubiera permitido quedarte. No por mí.

—Por supuesto que me quedaría por ti. ¿Por quién más me quedaría?

Él negó con la cabeza.

—Por mí no, muchacha. Debes marcharte. No hay futuro para nosotros, ni en este siglo, ni en el futuro. Después de todo lo que he hecho, eres demasiado buena para un hombre como yo.

Kate quedó atónita.

—¿Que soy demasiado buena? Ian, ya hemos hablado de esto, no...

—Sí, un hombre como yo, un asesino a sangre fría, debe ser castigado, Katie. Dios tiene que castigarme. No me puede permitir acabar con tantas vidas para luego encontrar el mayor tesoro de mi vida y ser feliz. La vida no funciona así. No lo aceptaría. Y no desearía que pasaras el resto de tu vida con alguien como yo.

Kate negó con la cabeza.

—Ian, deja de culparte por esto. No puedes seguir castigándote toda la vida.

—Yo nunca estaré entero, muchacha. Estarás mejor sin mí. No puedo hacerte feliz. No te merezco y no quiero hacerte sentir triste.

—No hace falta que estés entero para ser feliz con alguien, Ian —susurró—. Solo debes encontrar a alguien que te ayude a llenar las partes rotas.

La promesa sanadora de esas palabras le nubló la mente. Se inclinó para besarla, pero un dolor punzante en el hombro lo detuvo en seco.

Elevó la mirada.

Le llevó menos de un instante evaluar la situación. Una flecha lo apuntaba detrás de un árbol. Debía tener otra clavada. Contó cinco o seis espadas que brillaban por doquier entre los árboles.

Por un momento, los músculos se le tensaron, y un fuego se le desató en las venas. Acto seguido, sus instintos tomaron el control. Tomó a Kate y salió disparado hacia un árbol protegiéndola con su cuerpo.

Una flecha acertó en el sitio donde habían estado parados. Ian soltó una maldición y asomó la cabeza de detrás del árbol para mirar con cautela.

—Ian, estás lastimado —señaló Kate.

Eran los ingleses. Cinco espadachines y un arquero. Llevaban el cabello chamuscado y los bordes de las túnicas negros y llenos de cenizas. Debían haber luchado en la granja. ¿Acaso los habían seguido?

—Es un rasguño.

—No actúes como si no fuera nada... —comenzó Kate, pero Ian la interrumpió, la hizo girar y la miró a los ojos con intensidad.

—Muchacha, escúchame. Si quieres que sobrevivamos a esto, presta atención a lo que te voy a decir. Ellos son seis, y son soldados entrenados. ¿Dónde está tu daga?

Kate se puso pálida y se llevó la mano a la daga, que se encontraba en la funda que le colgaba del cinturón.

—Bien. Desenváinala y recuerda lo que te enseñé. No llevan armadura y han sobrevivido a la batalla de la granja.

Echó un vistazo hacia la izquierda, donde Thor pastaba alejado del campamento. Si lidiaba con el enemigo rápido, podrían correr hacia Thor y...

No, eso no sería posible. No cuando Ian se enfrentaba a seis hombres.

Kate debía marcharse sola.

—Tienes que prometerme algo, muchacha —continuó Ian—. Si me ves caer o si te digo que corras hacia Thor, hazlo y márchate. Ve sola a Inverlochy.

—¡No, Ian! Nunca.

—Sí, prométemelo. Si de verdad te importo, corre.

—Te puedo ayudar...

—No, no puedes. Estamos perdiendo tiempo. Prométemelo ahora.

A Kate le temblaba el mentón, y sintió que el cuello le picaba y le ardía.

—Ian, no...

Ian se detestaba por el dolor que le provocarían sus palabras.

—En realidad, «eres» una carga para mí —soltó—. No nos puedo proteger a los dos. Si quieres ayudarme, márchate.

Kate jadeó sin emitir sonido. El dolor le desfiguró el rostro, y los ojos se le llenaron de lágrimas. Se encogió delante de él y encorvó los hombros. Con la mano, se sostuvo el estómago.

Ian no pudo evitar cerrar los puños. Quería molerse a golpes por haberla lastimado de ese modo. Sin embargo, era por su bien. Era para mantenerla viva. Lo más probable era que muriera pronto. No podía soportar la idea de que Kate quedara a merced del enemigo.

—Prométemelo —la instó. Como Kate no respondió, añadió —: alíviame de tu carga. Hazlo.

Ella bajó la mirada y se encogió aún más.

—Sí —accedió—, me marcharé.

Ian soltó el aliento.

—Gracias.

Volvió a asomar el rostro entre los árboles y vio que los ingleses avanzaban hacia ellos. Tenía que protegerla.

Echó un vistazo sobre el hombro y le dijo:

—Cuando te diga que te marches, corre. Me lo has prometido. ¿De acuerdo?

Kate asintió solemne, herida y atemorizada. Ian se limitó a asentir. Luego se volvió hacia los atacantes, desenfundó la *claymore* y corrió.

No tuvo tiempo de rezar. Solo logró pronunciar el grito de guerra:

—¡*Cruachan*!

Los soldados estaban sorprendidos al verlo avanzar hacia ellos, quizás porque los estaba atacando solo en lugar de huir. Ian tomó provecho del momento de sorpresa. Se deslizó hacia la izquierda y perforó al primero en el lateral, luego siguió avanzando para alejarlos de Kate.

Quedaban cinco.

El arquero disparó, pero la flecha le pasó a un centímetro del cuerpo. Uno de los espadachines se lanzó hacia él. Se debatieron en una lucha de hierro. Aunque el hombre atacaba con rapidez, no tenía experiencia. Cuando Ian le perforó el pecho, cayó. Otros dos lo atacaron.

Esta situación era distinta. Los poderosos embistes de dos espadas chocaban contra su *claymore* por los dos frentes, e Ian apenas logró apartarse a tiempo y evitar que los soldados lo lastimaran.

Cuando el tercer hombre se unió y las flechas comenzaron a volar sin cesar, cada vez más cerca del blanco, supo que había llegado el final.

—¡Vete! —gritó sin detener el baile con la muerte.

El destello de gris y dorado que captó por el rabillo del ojo le hizo saber que Kate estaba corriendo. Sintió un dolor punzante en el lateral: al permitirse mirar a Kate, no vio venir el golpe de una espada.

Ella estaba sobre Thor y lo miraba.

—Vete, mi amor —susurró antes de reanudar la pelea con el doble de fuerza. No podía permitir que la vieran.

—¡Bastardos! —gritó haciendo uso de las fuerzas que le quedaban.

Y al oír los cascos que se alejaban, se hundió en el mar sangriento de la furia de la batalla.

CAPÍTULO 29

KATE PERMITIÓ que Thor avanzara por el camino. Los ojos le ardían, pero se tragó las lágrimas que le nublaban la vista y hacían que el bosque que la rodeaba se convirtiera en destellos de verdes oscuros y marrones.

Recordó las palabras de Ian: «En realidad, "eres" una carga para mí». Y la súplica: «Alíviame de tu carga».

Y, por último: «¡Vete!».

El pecho le dolía, el estómago era un abismo sin fondo. Su peor temor se había vuelto realidad: él había admitido que ella era una carga. Antes, cuando le había dicho que la amaba, que era un tesoro, su mundo se había iluminado con fuegos artificiales.

Nunca nadie le había dicho que la amaba. Ni sus padres. Ni su hermana. Ni ningún hombre. Nadie.

Al oír esas palabras había sentido que iban dirigidas a otra persona, como si Ian la estuviera mirando, pero en realidad pensara en alguien más.

Resultó ser que había estado en lo cierto desde el comienzo. Él no la amaba. Solo quería tener la consciencia tranquila, solo quería ser amable con ella. Porque era un buen hombre. Era un hombre fuerte, maravilloso y bondadoso. Más importante que la vida. Más fuerte que la muerte. Más grande que la esclavitud.

Irrompible.

Hasta ahora.

Ella lo había dejado para que se enfrentara a cuatro soldados. ¡Cuatro! Ya estaba lastimado. ¿Qué posibilidades tenía de sobrevivir?

Kate se imaginó a Ian en el suelo, con el rostro cubierto de sangre y una herida abierta en el pecho. Muerto.

Esa imagen le provocó un dolor desgarrador, como si una bomba hubiera explotado y la hubiera hecho volar en mil pedazos. Un mundo sin Ian no era un mundo en el que valiera la pena vivir. Lo amaba. Por más que él no sintiera lo mismo, por más que nunca lo hubiera sentido.

Lo amaba.

El amor floreció en su corazón en una mezcla de luz divina y dolor desgarrador. No había nada más importante que mantenerlo vivo. Aunque él la detestara por regresar. Aunque no tuviera idea de lo que podría hacer contra esos soldados. Aunque pudiera resultar herida.

Lo único que importaba era que Ian sobreviviera.

—¡Thor, alto! —ordenó.

Sin embargo, el caballo continuó andando. Kate recordó lo que le había enseñado Ian para conducir la carreta y jaló de las riendas en un movimiento rápido y fuerte. Thor redujo el ritmo hasta detenerse.

—¡Qué buen chico! —lo elogió acariciándole el cuello—. Ahora, regresemos.

Cuando jaló las riendas hacia la izquierda, Thor giró el rostro en esa dirección, pero no se movió.

—¡Hacia la izquierda, Thor! —gritó Kate con desesperación.

No tenía idea de cuánto tiempo habían andado, pero sabía que estaban perdiendo tiempo.

—Tu amo te necesita, Thor —susurró. Siguió sujetando la rienda izquierda, y Thor no apartó la mirada de esa dirección. Luego dio un paso hacia adelante.

—Sí, bien hecho. ¡Sigue así!

Lo instó a moverse con la pierna izquierda.

¡Thor dio otro paso!

—¡Oh, sí! —exclamó Kate.

Soltó la rienda y aflojó la pierna cuando Thor se volvió para mirar hacia el camino que acababan de recorrer. Chasqueó la lengua y movió las piernas como había visto que hacía Ian para instarlo a moverse. Thor era un buen caballo y no solo obedeció la señal, sino que también apuró el paso.

—¡Ay, Thor, bien hecho! —repitió Kate una y otra vez por lo bajo, sorprendida de tener un mínimo control sobre el animal.

Anduvieron durante un largo tiempo, y Kate temblaba cada vez que una imagen de Ian herido le cruzaba la mente y la cegaba. Intentó concentrarse en el camino y en no caerse del lomo de Thor. Por fortuna, el animal no necesitaba demasiada dirección y se limitaba a seguir el camino.

Tras lo que se sintió como una eternidad, los oyó: gritos, gruñidos de dolor y sonidos metálicos de lucha. Se le aceleró el pulso. Ian aún estaba peleando. ¡Aún estaba vivo!

Detuvo a Thor, que por fortuna le obedeció de inmediato, y, cuando se bajó de un salto abrupto, se torció un poco el tobillo. A pesar del dolor agobiante, aún podía caminar, y avanzó cojeando tan silenciosa como pudo hacia el sitio de donde provenían los ruidos de la pelea.

Extrajo la daga del cinturón y la sostuvo como Ian le había enseñado: con facilidad y seguridad. Tomó una profunda bocanada de aire. En su mente, no cabían dudas de que usaría la daga de ser necesario, tanto para proteger a Ian, como a sí misma.

De pronto, vio a Ian, quien blandía la espada ante un solo oponente. Cinco hombres yacían inmóviles en el suelo.

Ian sostenía la espada y bailaba en un círculo lento con su enemigo. Kate se dio cuenta de que se trataba del arquero, quien también tenía un hacha. Ian tenía una gran herida en el hombro y un corte en el lateral, donde la túnica le colgaba desgarrada. Arrastraba una pierna, y Kate vio otro corte en el muslo. Tenía un ojo cerrado por completo e hinchado, varios moretones en el rostro y un oído cubierto de sangre. Se movía con lentitud, era evidente que estaba agotado. Blandir la espada le costaba mucho esfuerzo.

Su oponente se encontraba en mejor forma. El carcaj estaba vacío, el arco yacía inútil en el suelo, pero el hacha brillaba bajo la luz del sol.

A Kate le temblaron las manos. ¿Cómo era que Ian seguía vivo?

¿Y cómo haría ella para ayudarlo?

La daga... Sin embargo, debía aproximarse de modo tal que el hombre no se percatara. En ese momento, le estaba dando la espalda y se ceñía sobre Ian, quien se apresuró a apartarse.

Debía darse prisa. Con el puñal en la mano, anduvo hacia el soldado, avanzando a paso lento y asegurándose de pisar con cautela para no alertar al hombre.

Cuando se encontraba a menos de dos metros de distancia, la mirada de Ian cayó sobre ella antes de regresar a su oponente. Ese instante bastó para que sus ojos se abrieran de par en par por un momento efímero y registraran un temor que nunca antes había visto en él. Cuando regresó la atención al enemigo, se le tensaron los hombros y la vista se le llenó de determinación.

—Ven aquí, maldito *sassenach* —gruñó.

Kate avanzó un paso. Luego otro.

—Púdrete en el infierno, asqueroso escocés —repuso el hombre.

Tres pasos más.

El hombre alzó el hacha sobre su cabeza para dar el último golpe mortal. Kate se lanzó hacia adelante y, como Ian le había enseñado, le clavó el puñal en el costado del cuello. Cuando la daga atravesó la carne con dificultad, Kate bajó la mano sintiendo náuseas en el estómago.

El hombre se quedó quieto. El hacha se le cayó de las manos y le golpeó la cabeza antes de aterrizar en el suelo. El soldado colapsó instantes después como un costal de avena.

Kate e Ian se observaron durante un momento. El rostro de

él registraba alivio y dolor al tiempo que se arrodillaba en el suelo. Kate corrió a su lado y lo abrazó, dándole apoyo para que no se cayera.

—No deberías haber regresado —dijo con la voz ronca.

—Nunca debí marcharme. Debemos darnos prisa. Estás herido. Y ni se te ocurra decir que es solo un rasguño.

Mientras lo ayudaba a levantarse, el corazón le latía acelerado y triunfante. Ian estaba vivo. Al menos, de momento, estaba vivo.

CAPÍTULO 30

—¡Abran las puertas! —gritó Kate.

Sobre las cimas de las murallas gigantes se movieron varios guerreros. Kate apretó los brazos alrededor de Ian y rogó que los dejaran entrar pronto.

Luego de que el último soldado murió, se dirigieron al lago para lavar y vendar las heridas de Ian lo mejor posible con trozos del vestido de Kate. Kate se sorprendió de la fuerza de Ian a pesar de las heridas que tenía en el cuerpo y de la sangre que debió haber perdido. Acto seguido, Ian logró montarse sobre el caballo, aunque al poco tiempo casi se cayó. Kate buscó una soga en su bolsa y ató el cuerpo de él al suyo, de modo que quedara sentado entre sus brazos. A pesar de que no había sido una tarea fácil, se las ingenió para mantenerlo sobre Thor durante todo el trayecto.

—¿Quién anda allí? —preguntó uno de los guardias.

—Ian Cambel —respondió Kate—. Tiene heridas de una batalla contra los ingleses. Por favor, déjennos entrar. Necesita ayuda de inmediato.

—¡Déjenlos entrar!

Las puertas se abrieron con lentitud.

Kate llevó los dedos al cuello de Ian. Por fortuna, aún tenía pulso. A lo largo del trayecto, había recuperado la conciencia en varias oportunidades, elevó el rostro para murmurar algo y se volvió a desmayar. Kate se había preguntado al menos mil veces si debía detenerse para dejarlo descansar.

Sin embargo, la aterrorizaba pensar que Ian podía morir si no recibía ayuda médica de inmediato. Ella podía vendarle las heridas y cocinarle una sopa nutritiva, pero no tenía ni idea de cómo tratar cortes profundos.

Con angustia en el corazón y una sensación oscura y pesada en el estómago, incitó a Thor a seguir andando mientras buscaba desesperada alguna señal del castillo de Inverlochy. Estaba agradecida de haber llegado antes de que anocheciera.

Kate permitió que Thor ingresara en el patio y sintió que las paredes familiares y grises la encerraban. En ese sitio, creían que ella era una ladrona. Allí, había llegado a pensar que estaba perdiendo la cordura.

En muchos aspectos, esa situación había sido mejor que la que vivía ahora. Mientras tenía amnesia, no tenía a dónde ir y podía quedarse con el hombre al que amaba...

Ahora, tenía un objetivo, un sitio al que regresar. Mandy y Jax la necesitaban, debían de estar muy preocupados por ella. Cuando Thor se detuvo, Kate miró hacia la torre este, donde en el año 2020, se había caído por las escaleras y había encontrado una piedra que la llevó hacia Ian. Sintió un escalofrío ante la idea de regresar a esa cueva oscura y húmeda.

Varios hombres corrieron hacia ellos con una camilla, y Kate los ayudó a bajar a Ian con cuidado. Ahearn, el mayordomo, se apresuró hacia ellos.

—¡Eres tú de nuevo! —exclamó—. La ladrona.

Kate se desmontó y siguió a los hombres que se llevaban a Ian.

—No soy ninguna ladrona. Soy una cocinera. Nunca te quité nada. Ian necesita tu ayuda y lo traje aquí, eso es todo. Así que, ¿me vas a ayudar a cuidarlo o vas a seguir acusándome sin motivos?

—¡Que alguien busque a Ellair! —ordenó.

—Ya lo buscamos —aseguró uno de los hombres.

—Llévenlo a mi recámara —instruyó Kenneth MacKenzie. El protector del castillo había aparecido de repente y miraba a Ian preocupado.

—Gracias, señor —dijo Kate.

Él la observó con el ceño fruncido y se limitó a asentir con la cabeza.

Los hombres se dirigieron hacia la torre Comyn, y Kate los siguió. Colocaron a Ian sobre una cama gigante en la recámara del señor, que era más grande que la de Ian en Dundail. Se veía muy pálido, casi grisáceo, contra las almohadas. A Kate se le encogió el corazón.

En ese momento, llegó Ellair.

—Por favor, ayúdalo —susurró Kate.

Sin apenas mirarla, avanzó hasta la cama. Limpió las heridas de Ian en el lateral, el muslo y la cabeza y las coció. Les colocó unas pomadas de hierbas y las cubrió con vendas limpias. Kate se hallaba en una esquina de la habitación estrujándose las manos. Sintió varios temblores de preocupación y casi vomitó al ver la aguja que atravesaba la piel herida de Ian.

Aun así, no logró apartar la mirada. Tenía miedo de que, de hacerlo, él fuera a morir o desaparecer, o que fuera a despertarse para darse cuenta de que todo eso había sido un sueño.

Cuando Ellair terminó, comenzó a guardar las cosas y se marchó de la habitación. Kate lo siguió.

—¿Se pondrá bien?

—Ahora está en las manos de Dios. Ha perdido mucha sangre, pero ninguna de las heridas afectó ninguno de sus órganos. Aun así, podría morir por la pérdida de sangre o por alguna infección.

Kate asintió solemne y regresó a la recámara, donde le rezó en silencio a Dios o a quien estuviera oyendo para que salvara a Ian. A los pocos minutos de que el curandero se marchara, llegó Kenneth MacKenzie.

—¿Cómo se encuentra, muchacha? —le preguntó.

Kate estaba de pie al lado de la puerta sin poder moverse. Observaba el cuerpo grisáceo e inmóvil de Ian sobre la cama.

—Ha perdido mucha sangre, pero Ellair dijo que las heridas no han afectado ningún órgano. Ahora solo queda esperar.

—¿Qué pasó?

—Los ingleses —respondió en un tono carente de emoción—. Quieren tomar el castillo de Inverlochy y otros castillos del norte. Una guarnición atacó las tierras de Ian, y él defendió a su gente. De camino aquí, seis soldados nos atacaron.

Kenneth tensó la mandíbula.

—Gracias por decírmelo, muchacha. De seguro, esos buitres piensan que es un buen momento para atacar porque Roberto se encuentra ocupado en el noreste.

—Sí, les oí decir eso.

—Sí, es una movida inteligente. Pero no permitiré que tomen el castillo.

—Ian, Craig y Owen derrotaron a la primera guarnición, pero también oí que hay más en camino. Es posible que ataquen con los MacDougall.

Kenneth negó con la cabeza.

—Los MacDougall son muy necios, están luchando en el lado equivocado de la guerra. Deberían luchar con nosotros. Son *highlanders*. Pero supongo que los entiendo en cierta manera. Si alguien hubiera matado a mi sobrino, yo tampoco estaría contento por eso.

—¿De qué hablas?

—Roberto mató a John Comyn, su principal contendiente por el trono. John era el primo del jefe de los MacDougall. Para ellos, la causa es personal. Supongo que, en ese sentido, son verdaderos *highlanders*.

—Ellos son quienes vendieron a Ian como esclavo en Bagdad —señaló Kate, furiosa contra los MacDougall, a quienes nunca en su vida había visto—. Para mí también sería personal si alguna vez llego a verlos. —Miró a Kenneth a los ojos—. Si alguna vez vienen aquí, tienes que hacerles pagar por eso.

Kenneth le sostuvo la mirada solemne y asintió con la cabeza antes de marcharse.

Al final, Kate logró reunir las fuerzas para moverse. Caminó hasta la cama de Ian y se sentó en el borde unos instantes antes de meterse en ella para acostarse al lado de él. Estudió su perfil, que parecía carente de vida. No se le movía ni una pestaña. El pecho se le inflaba y desinflaba, pero el proceso era apenas perceptible. Kate estiró la mano para apoyársela contra la frente con delicadeza. Ian tenía la piel fría y seca. Se acercó un poco más e inhaló su aroma.

—Te amo —le susurró—. Haré lo que sea para que vivas. Me quedaré contigo para siempre si es necesario. De alguna forma, Mandy y Jax sobrevivirán sin mí. Quiero que vivas. Por favor, vive. Te amo.

Susurró todo como una plegaria, como un cántico para alejar a la muerte. Luego se rindió ante el cansancio de todo lo que había sucedido y se quedó dormida.

Cuando se despertó, el sol ya había salido y teñía el cielo de una mañana de verano de dorado pastel y celeste. Ian la miraba con los ojos nublados, pero despierto. Ella le sonrió y le tomó el rostro entre sus manos.

—¿Cómo te sientes?

—Como si hubiera muerto y resucitado delante de un ángel —respondió con la voz ronca.

Ella resopló.

—Si fuera uno de esos ángeles rechonchos de las pinturas del Renacimiento.

—No sé de qué hablas, Katie.

—No importa. ¿Sientes dolor?

—Sí, pero no importa.

Ella le tocó la frente.

—Tienes temperatura. Voy a buscar a Ellair.

Se movió para incorporarse, pero Ian estiró la mano y la detuvo.

—Espera. Quédate conmigo un poco más.

—De acuerdo.

Se volvió a acostar.

—No deberías haber regresado por mí —le dijo Ian.

—Nunca debí haberte dejado. Fui una cobarde, pero recobré el sentido y, por fortuna, no fue demasiado tarde.

Él negó con la cabeza.

—A estas alturas, deberías estar de regreso en tu época.

Ella le sonrió.

—Pues, tengo buenas noticias para ti. Me voy a quedar hasta que te recuperes.

Ian se movió para sentarse en la cama, pero no tuvo fuerzas para hacerlo. Su rostro reflejó una mezcla de furia y miedo.

—¿Cómo dices?

Eso no se veía bien. Kate no había sabido qué esperar cuando le dijera eso, pero había deseado que fuera algo más que una sorpresa desagradable.

—Te amo, Ian —le dijo—. Me quedaré para asegurarme de que te recuperas, y luego regresaré a mi época para ayudar a Mandy y Jax y preparar todo para marcharme. Regresaré a tu lado... para siempre.

Algo similar a un profundo desconcierto le cubrió el rostro.

—¿Me amas?

¡Estaba contento de oírlo! Kate le ofreció una sonrisa radiante.

—Te amo. Muchísimo.

Sin embargo, a Ian se le tensó el mentón y su boca se curvó hacia abajo.

—No. No, Katie. No me amas. No puedes amarme.

—No me digas qué puedo y qué no puedo hacer —respondió juguetona—. Eso es lo que siento.

Ian se volvió y clavó la mirada en el cielorraso.

—Te equivocas. No te puedes quedar conmigo para siempre. Debes marcharte. Te dije que eras una carga...

Ella negó con la cabeza y se sentó en la cama al tiempo que una gran furia le circulaba por las venas.

—No, no soy ninguna carga. Te acabo de salvar la vida, amigo. Eso no es ser una carga. Lo que dices son puras patrañas y lo sabes.

Ian cerró los ojos durante unos instantes y luego se volvió hacia ella lleno de determinación.

—No puedo estar contigo, Kate.

Ella casi se estremece al oír esas palabras. Eran como agujas que le atravesaban la piel.

—Y ¿por qué no, si se puede saber?

—Mírame. Soy un asesino. Un esclavo. Una herramienta en las manos de hombres poderosos.

Sonaba como si se hubiera tragado a un sapo y aún lo tuviera atravesado en la garganta. Suspiró y se volvió para no mirarla. A Kate se le encogió el corazón.

—Para mí no eres nada de eso —le dijo—. No he conocido a un hombre más fuerte, más valiente...

—La verdad es simple, Kate. Después de lo que me han hecho y en lo que me he convertido, no puedo darte el amor que te mereces. Intenté matarte estando dormido.

Kate negó con la cabeza.

—Me niego a creer eso. No es cierto. Ya me diste más de lo que nadie me ha dado en toda mi vida.

—No, cariño. Este vacío sin fin en mi alma me genera pesadillas y me carcome en vida. Y te terminará carcomiendo a ti también. Quizás llegue a matarte una noche. No puedo ser la persona que te haga eso.

Kate cerró los puños. La esperanza se le estaba escabullendo rápido. Demasiado rápido, considerando que la había tenido al alcance de las manos hacía tan solo unos momentos.

—Pero yo también estoy desgarrada, Ian. Yo sé lo que se siente. Soy igual.

Él asintió y se volvió hacia ella. Su rostro se veía mortal.

—Es por eso mismo que debes marcharte. Por eso no puedes estar conmigo. Porque si estamos juntos, ninguno de los dos sanará. Yo nunca volveré a estar completo, pero tú tienes todas las posibilidades de lograrlo. Regresa.

Kate estiró la mano, pero él se apartó. Su mirada se endureció.

—Márchate.

La cama pareció mecerse y virar como un barco en las olas. El mundo entero se oscureció y perdió todo color. Un dolor cegador se apoderó de ella. Sintió náuseas en la garganta. No podía creer que eso fuera todo. Ian de verdad no quería estar con ella.

—Pero dijiste que me amabas... —Oyó que se le quebraba la voz.

—Márchate —repitió, esta vez más fuerte, como si le estuviera hablando a un perro callejero.

—Ian...

—¡Márchate! —gritó.

Asustada, Kate se alejó sobre la cama y se puso de pie con tanta torpeza que casi se cae. En sus ojos ya no había amor alguno. Solo la oscuridad sin fin de un hombre cruel que tomaba vidas y sobrevivía como mejor podía.

No había sitio para Kate en su vida.

Una vez más, se encontraba en un sitio donde no la querían, no la necesitaban, y, peor aún, le estaba imponiendo su presencia a él.

No obstante, esta vez no era así.

No era una carga, sino que le había salvado la vida. Nunca había sido una carga para su hermana ni para su sobrino. Tampoco había sido una carga para Manning, a pesar de sus quejas.

Lo había ayudado. Los había ayudado a todos. Y si Ian no podía amarla, entonces tenía razón. No había futuro para ellos. No podía ni debía quedarse.

No sacrificaría su propia felicidad, ni la de su hermana o la de Jax, por una persona que no la amaba ni la apreciaba como era.

Se dirigió a la puerta y la abrió. Las lágrimas que le cubrían los ojos nublaban la imagen de Ian, el estómago se le retorcía en nudos de dolor, y el corazón se le había reducido a un trozo de carne desgarrada.

Miró al hombre que amaba por última vez y, sin decir más nada, salió de su vida para siempre.

CAPÍTULO 31

De afuera, el restaurante se veía igual que siempre. Las ventanas altas tenían las persianas abiertas casi por completo, y la luz de neón que decía «Abierto» brillaba.

Al contrario de lo que Kate esperaba, las mesas blancas con los asientos de imitación de cuero estaban llenas de comensales.

La campana sonó cuando Kate abrió la puerta. El sonido le hizo sentir una pequeña ola de ansiedad familiar, como cada vez que entraba un cliente y llevaba las manos al refrigerador de los medallones de carne de forma automática, sospechando que lo más probable sería cocinarle una hamburguesa.

El aroma a carne asada, café y pasteles recién horneados la envolvieron al entrar. Todo se veía limpio y ordenado. Los clientes que había visto y conocido durante toda su vida hablaban alegres mientras comían y bebían.

Anonadada, Kate recorrió el restaurante con la mirada. Había esperado encontrarse una sentencia de ejecución de hipoteca en la puerta. No había nada más alejado de eso.

Mandy salió de la cocina con un plato de panqueques en una

mano y uno de hamburguesa con patatas fritas y ensalada en la otra. No se veía ni cansada, ni deprimida. En realidad, nunca antes se había visto tan llena de vitalidad. Tenía las mejillas sonrosadas, el cabello amarrado en una cola de caballo y el uniforme limpio y planchado. Se movía rápido, con objetivo y placer, como un hada en una caricatura para niños que estaba a punto de mejorarlo todo.

Colocó los platos delante de Barb y George Fisher y le dio una palmadita en el hombro a Bob.

—¡Qué lo disfruten! —exclamó Mandy. Estaba a punto de volverse y regresar a la cocina cuando vio a Kate.

La sonrisa se le desvaneció, y la expresión familiar de cansancio y tristeza regresó al tiempo que se le hundían los hombros.

A pesar de ello se obligó a sonreír.

—¡Kate! ¡Has regresado!

Varios rostros se volvieron hacia Kate para saludarla algo desanimados. ¿Acaso nadie había notado su ausencia? ¿Mandy siquiera se había preocupado por la desaparición de Kate?

No importaba. Kate estaba contenta de ver a su hermana y de haber regresado a donde pertenecía, a donde la necesitaban. Allí podía hacer la diferencia y salvar el restaurante.

Kate saludó a todos con la mano. Dejó el equipaje al lado de la puerta, avanzó hacia Mandy y la abrazó.

—Hola, hermanita —susurró—. ¿Cómo estás? ¿Cómo está Jax?

Mandy le devolvió el abrazo.

—Estamos bien. No te esperábamos de regreso tan pronto. Creí que pasarías varios meses de entrenamiento en Escocia...

—¿No estabas preocupada de que no te contactara?

—No, ¿por qué me iba a preocupar? Me imaginé que te lo estabas pasando de mil maravillas al poder cocinar cualquier tipo de platos exóticos en ese programa sofisticado.

Kate se humedeció los labios y miró alrededor. Lo cierto era que no parecía que nadie la hubiera echado de menos o hubiera sufrido en su ausencia.

—Ven, vamos a hablar. —Kate condujo a Mandy hacia la cocina.

Allí, un nuevo cocinero volaba entre la plancha y la parrilla, dando vuelta panqueques y hamburguesas. En el horno, se cocinaban algunos pasteles. Todo se veía limpio y ordenado. Aun así, ¿dónde estaba el cocinero que había contratado Kate para que la reemplazara?

—¿Cómo has estado? —le preguntó Kate—. Estaba muy preocupada de que tuvieras algún episodio y no pudieras administrar todo sola.

Mandy hizo un ademán.

—Yo también estaba preocupada, pero, si te soy sincera, he disfrutado mucho estar a cargo del restaurante. Espero que no te moleste, pero implementé algunos cambios. El menú ahora es aún más tradicional, y la gente no deja de venir. Contraté a Rob. —Se detuvo para mirar al cocinero que le sonreía—. Es maravilloso.

Kate sintió un retorcijón de celos en las entrañas.

—¿De modo que has estado más que bien sin mí?

—Bueno, sí, cariño. Incluso tenemos más ganancias y pude pagar parte de la deuda. La bancarrota ya no es una amenaza inminente.

Kate asintió.

—¡Qué bueno, Mandy!

Mandy arqueó las cejas.

—Oh, cariño, te ruego que no me digas que quieres cambiar las cosas a como eran antes.

—No, no. Claro que no. Si el menú nuevo ha funcionado, deberíamos mantenerlo.

Mandy sonrió apretando las manos. Kate miró alrededor incómoda.

—¿Y Logan Robertson? —preguntó Mandy—. ¿Cuándo vendrán?

—Tengo malas noticias. Logan Robertson no vendrá. Me temo que lo eché a perder y me expulsaron del programa.

Mandy frunció el ceño.

—¡Ay, no! ¿Qué pasó?

«Viajé en el tiempo, perdí la memoria y conocí al amor de mi vida».

—Bueno, intentó flirtear conmigo y lo rechacé.

—Oh, cielos... ¿estás bien?

—Sí, estoy bien. Pero, lamentablemente, el programa de televisión no nos salvará de nada.

Mandy suspiró.

—Oh, diantres.

—¿Estás enfadada?

Mandy echó un vistazo alrededor del restaurante. Todas las mesas estaban ocupadas. Se oían los sonidos metálicos de los cubiertos, las voces y las carcajadas.

—No —respondió Mandy y abrazó a Kate por los hombros—. Que se pudra por haber intentado sobrepasarse contigo. Además, mira, ni siquiera lo necesitamos.

A Kate se le llenaron los ojos de lágrimas.

—Tienes razón, no lo necesitamos.

—Ahora bien, tengo una pregunta. Si no te estabas preparando para el programa, ¿dónde has estado todo este tiempo?

¡Uf! Kate detestaba mentir. ¿Qué podía decir que fuera cierto sin entrar en detalles?

—Me quedé para aprender de los locales. Conocí a alguien que sabe cocinar el plato demente Mary.

—¡Disculpa! —A través de la ventanita de la cocina, Kate vio a una clienta que no conocía llamar a Mandy con la mano.

—Será mejor que vaya —dijo Mandy—. Ve arriba y descansa después del largo viaje, *¿okey?* Sé que quieres trabajar, pero no lo hagas. —Le apretó el hombro a Kate—. Deja que Rob y yo nos encarguemos, hermana. No te preocupes.

Kate asintió y tuvo la sensación de haberse convertido en la tercera en discordia.

—Esperaba que necesitaras que comenzara a cocinar de inmediato, pero *okey*.

—No, no. —Mandy se rio, besó a Kate y se marchó para ver qué necesitaba la clienta.

Kate dudó un instante y luego se marchó de la cocina. Recogió su equipaje y subió las escaleras. Incluso el apartamento se veía más ordenado y limpio. Fue a la habitación de Jax y le depositó un beso en la frente. Era un niño bonito e inteligente, con el cabello de su mamá y los ojos café de su papá.

—Has crecido —comentó Kate a través de unas lágrimas sin apartar la mirada del rostro del niño—. Ya eres un jovencito.

¿Acaso estaba llorando porque él tampoco la necesitaba más?

—¡Tía Kate! —El niño se rio y se escabulló de su abrazo con timidez.

Kate le dio los chocolates que le había comprado en el aeropuerto y conversó con él acerca de Mandy.

Cuando entró en su habitación, olía a madera, sábanas polvorientas y libros antiguos. El aroma le hizo sentir ansiedad en el pecho al pensar en su estilo de vida aburrido, una vida sin Ian. Dejó el equipaje en una esquina y se acostó en la cama. Parecía no saber qué hacer ni siquiera con sus extremidades.

Por dentro, no pudo evitar sentir que era la astilla que había causado una inflamación. Al ir a Escocia, había quitado la espina, y el sistema se había sanado. Y ahora que había regresado, volvía a intentar encajar en una vieja herida.

No obstante, todo eso era innecesario. Externo. Dañino.

Su familia había estado bien sin ella. Y, para su sorpresa, ella había estado bien sin ellos. Más que bien.

Había sido feliz allí. Había delirado de felicidad con Ian, en un mundo lleno de peligro, castillos y guerras. Y nunca se habría imaginado que disfrutaría tanto cocinar en una cocina medieval. Allí, Ian había apreciado sus platos como nadie lo había hecho antes. Aquí no la necesitaban. De hecho, bajo la supervisión de Mandy, el restaurante iba mejor que nunca. Mejor que bajo la de Kate.

¿A qué se debía ello? ¿Sería porque Kate siempre había intentado implementar algo nuevo e inusual cuando lo único que quería la gente eran platos tradicionales? ¿Sería porque Kate siempre había pensado que no era lo suficientemente buena y eso había creado energía negativa a su alrededor? ¿O podría deberse a su conducta? Ella nunca sonreía como Mandy. Quizás los clientes habían sentido cierta distancia con ella y adoraban a Mandy.

Fuera cual fuese el caso, Kate ya no se podía imaginar allí. Suponía que necesitaba algo de tiempo para adaptarse a la vida moderna. El pecho le dolía, al igual que la cabeza y la garganta. Era como si tuviera hambre de Ian. Las manos le picaban por la necesidad de encontrarlo, de tocarlo, de sentir su presencia poderosa a su lado. Echaba de menos Dundail, así como también a Cadha e incluso al malhumorado Manning.

En el transcurso de los siguientes días, Kate intentó adaptarse a su nueva realidad. Fue a trabajar en el restaurante y se sorprendió de comprobar lo bien que marchaba todo al mando de Mandy. Mientras Kate cocinaba, su hermana administraba el negocio. Entre otras cosas, negociaba precios con los proveedores, algo que Kate nunca había logrado hacer, y redujo la cantidad de platos en el menú.

—Hay platos que no pide nadie, así que dejé solo los más populares.

Eso permitió que Kate y Rob pudieran hacer preparaciones y servir los platos más rápido al tiempo que mantenían la calidad. Mandy sugirió un nuevo sistema de comandas que resultaba más ágil y fácil de comprender, tanto para los camareros como para los cocineros.

Comenzaron a haber más clientes, propinas más altas y mayores ganancias. Aunque veía una gran sonrisa de satisfacción en el rostro de Mandy, que dirigía al personal con confianza y hablaba con los clientes, Kate se sentía cada vez más fuera de lugar.

Al principio, había parecido que Kate le estaba haciendo un

favor a Mandy al permitirle ayudarla con Deli Luck. Ahora era como si Mandy le estuviera haciendo un favor a ella.

Si bien era bueno haber regresado con su familia, la sensación de insatisfacción fue creciendo cada vez más en el interior de Kate. ¿Cuál era el objetivo de quedarse en el restaurante? Rob cocinaba tan bien como ella. Mandy había logrado sacar el negocio adelante.

De pronto, tuvo una epifanía: al no cuidar de Mandy y Jax, les había permitido florecer y volverse independientes.

¿Era posible que ya no la necesitaran?

A la semana de haber regresado, Kate se sentó en la sala de estar con Mandy y Jax una noche. Ellos eran su familia, las dos personas a las que más quería en el mundo. Las dos personas por las que viviría.

A pesar de eso, ¿no era hora de que intentara vivir su propia vida? Ahora que el restaurante no corría riesgos de cerrar, por fin podía pensar qué quería.

Lo que más quería era que Ian la amara. Estar a su lado. Pero eso no era posible.

De modo que tenía que hacer algo en ese siglo. Y fuera lo que fuese, ya no se encontraba en Cape Haute.

—Estoy pensando en marcharme.

El rostro de Mandy registró sorpresa. Jax arqueó las cejas hasta el nacimiento del cabello y se sentó en el sofá al lado de Kate.

—Tía Kate, ¿ya no quieres vivir con nosotros?

—Bueno, tu mamá ha estado muy bien sin mí, y creo que solo sería una carga.

Mandy frunció el ceño.

—No, cariño, jamás. Siempre hemos sido nosotras dos enfrentándonos al mundo.

—Sí, pero creo que ya no necesitas que te cuide. De hecho, has estado mucho mejor por tu cuenta.

Mandy se mordió el labio y se miró los dedos.

—Me ha encantado estar a cargo del negocio... pero eso no quiere decir que no te necesite. No quiere decir que no te quiero.

—Lo sé. —Kate sonrió—. Yo también te quiero, Mandy. Pero siempre me sentí fuera de lugar en Cape Haute. Y tú encajas mucho mejor aquí. Estoy pensando en marcharme y comenzar algo por mi cuenta.

—¿De verdad?

La sonrisa de Kate se expandió. Ahora que lo había dicho, se sentía liviana. Se sentía bien, como si le hubieran quitado un gran peso de los hombros.

—Sí, siempre y cuando tú estés de acuerdo. Seguiré enviando dinero para que Jax ahorre para estudiar en la universidad. Pero creo que no me puedo quedar aquí y ser feliz. Tenías razón, siempre quise algo distinto. Es hora de hacer algo al respecto.

—Kate... no sé qué decir. ¿Estás segura?

Kate miró a su hermana a los ojos. A lo largo de su vida, Kate se había convertido en quien necesitaba ser por Mandy: para cuidarla y mantenerla.

Una vida juntas las conectaba. Y Kate estaba agradecida por el tiempo que había compartido con su hermana. Ahora podía ver en los ojos de Mandy lo que las dos sabían: habían crecido. Era hora de que ambas siguieran adelante.

—Te echaré de menos, Kate —dijo Mandy sonriendo y con los ojos llenos de lágrimas.

Jax la abrazó.

—Yo también te echaré de menos, tía Kate.

A Kate le ardían los ojos por las lágrimas.

—Y yo a ustedes.

Abrazó a Jax, le besó la cabeza e inhaló el familiar aroma a hogar de él.

—¿A dónde irás? —Mandy se secó los ojos.

Kate quería responder que regresaría con Ian. Sin embargo, al pensar en que Ian no la quería, se le hundió el estómago y sintió dolor en cada célula del cuerpo. Negó con la cabeza. Tenía que aprender a vivir sin él. Comenzaría una vida nueva en la que sería independiente y por fin cumpliría el sueño de crear el restaurante que quería. Uno extraño. Una mezcla. Así era como siempre se había imaginado la ciudad de Nueva York, como una mezcla de todo. De seguro, allí tendría clientes.

—A Nueva York —respondió.

Su corazón le susurró que por más que cumpliera su sueño en Nueva York, nunca sería realmente feliz ni estaría completa sin el *highlander* de cabello rojizo. El *highlander* que era más amable y poderoso que cualquier otra persona que hubiera conocido: en ese siglo o en el pasado.

El *highlander* que nunca podría amarla.

CAPÍTULO 32

—No, primo, no has muerto.

La voz penetró la consciencia de Ian y se oía extraña y distante, como si se tratara de un eco que provenía de lo más profundo de una caverna. No obstante, sonaba familiar, e Ian hizo un gran esfuerzo para abrir los ojos.

Los párpados se sentían de acero, tenía el cuerpo pesado y húmedo. Al menos no había ardido hasta la muerte con esa condenada fiebre que tuvo durante lo que le pareció una vida entera.

—¿No he muerto? —preguntó con la voz ronca.

Por fin se las ingenió para abrir un ojo. Owen estaba sentado a su lado, con el rostro sombrío contra la luz grisácea que se colaba por la ventana a sus espaldas.

—Estás vivo, aunque pareces un cadáver.

—¿Te pregunté si había muerto?

—Sí.

—Ah. —Ian se humedeció los labios secos—. Esperaba estar muerto.

Esperaba que la miseria de una existencia sin Kate llegara a su fin.

Owen le acercó una copa al rostro y le sostuvo la cabeza. Ian bebió el agua fresca y sintió que lo devolvía a la vida.

—¿Qué haces aquí? —preguntó cuando Owen apartó la copa—. No es que no me alegre de verte.

—Has estado delirando de fiebre en esta cama durante días. Llamabas a Kate.

El nombre le hizo sentir un gran peso en el pecho. La angustia lo tensó como un calambre muscular, tan dolorosa como potente; no había músculo que pudiera mover para dejar de sentir el dolor. ¿Qué iba a hacer sin ella? Antes tenía un objetivo: protegerla, ayudarla a regresar a casa. Ahora solo le quedaba un vacío. El último sitio donde lo había tocado había sido allí. Se había acostado en esa cama con él, tan preocupada por él y tan hermosa que dolía verla.

Le había dicho que se quedaría a su lado...

—Se ha ido —repuso Ian—. No importa.

Owen entrecerró los ojos.

—Primo, reconozco esa mirada. Es la misma que tenía Craig cuando Amy se marchó.

Ah, la esposa de Craig. La mujer que había hecho a Craig delirar de felicidad.

—Es diferente.

Ian se movió para sentarse en la cama, pero la cabeza le dio vueltas. Le dolían las heridas. La que tenía en el muslo era la peor. Las que llevaba en el pecho y en el brazo le picaban y punzaban, claras señales de que estaba sanando.

—¿Qué haces aquí? —Ian repitió la pregunta para distraer a Owen de hablar de Kate... y para pensar en otra cosa que no fuera el dolor.

—Vine a darle un mensaje de Roberto a Kenneth MacKenzie, y me dijeron que habías resultado herido de gravedad. No me podía marchar hasta saber que estuvieras mejor.

Ian se sintió mejor al oír que había alguien a quien conocía, alguien de su clan, que estaba a su lado.

—De acuerdo. Gracias, Owen. ¿Cómo le está yendo a Roberto en su campaña?

—Tanto el este como la mayor parte de las Tierras Altas son nuestras. Vamos a darles un golpe definitivo a los MacDougall y luchar contra las pocas tropas de ingleses que vengan.

—Qué bien. ¿Y Dundail?

—Está todo bien. ¿Qué vas a hacer ahora? ¿Te vas a unir a Roberto?

Ian cerró los ojos durante un instante. Lo cierto era que no tenía ni la más mínima idea de qué iba a hacer. Se había destinado a una vida de tristeza al convertirse en un asesino y ahora tenía que recibir su castigo.

—Iré a casa —respondió—. Protegeré mis tierras. Continuaré entrenando a mi gente para que pueda protegerse. No son guerreros y necesitan serlo, en especial en estos tiempos.

—Sí —acordó Owen—. Tienes razón.

Varios días transcurrieron en una espera larga y sombría. Era la espera de mejorar, de que el dolor que sentía en el alma amainara… de que Kate dejara de estar presente en cada uno de sus pensamientos.

No pudo evitar preguntarse si se encontraría bien. Si su «restaurante» habría funcionado como ella tanto quería. No pudo evitar desear que estuviera a su lado. Recordó cada palabra, cada caricia y cada sonrisa que habían compartido.

Le debió llevar dos semanas luego de la visita de Owen poder levantarse de la cama y caminar.

Fue a la despensa subterránea, el último sitio en el que ella había estado en su siglo. Buscó su presencia, y creyó oler su aroma, aunque sabía que eso era imposible. Encontró la piedra. Era tal y como Kate la había descrito: la huella y el tallado estaban allí. Y al lado, la pañoleta que había usado mientras cocinaba. La tomó en sus manos y la observó. Había un cabello delgado y dorado que brillaba casi plateado bajo la luz de la antorcha. Ian lo acarició, enterró el rostro en la pañoleta e inhaló el aroma de ella. Todo su ser se expandió y todo a su alrededor se iluminó.

Nunca volvería a verla. Qué tonto había sido al echar a lo único que lo había hecho sentir completo en toda su vida. Se envolvió la pañoleta en la muñeca y la amarró. La tendría siempre consigo para recordar a la mujer que lo había amado sin condiciones.

A las dos semanas, regresó a su casa en Dundail. En el camino, vio el fantasma de Kate en el bosque: veía un resplandor dorado detrás de un árbol u oía la voz de ella que lo llamaba. Sabía que anhelaba que regresara, que no existían los fantasmas y que ella no se encontraba allí. El hecho de pensar en ella, aunque fuera de esa forma, le hacía sentir satisfacción y cierto alivio ante el agonizante abismo negro que había tomado residencia en el lugar de su corazón.

Cuando llegó a casa, Cadha lo saludó con un sermón acalorado y lo regañó por casi haber muerto por segunda vez. Sin dudarlo y sin escuchar explicaciones, lo envió derecho a su recámara. Encendió el fuego en el hogar y le informó que le llevaría pan y queso y que Manning cocinaría un estofado, le gustara o no.

Por lo general, Ian se opondría, pero estaba exhausto, sentía mucho dolor y no tenía fuerzas para discutir con Cadha por cosas sin importancia.

Lo que importaba era que Kate no se encontraba allí. Ella le hubiera preparado un estofado mágico. Para su sorpresa, el menjunje que hizo Manning no sabía nada mal.

Los días se fueron sucediendo unos a otros, similares en su indiferencia gris. Bajo la supervisión estricta de Cadha, Ian fue recuperando la salud. Creó un plan de entrenamiento para su gente, y cuando se sintió lo suficientemente bien, los convocó para comenzar a enseñarles a blandir una espada. Entrenaban todos los días y, aunque aún sentía dolor y estaba algo rígido, Ian se obligó a moverse y a supervisar las sesiones.

Los recolectores de impuestos fueron a verlo a los pocos días de su regreso y le llevaron más renta de la que Ian creyó que se merecía: el caso era que habían cambiado de parecer y ya no le estaban robando. Al parecer, su gente estaba agradecida por la protección de Ian y se habían unido en espíritu contra el enemigo.

Una noche a fines de agosto, luego del entrenamiento, Ian se sentó en la orilla del lago y comenzó a arrojar piedras al agua sin pensar. El lago estaba tranquilo, su superficie era un reflejo del cielo rosado y violáceo. Las montañas al otro lado se veían negras a la luz del atardecer y parecían las espaldas de gigantes dormidos.

Los ingleses aún no habían regresado, e Ian había oído rumores de que su rey los había convocado para que regresaran al sur. No obstante, eso no significaba que ya no los iban a molestar. Y mucho menos que la guerra estaba ganada.

—Es una vida solitaria —dijo una voz masculina a sus espaldas.

Ian miró por encima del hombro y vio a Manning de pie secándose las manos en un delantal limpio, un hábito nuevo en él.

—Yo sé lo que es una vida solitaria —añadió.

Sin esperar una invitación, se sentó en la orilla al lado de Ian.

—Sí, supongo que yo también estoy familiarizado con el concepto —repuso Ian.

—Tu padre vivió una vida muy desolada sin tu madre. Antes de perderla, era un hombre diferente.

—Supongo que corre en la familia entonces.

Guardaron silencio durante un momento.

—Ahora eres como él —dijo Manning—. Desde que se marchó la muchacha. Desde que regresaste solo. Estás sin vida. Es como si hubieras perdido el corazón en algún sitio.

Era extraño, pero Manning acababa de describir con total precisión cómo se sentía.

—Es lo que me merezco —respondió.

Una brisa débil acarició la superficie casi inmóvil del lago y acarreó el aroma a agua fresca y pescado. Los grillos cantaban ajenos a la miseria humana. El rostro arrugado de Manning se suavizó.

—No me vengas con esas tonterías.

Ian se rió. Había oído a Manning despotricar en varias ocasiones, pero nunca se había mostrado tan compasivo.

Manning escupió en el suelo entre sus rodillas flexionadas.

—No te mereces nada de eso. Esta familia ya ha sufrido suficiente.

El hombre suspiró y negó con la cabeza.

—He estado al servicio de los Cambel durante toda mi vida. Nunca me casé por eso y no me arrepiento tampoco. He visto a tu padre de joven y luego, durante sus mejores años, lo vi feliz. Pero cuando Dios se llevó a tu madre, comenzó su tristeza. Tú nunca viste a tu padre en su mayor fuerza y potencial, pero yo sí, y también te vi a ti.

Se detuvo al sentir que se le quebraba la voz y sopesó algo. Se le enrojecieron los ojos y se le llenaron de lágrimas.

—No vale la pena, muchacho —continuó con la voz temblorosa—. No vale la pena. Antes de que lo sepas, serás tan viejo como yo y apestarás como una flatulencia. Y lo único que tendrás será tu pasado. Si está lleno de soledad, tristeza y arrepentimiento... te darás cuenta de que nada vale la pena.

Miró a Ian a los ojos, e Ian contuvo el aliento al ver tanto dolor en la mirada de Manning.

—Yo ya no puedo hacer nada al respecto —continuó Manning—. En su momento, tu padre no pudo hacer nada respecto de tu madre. Pero tú estás a tiempo de hacer algo.

Ian se quedó mudo observándolo. ¿Estaría perdiendo la razón o había cierta verdad en esas palabras?

—Es diferente para mí, Manning. La dejé marchar porque no puedo hacerla feliz.

—¿Por qué no?

—Porque estoy destrozado, y algunas heridas son demasiado profundas y no sanan nunca.

—Sí, ya lo sé. Y algunas personas te quieren a pesar de todo: con tus heridas, rasguños, cicatrices y todo.

Ian negó con la cabeza.

—No. No puedo hacerla feliz. No la merezco.

—Tú no deberías ser quien decide eso por ella, ¿no crees?

Ian se tensó. Manning estaba en lo cierto, él había tomado la decisión por Kate. Al igual que sus amos en Bagdad habían decidido por él: a quién mataba, qué comía, cuándo atendía sus necesidades. Estaba privando a Kate de la libertad de escoger porque estaba convencido de que nunca podría estar entero. ¿Y si no necesitaba estar entero? Kate tampoco era feliz por completo y, aun así, Ian la amaba más que a nada en el mundo.

¿Y si había cometido un gran error? ¿Y si Dios lo había perdonado por todas las muertes que había causado? ¿Y si el camino a la redención era proteger a su gente como había hecho y continuaría haciendo?

No pudo quitarse la horrible sensación de haber cometido un grave error que no se podía revertir.

—No, no debí haber decidido por ella —acordó Ian—. Pero lo hice.

¿Cómo hubiera sido su vida si le hubiera permitido quedarse? De seguro ella cocinaría, y él engordaría de comer sus deliciosos platillos. Le haría el amor de muchísimas formas hasta hacerle olvidar quién era de tanta dicha. Se casaría con ella, la haría suya. Honrarla y protegerla sería su misión de vida.

A lo mejor, esa sería la mejor redención que podría desear para sus pecados. Hacer que la mejor mujer que había conocido delirara de felicidad. Darle hijos. Darle todo lo que deseara su corazón.

A Ian se le llenaron los ojos de lágrimas y se apretó el pulgar contra ellos para no derramarlas.

¿Qué había hecho? La había echado cuando ella había querido quedarse a su lado. Cuando ella le había confesado su amor. Cuando la felicidad de su vida había estado al alcance de sus manos y lo único que debería haber hecho hubiera sido estirarse para aferrarse a ella.

—No me gustó que la muchacha se metiera en mi cocina a dar órdenes —admitió Manning—, pero tenía razón en cuanto a la limpieza. La comida sabe mejor, y no me enfermo tanto como antes. Ella es buena para ti, Ian. Encuéntrala. Pídele que regrese.

Ian asintió.

—Lo haría, pero no puedo. Se fue a casa, y ya sabes que venía de muy lejos.

Manning bajó la cabeza.

—Sí, es una pena, Ian. ¿Crees que podría regresar?

Ian negó con la cabeza.

—Me temo que es demasiado tarde. Después de lo que le dije, no regresará jamás. Así que quizás sí recibí mi castigo de Dios después de todo: tendré que vivir sin el amor de mi vida.

CAPÍTULO 33

Con los dedos temblorosos, Kate se alisó el vestido medieval gris que había traído del año 1308. Le había resultado muy difícil volver a ponérselo cuando sabía que no regresaría en el tiempo para estar con Ian. Observó la entrada de la feria renacentista. Había personas con disfraces medievales y otras con prendas modernas que entraban y salían con los rostros relajados y alegres.

La gente disfrutaba pretender que se encontraba en tiempos medievales. Si les dijera que ella en realidad había viajado a esa época, ¿le creerían?, ¿sentirían envidia?, ¿o llamarían al número de emergencias para que la encerraran en un hospital psiquiátrico?

Había pasado casi un mes desde que Kate se mudó a la ciudad de Nueva York y comenzó a trabajar en su proyecto de abrir un nuevo restaurante: uno medieval con un toque moderno. Se había inspirado en su experiencia y quería unir los factores históricos y modernos en un sitio hermoso e inolvidable.

Como lo eran ella e Ian. Eso era, en concreto, lo que el

restaurante representaba para Kate: ella e Ian. La extraña mezcla de tiempos que le había cambiado la vida.

¿Cómo se encontraría Ian? Pensaba en él todos los días. Ansiaba y rezaba porque estuviera bien, porque estuviera vivo en su siglo, y que hubiera sobrevivido a las heridas.

Si bien no podía estar físicamente con él, al menos podría sentirse más cerca de él cocinando y trabajando en el proyecto de su restaurante. Pensaba en él todo el tiempo y se imaginaba que le cocinaba con tanta nitidez que veía su expresión de asombro mientras él devoraba la comida.

Kate avanzó hasta las puertas, compró una entrada y entró en la feria. Alineadas sobre la calle principal, había varias casitas blancas de estilo alemán con vigas de madera oscuras. También había una posada, una farmacia, una taberna, un sastre y un zapatero. Todo eso se parecía más a un cuento de hadas que a lo que había visto Kate en la Escocia medieval, con las edificaciones bajas y grises y los techos de paja.

Sin embargo, el corazón le latía desbocado en el pecho. Detrás de cada esquina, buscaba la figura alta y poderosa de Ian o el fuego de su cabello rojizo, y el corazón se le congelaba al no verlo.

¿Qué estaba haciendo allí?

Se había dicho que iría en busca de inspiración para el menú del restaurante, pero ahora que se encontraba allí, estaba segura de que lo único que lograría esa representación moderna sería romperle aún más el corazón.

Lo cierto era que quería sentirse más cerca de Ian. Lo echaba tanto de menos que le era difícil respirar. Tanto su nueva vida en el barrio de Bronx, como el pequeño apartamento que compartía con otras personas, la búsqueda de un sitio que arrendar y los preparativos de un plan de negocio que mostrar a potenciales inversores la distraían por momentos breves de pensar en él. Y cuando tenía un momento a solas, su mente no tardaba en enfocarse en Ian.

Kate atravesó la calle principal y se dirigió al mercado, donde había diferentes puestos con varios productos. La gente paseaba, bebía, comía y miraba cinturones, colgantes de cuentas, joyas de plata, vestidos, túnicas, dagas, espadas y varias especias. El aroma era divino: carne asada que había estado marinada en vinagre, pan recién horneado, cerveza y vino, que se servían de barriles gigantes similares a los que había en la cocina de Manning.

El recuerdo le hizo sentir gran angustia.

Aún en ese mundo medieval falso se sentía más en casa que en Nueva York. Kate echaba de menos muchas cosas además de Ian: la vista del lago y las montañas, el aroma a pan recién horneado, la sensación agradable de haber realizado trabajo honesto en la cocina, donde todo se hacía a mano y no con máquinas y la comida se cultivaba y no se compraba en paquetes de plástico en un supermercado.

Más adelante, se alzaban dos torres pequeñas, no más altas que dos plantas, y de seguro hechas de poliestireno, Kate pensó en Inverlochy, en las torres y murallas gigantes e impenetrables, y se rio. No cabía esperar que hubiera alguna roca picta para viajar en el tiempo bajo los cimientos de «ese» castillo.

Y de ser ese el caso, ¿se marcharía?

Mientras lo consideraba, sus ojos se posaron sobre una figura alta y de hombros anchos de un hombre de cabello corto y rojizo que llevaba una túnica y un *lèine croich*, el tipo de abrigo pesado y acolchonado que Ian solía llevar en lugar de una armadura. Estaba de pie y le daba la espalda al tiempo que jugueteaba con una daga que sostenía en las manos. Dentro de la funda que le colgaba de la cintura, llevaba una *claymore*.

A Kate le temblaron las rodillas y las juntó, pero solo logró que le temblaran aún más. Se le aceleró la respiración como si estuviera teniendo un ataque de asma. Con piernas débiles, avanzó hacia él.

Se detuvo a su lado sin poder ver su rostro.

—¿Ian? —lo llamó.

El hombre se volvió.

Tenía ojos celestes. No de color café.

Su nariz era corta, era mucho más joven y tenía un rostro redondeado que carecía de los pómulos fuertes de Ian.

Se le hundió el corazón. Unas lágrimas le cosquillearon los ojos, y se le cerró la garganta en el intento de contenerlas.

—Podría serlo, *milady* —respondió el hombre con una sonrisa ladina—. Si me da un beso.

Era estadounidense. No tenía un marcado acento escocés.

—Disculpa. —Negó con la cabeza y se alejó.

—Tú te lo pierdes —murmuró el desconocido a sus espaldas.

Ay, cómo echaba de menos a Ian. Qué tonta al pensar que él podría ir a buscarla a una feria medieval. A pesar de que nada de eso era auténtico, desde que se marchó, nunca se había sentido más cerca de él que en ese momento. Y solo por eso, se sentía tentada a mudarse de forma permanente a la posada.

Su vida estaba vacía sin él. Todos sus intentos de recrear la conexión que había compartido con él no eran más que eso: intentos.

Nunca viviría una vida plena sin amor. Sin felicidad. Ni ese *doppelgänger* que acababa de conocer había sido más que una sombra de Ian: una sombra que la había hecho estremecer y temblar y hasta casi sentir un ataque cardíaco.

Pero ¿hubiera sido capaz de ser feliz «con» Ian considerando sus problemas? ¿Considerando que durante toda su vida había estado buscando la forma de ser digna de algo? Lo cierto era que nunca había hecho eso con él. Y tampoco era eso lo que estaba haciendo en Nueva York.

Con el proyecto del restaurante, no estaba buscando la aprobación de nadie. Ni siquiera la de sus nuevos amigos y compañeros de trabajo.

No.

Estaba viviendo su vida. Tenía su propia idea, y la ciudad de Nueva York era un entorno excelente para llevarla a cabo, sin tener que rogarle a nadie que la aceptara por ser quien era.

A pesar de que eso se sentía como algo nuevo, también le

resultaba familiar, pues así era como la había hecho sentir Ian: no había nada de malo en su forma de ser.

Hasta entonces, no se había dado cuenta de eso. Ahora, sabía que merecía ser amada y apreciada.

Kate se volvió y caminó hacia el castillo, pero se detuvo para mirar un puesto de joyas. Una mujer con una capa de color verde oscuro se hallaba de pie allí y observaba un colgante de cuentas que sostenía en las manos. Por más que Kate no le podía ver el rostro, algo en ella le resultaba familiar. El cabello ondulado y de color caoba le asomaba por debajo de la capucha.

Se parecía a...

La mujer elevó la mirada.

—Sìneag —dijo Kate sin aliento.

Sìneag sonrió de oreja a oreja.

—¡Kate! Esperaba verte por aquí.

Kate se acercó a Sìneag y la apartó de la gente que se reunía alrededor del puesto.

—¿Qué haces aquí? —le preguntó Kate.

—He venido a ver cómo estabas.

—Pero ¿cómo sabías dónde encontrarme?

—Ay, muchacha... —Sìneag se rio—. Sé mucho más de lo que crees. No pensarás que soy una simple mujer, ¿cierto?

Kate entrecerró los ojos. ¿Acaso la había oído bien? «¿No es una simple mujer?».

—¿Qué quieres decir?

—Ay. —Sìneag suspiró—. Ustedes, los mortales, siempre se muestran de lo más escépticos. No te preocupes, muchacha. He venido a ayudarte. Pareces una *kelpie* muerta en vida. Tu mirada está vacía. Tus pasos no tienen brío. ¿No crees que ya te has torturado lo suficiente? ¿Y a Ian?

¿«Ella» estaba torturando a Ian? Si ella había querido quedarse con él. Él había sido quien le dijo que se marchara. A pesar de todo, antes de enfadarse, necesitaba saber si Ian había sobrevivido a las heridas que le habían provocado.

—¿Lo has visto? ¿Se encuentra bien? Estaba tan malherido cuando me marché...

—Sí, si puedes llamar a eso vida, está vivo, pero se mueve por el mundo peor que tú.

Kate tragó saliva.

—¿Qué quieres decir?

—Que te echa de menos.

A Kate se le tensó el estómago y, acto seguido, se le llenó de colibríes.

—¿Ha cambiado de parecer?

—¿Acaso importa?

Kate respiró hondo y soltó el aire despacio.

—Sé que me ama. Me lo ha demostrado en numerosas oportunidades. Porque me ama, intentó protegerme y me envió a casa. No creía que su amor era suficiente para mí, pero lo que no entiende es que él es la única persona que puede hacerme feliz.

Kate tomó una decisión. Se sentía correcta, como si la última pieza de un rompecabezas por fin encajara en su sitio.

—Quiero regresar —aseguró—. Tengo que verlo y hacerle abrir los ojos. Le haré cambiar de parecer. Me sentía mucho más en casa estando en el pasado.

—¿Qué me dices de tu restaurante? —le preguntó Sineag con un destello en los ojos.

—Deli Luck está funcionando mejor que nunca. Mi hermana hace un trabajo increíble. Y el nuevo restaurante que tenía en mente... Bueno, el único motivo por el que lo quería abrir era para sentirme más cerca de Ian. ¿Y qué más cerca puedo estar que estando a su lado?

Sineag sonrió contenta.

—¡Me encanta cuando los mortales entran en razón!

—Entonces, ¿cómo regreso?

—Ya sabes cómo, muchacha.

Con el corazón latiendo desbocado, Kate abrazó a Sineag. Había querido regresar con Ian desde que se marchó y ahora sabía que podía hacerlo. Su sitio estaba allí. Muy pronto vería a

Ian. Solo tenía que hacer algunos planes, avisar que se mudaría del apartamento, e ir a despedirse de Mandy y Jax.

Luego cambiaría su vida para siempre por segunda vez. Iría a vivir su final feliz con el *highlander* que le había robado el corazón.

CAPÍTULO 34

Dundail, septiembre de 1308

—No saltes hacia atrás, Frangean —instruyó Ian—. Hazte a un lado y atácalo desde la izquierda.

Frangean le echó una mirada a Ian y asintió antes de reanudar los embistes contra su compañero de entrenamiento.

El patio de Dundail estaba lleno de gritos, golpes de madera contra madera y estrépitos metálicos que producían las espadas. Como una lluvia reciente había convertido el suelo en un barral, los hombres movían los pies con dificultad y, en ocasiones, se resbalaban y se caían, pero continuaban el entrenamiento. Era bueno entrenar en diferentes condiciones: al igual que en las batallas reales, uno nunca sabía qué depararía el clima.

Ian se inclinó hacia adelante y se acarició la pierna tensa y adolorida. No estaba seguro de si alguna vez recuperaría el control total del muslo, pero no lo lamentaba demasiado. Daría la pierna entera si con ello lograra cambiar el pasado y pedirle a Kate que se quedara a su lado en lugar de echarla.

El entrenamiento iba bien, e Ian podía ver el gran progreso que habían hecho los hombres y los muchachos del clan desde la batalla de la granja MacFilib. A pesar de que la granja se había perdido en el incendio, a Frangean, el único heredero, le interesaba más convertirse en guerrero que en granjero. Ian deseaba que el muchacho hubiera escogido la granja.

Era claro que alguien debía proteger sus tierras y a su gente. Esos eran los tiempos que corrían.

Esperaba que Kate estuviera viviendo feliz en tiempos más pacíficos. Él también estaba más en paz. Al menos, ya no tenía pesadillas acerca de lo que vivió en Bagdad o en el barco. Por otro lado, el anhelo por su presencia lo carcomía en vida. Soñaba con ella todas las noches. En sus sueños, ella le susurraba: «Te amo». Su cuerpo cálido, suave y sedoso temblaba de deseo y placer en sus brazos. Tanto el sabor de Kate como su aroma lo volvían loco y permanecían en su mente mucho después de despertar.

No lo soportaba más. A pesar de sus heridas, necesitaba aliviar la tensión.

Aunque el aire estaba fresco, se quitó la túnica y permitió que el aire gélido le enfriara la piel.

—¿Quién quiere tener el mejor entrenamiento de su vida? —rugió.

Los hombres dejaron de luchar para mirarlo.

—Tres contra uno, ¿quién se atreve? —continuó Ian.

Quizás sí era un salvaje después de todo, porque arrojar toda la tensión y toda la miseria que sentía hacia un sitio donde fuera de utilidad le hizo sentir alivio. Tres hombres, incluido Frangean, dieron un paso hacia adelante.

—¡Aaah! —exclamó el muchacho antes de lanzarse contra Ian con la *claymore* alzada sobre la cabeza.

Los otros dos lo siguieron, e Ian tomó su posición. Con las espadas listas, atacaron. Ian las desvió, giró, bailó y se agachó. Respiró a través del dolor que le desgarraba el muslo y el pecho.

«Diablos».

Estaba más lento, mucho más lento que antes. Sin embargo,

ya había luchado con heridas en muchas ocasiones y sabía cómo guardar fuerzas y utilizar su cuerpo en su beneficio.

—¡Deténganse de inmediato! —exclamó una mujer.

La voz le resultaba tan dolorosamente familiar que vio la imagen de la hermosa rubia por la que seguía viviendo.

Los hombres se detuvieron, e Ian los siguió. Respirando entre jadeos, se volvió y casi deja caer la espada.

Era «ella».

Se hallaba de pie en la entrada de la casa de Dundail con un abrigo cálido de lana y la capucha puesta. A sus pies yacía una gran bolsa. Su cabello dorado brillaba bajo la capucha. Se veía más delgada, pero tan hermosa como siempre, a pesar de que sus ojos azules destellaban furiosos.

Ian sospechó que le había dejado de funcionar el corazón. Durante un breve momento, debió dejar de existir. El suelo se movió bajo sus pies, y dejó de sentir su cuerpo.

—Kate... —susurró como si fuera una plegaria secreta.

Ella avanzó hacia Ian con zancadas enfadadas y se detuvo delante de él.

—¿Qué se supone que haces, Ian? ¿Acaso has perdido la razón? Primero que nada, es evidente que aún te estás recuperando de las heridas. —Señaló la cicatriz roja que le cruzaba el pecho—. ¡Segundo, estamos en septiembre, por el amor de Dios! Y tú andas sin camiseta. ¿Acaso te quieres morir de neumonía? Acabo de regresar, y te advierto que no permitiré que te mueras.

Para desilusión de Ian, se marchó de su lado para ir en busca de la túnica que yacía sobre el barro, la recogió y regresó a su lado. Cuando se la arrojó en las manos, Ian se la puso sin decir nada.

—¿Has regresado para regañarme? —preguntó con la voz ronca—. De haber sabido que esa era la forma de traerte de regreso, hubiera caminado sin camiseta desde el día en que te marchaste.

Ella le ofreció una de esas sonrisas bellas que intentaba reprimir al apretar los labios.

—Tú fuiste quien me dijo que me marchara —señaló.

—No me deberías haber hecho caso. Fui un necio.

Ella se cruzó de brazos.

—En eso estamos de acuerdo.

Se introdujo la mano en el abrigo y extrajo una hoja de papel cuadrado que contenía una especie de dibujo. Era una forma cuadrada con letras y números.

—¿Me puedes construir un horno? —le preguntó.

Ian tomó el papel y lo estudió con detenimiento. Era una construcción de piedra rectangular con una abertura para el fuego como tenían los hornos de pan, pero un techo plano con dos placas redondas en la superficie. También había un tubo que de seguro sería para ventilar el humo.

—Te construiré lo que sea. Si te quedas, te construiré un castillo —le prometió.

—No necesito un castillo. Solo te necesito a ti. Y una mejor cocina.

Lo miró con esos ojos radiantes e infinitos, e Ian no pudo creer ni lo que veía, ni lo que oía.

—Señor —intervino Frangean—, este es el momento en que besa a la muchacha.

Kate arqueó una ceja. Ian la envolvió en sus brazos. Era tan preciosa y olía tan dulce y deliciosa que se la quería devorar de un bocado.

—Creí que nunca te volvería a ver, muchacha —le confesó.

—Yo tampoco, pero aquí estoy. Y no me importa lo que pienses: tú me puedes hacer feliz. Tienes suficiente para dar. Por más desgarrado que estés, yo no te necesito de ningún otro modo. Te amo, Ian Cambel.

Algo se entibió y terminó de encajar en el pecho de Ian; era una plenitud que lo envolvió como si fuera una manta suave.

—Te amo más que a la vida, Katie. Pasaré el resto de mi vida adorándote, amándote, apreciándote y haciéndote la mujer más feliz del mundo.

—Hay algo que puedes hacer para comenzar con eso —señaló Kate.

—¿Qué es?

—Bésame.

Con la sonrisa más amplia que alguna vez le iluminó el rostro, Ian bajó la cabeza y le cubrió la boca con la de él. Mientras sus labios rozaban los de ella, y sus lenguas se encontraban, un fuego se desató en su interior y fue derritiendo y disolviendo cualquier rastro de duda, preocupación o parte rota. Porque el amor de su vida se encontraba entre sus brazos. Porque ella lo quería.

Su corazón por fin estaba completo.

EPÍLOGO

Dundail, octubre de 1308

Ian tamborileó un pie contra el suelo. Se encontraba de pie en la entrada de la pequeña capilla de madera de la aldea de Benlochy, y el corazón le latía desbocado en el pecho.

Craig, a quien Ian le había pedido que fuera su padrino, se hallaba a su lado con una mano en la espada. Aunque Ian estaba seguro de que nadie intentaría interrumpir la ceremonia, la tradición dictaba que el padrino de bodas, que solía ser el mejor espadachín, debía proteger a los novios.

Ian preferiría morir antes de permitir que le ocurriera algo a Kate.

De cualquier modo, bien podría morir pronto, pues tenía el corazón a punto de estallar de anticipación si Kate no llegaba pronto.

Los invitados, incluido todo el clan Cambel, esperaban ante la iglesia. Tanto sus tíos Neil y Douglas, como la esposa de Craig, Amy, con su gran barriga de embarazada, y el primo de Ian, Domhnall, y su esposa se hallaban presentes. Marjorie, la prima

254

de Ian y hermana de Craig, estaba viviendo su propia aventura y no había podido acudir a la boda. Craig le había contado a Ian que Owen se encontraba en Inverlochy a la espera de alguien importante. Owen había asegurado que ni un terremoto lograría hacerle abandonar el castillo. Ian se preguntaba si también estaría a la espera de una viajera en el tiempo. Muy pocos estaban al tanto de la existencia de los viajes en el tiempo. Era una especie de secreto del clan, y aquellos que lo conocían, lo protegían con sus vidas.

Por fin, Kate apareció con un vestido de lana suave de color celeste cielo que le abrazaba las curvas y fluía por su cuerpo como el agua. Tenía el cabello trenzado en una corona que le rodeaba la cabeza, y algunos mechones le caían por los hombros y se le apoyaban en el pecho. Llevaba las mejillas coloradas por el frío o, a lo mejor, por la misma anticipación que le hacía temblar el pecho a Ian. Sus ojos azules brillaban intensos mientras caminaba. Cuando sus miradas se encontraron, Ian dejó de respirar. Se veía encantadora.

Manning acompañaba a Kate sacando el pecho y alzando el mentón con orgullo.

De pronto, Kate se detuvo delante de Ian, quien tuvo que contener el impulso de envolverla en sus brazos y besarla hasta hacerla suavizar.

El sacerdote tosió para aclararse la garganta.

—Queridos hermanos —comenzó—, nos hemos reunido hoy aquí para celebrar la unión de Ian Cambel y Kate Anderson en sagrado matrimonio. ¿Alguien tiene algún motivo por el que ellos no puedan estar juntos?

Ian y Kate intercambiaron miradas, y Kate se rio por lo bajo. A Ian no le podría importar menos que alguien quisiera oponerse a su casamiento, pero la pregunta era parte de la ceremonia de casamiento de la iglesia, y el sacerdote debía hacerla antes de proceder a casarlos.

Cuando nadie respondió nada, continuó:

—¿Los que se van a casar son mayores de edad?

—Sí —respondió Ian.

—Sí —añadió Kate.

De hecho, bien podrían ser la pareja más mayor que el sacerdote casaría. La mayoría de los casamientos se daban antes de que los novios cumplieran los diecinueve años.

—Como ninguno de los dos tiene padres vivos, el consentimiento de ellos no será necesario —informó el sacerdote—. ¿Guardan algún parentesco?

—No —respondió Ian.

—No hay chances —repuso Kate.

—Muy bien, pueden intercambiar sus votos.

A Ian le cosquilleó todo el cuerpo al sacar el anillo de plata que había mandado a hacer al día siguiente de que Kate había regresado. Los nombres de los dos estaban entallados en él. Los dedos le temblaron un poco al tomar la mano de Kate entre las de él y al acercarle el anillo al dedo. La mano de ella estaba fría y suave y también temblaba. Ella le sonrió, y todo lo demás se derritió. Solo existían ellos dos.

Y entonces las palabras fluyeron con facilidad.

—Me comprometo a dedicarte mi vida entera, Kate. Prometo que no dejaré que pase ni un solo día sin que tengas la sonrisa más resplandeciente en el rostro. Prometo construirte la mejor cocina que puedas soñar tener más allá de lo deliciosas que sean tus creaciones culinarias. Tu nombre será el único que llame por las noches, y tus ojos, los únicos que vea por las mañanas. Prometo ser tu escudo y tu espada. Mi corazón latirá por ti hasta mi último aliento.

A Kate se le llenaron los ojos de lágrimas y le sonrió al tiempo que Ian se tragaba un nudo de emociones. Con suavidad, le deslizó el anillo por el dedo, y la sonrisa de ella floreció y se le extendió por todo el rostro.

—Es tu turno, muchacha —indicó el sacerdote.

Kate tomó el anillo, una simple alianza dorada que Ian suponía que había traído del futuro. Mientras lo sostenía, Ian vio el engravado que decía: «Mi corazón, tu corazón». Las palabras lo hicieron emocionar. Sintió como si unos lazos físicos se extendieran desde sus manos hacia Kate y fortalecieran la unión aún más.

—Prometo ser tu esposa en cada sentido de la palabra. Prometo darte el primer bocado de mi pan y el primer sorbo de mi vino. Prometo adorarte y consentirte todos los días con mis platillos. Y prometo amarte por todo el tiempo que mi corazón siga latiendo.

Sus promesas lo llenaron de felicidad, al igual que el aire fresco de las Tierras Altas tras el calor del desierto. Oírla decir eso en voz alta lo hizo soltar cualquier duda que le quedara acerca de merecerla. Si Dios le había dado a esa mujer, de seguro lo había perdonado. Abaeze también debía haberlo perdonado.

Era hora de que Ian también se perdonara.

El perdón y la aceptación le inundaron el cuerpo, era una sensación cálida y calmante, que desataba lo poco que le quedaba de dolor y tensión para liberarlos.

—Ante los ojos de Dios, los declaro marido y mujer —anunció el sacerdote—. Puedes besar a la novia.

Ian no lo dudó. Atrajo a Kate a sus brazos y le dio el beso que había querido darle desde que la vio llegar a la iglesia. Ella era suya y lo había sido desde el primer momento en que la vio. Pero ahora también lo era ante Dios, y nadie podría atreverse a decir lo contrario.

Ese era su primer beso como marido y mujer.

El primer beso de su nueva vida.

La besó con delicadeza, pero con el poder de todo el amor que sentía por ella. Kate abrió los labios para él como los pétalos de una rosa en la primavera: suaves, cálidos y tiernos. Ian le acarició la lengua con la suya, la lamió y le prometió todas las cosas que le haría luego, a la hora de consumar el matrimonio. Kate exhaló un gemido que solo él oyó y, eso bastó para encender el deseo.

Una tos lo devolvió a la realidad. Se detuvo y miró al sacerdote que lo miraba con una expresión severa.

—Ahora, los invito a todos a la iglesia para bendecir la unión con un sermón y plegarias —anunció el sacerdote.

La multitud de invitados estalló en ovaciones de alegría y siguió al sacerdote al interior de la iglesia. Durante el sermón, Ian le pidió a Dios que los bendijera a él y a Kate.

Luego de la misa, todos se dirigieron a Dundail. Siguiendo la tradición, los invitados fueron primero. Cuando todos estuvieron dentro, Ian apretó la mano de su esposa y entraron al gran salón. Todos estallaron en vítores y risas y les arrojaron monedas como símbolo de riqueza y prosperidad.

Kate e Ian se detuvieron ante los invitados, y a Ian se le llenó el corazón de alegría al ver a su clan, que les abrió paso para que pudieran avanzar a la mesa de honor.

—Debo ser el hombre más feliz del mundo —le dijo a Kate.

—No eres tan feliz como yo —repuso Kate y le apoyó la cabeza en el hombro.

Amy Cambel se acercó a ellos, y Kate sonrió. Las dos mujeres se volvieron y comenzaron a hablar. Ian las observó maravillado: las dos eran del futuro y habían ido al pasado para encontrar la mayor felicidad de sus vidas.

Cuando Amy regresó a su asiento, Kate se volvió hacia Ian y lo miró entusiasmada.

—Ella es de mi país y de mi siglo. Acabo de hacer una amiga —anunció alegre—. Qué mujer más increíble.

—No tan increíble como tú.

Los criados que Ian había contratado para el banquete trajeron los platos. Ian había contratado más cocineros para ayudar a Kate. Sin embargo, ella y Manning seguían estando a cargo de la cocina. Trajeron el demente Mary, que emanaba cualquier cantidad de aromas deliciosos, y más vino, cerveza y *uisge*.

Un bardo comenzó a cantar una balada en gaélico, y la atmósfera se volvió aún más alegre. Ian le había pedido a Manning que buscara los estandartes de los Cambel, y Cadha los había limpiado con gran placer. En ese momento, colgaban de las paredes del gran salón, tal y como Ian recordaba en las buenas épocas de su padre.

Ian nunca creyó que sería tan feliz como ese día.

—Estás sonriendo —susurró Kate—. No has dejado de sonreír.

—Sí, desde que te vi en la iglesia.

—Me encanta que sonrías.

—Es porque tú me llenas el corazón. Tú has sanado todas mis heridas y encontrado las piezas que me faltaban. Tu amor me ha curado.

—Y el tuyo, a mí.

—¿Sabes qué me gustaría hacer ahora que mi corazón ha sanado?

—¿Qué?

—Consumar el matrimonio. Y comprobar si esa tradición de fertilidad de sostener un crío tiene algún poder.

Kate se rio con las mejillas coloradas.

—Pero tenemos invitados.

Ian se incorporó y alzó la copa.

—Damas y caballeros —anunció—. Según la tradición, el matrimonio no tiene ningún poder hasta que esté consumado. ¿A alguien le molesta si mi esposa y yo nos retiramos para tomar cartas en el asunto?

Los invitados estallaron en vítores de aprobación y aullidos lobunos. Tanto los hombres como las mujeres golpearon los puños sobre las mesas.

—¿Ves? —le dijo—. A los invitados no les molesta.

Le ofreció la mano, y Kate se apresuró a tomarla.

—Ven, Katie —continuó—. No veo la hora de hacerte mi mujer, como tú lo has dicho, en todos los sentidos de la palabra.

Mientras Kate lo seguía, Ian sintió que se le endurecía el miembro al pensar en darle todo el placer que se merecía.

Sin embargo, al cerrar la puerta de la recámara y comenzar a quitarse las prendas, la parte del cuerpo que más se le había hinchado era el corazón.

FIN

SI TE GUSTÓ LA HISTORIA DE IAN Y KATE, NO TE PIERDAS LA DE Owen y Amber en **El amor del highlander**

OTRAS OBRAS DE MARIAH STONE

AL TIEMPO DEL HIGHLANDER

Sìneag (GRATIS)

La cautiva del highlander

El secreto de la highlander

El corazón del highlander

El amor del highlander

La navidad del highlander

El deseo del *highlander*

La promesa de la *highlander*

La novia del *highlander*

En 2022 se publicarán más novelas

AL TIEMPO DEL PIRATA:

El tesoro del pirata

El placer del pirata

En Inglés

CALLED BY A VIKING SERIES (TIME TRAVEL):

One Night with a Viking (prequel) — lese jetzt gratis!

The Fortress of Time

The Jewel of Time

The Marriage of Time

The Surf of Time

The Tree of Time

A CHRISTMAS REGENCY ROMANCE:

Her Christmas Prince

GLOSARIO DE TÉRMINOS

birlinns: bote de madera propulsado por velas y remos que se utilizaba en las islas Hébridas y en las Tierras Altas del Oeste en la Edad Media

claymore: espada ancha de empuñadura larga y de doble filo que se blande con las dos manos y utilizaban los *highlanders*

coif: cofia o gorro que usaban los hombres y las mujeres en la Edad Media

cuach: copa con dos asas

cruachan: grito de batalla del clan Cambel

handfasting: ritual de unión de manos; una tradición celta en la cual una pareja une las manos con un lazo que simboliza la eternidad

highlander: habitante de las Tierras Altas de Escocia

kelpie: espíritu del agua capaz de tomar diferentes formas, usualmente la de un caballo

laird: título que se le da al jefe de un clan

lèine croich: abrigo largo y fuertemente acolchado

loch: lago

mo gaol: mi amor

sassenach: sajón; inglés o inglesa

slàinte mhath: salud
uisge beatha: agua de la vida o aguardiente

ESTÁS INVITADO

¡Únete al boletín de noticias de la autora en mariahstone.com para recibir contenido exclusivo, noticias de nuevos lanzamientos y sorteos, enterarte de libros en descuento y mucho más!

¡Únete al grupo de Facebook de Mariah Stone para echarle un vistazo a los libros que está escribiendo, participar en sorteos exclusivos e interactuar directamente con la escritora!

RESEÑA

Por favor, deja una reseña honesta del libro. Por más que me encantaría, no tengo la capacidad financiera que tienen los grandes publicistas de Nueva York para publicar anuncios en los periódicos o en las estaciones de metro.

¡Sin embargo, tengo algo muchísimo más poderoso!

Lectores leales y comprometidos.

Si te ha gustado este libro, me encantaría que te tomes cinco minutos para escribir una reseña en Amazon.

¡Muchas gracias!

Mariah

ACERCA DEL AUTOR

Cuando Mariah Stone, escritora de novelas románticas de viajes en el tiempo, no está escribiendo historias sobre mujeres fuertes y modernas que viajan a los tiempos de atractivos vikingos, *highlanders* y piratas, se la pasa correteando a su hijo o disfruta noches románticas con su marido en el Mar del Norte. Mariah habla seis idiomas, ama la serie *Forastera*, adora el sushi y la comida tailandesa, y dirige un grupo de escritores local. ¡Suscríbete al boletín de noticias de Mariah y recibirás un libro gratuito de viajes en el tiempo!

facebook.com/mariahstoneauthor

instagram.com/mariahstoneauthor

bookbub.com/authors/mariah-stone

pinterest.com/mariahstoneauthor

amazon.com/Mariah-Stone/e/B07JVW28PJ